Paul Raabe
In Franckes Fußstapfen

AUGUST HERMANN
FRANCKE

Paul Raabe

# In Franckes Fußstapfen

*Aufbaujahre in*
*Halle an der Saale*

Arche

Frontispiz: August Hermann Francke. Denkmal von Christian Daniel Rauch. Enthüllt 1828


Umschlag: Max Bartholl unter Verwendung
eines Fotos von Robert Frisch, Braunschweig
Satz: Gaby Michel, Hamburg
Druck und Bindung: Clausen & Bosse, Leck
Printed in Germany
ISBN 3-7160-2298-5

# *Inhalt*

# Vorspiel

Der vordere Lindenhof mit Blick auf die Rückfront
des Hauptgebäudes. 1990
Foto: Robert Frisch, Braunschweig

## *Ein Statthalter auf verlorenem Posten*

Der Archivar stand an der Eingangstür zu Haus 5 und erwartete uns. Wir hatten im Sommer 1982 die Bibliothek der Franckeschen Stiftungen in Halle gesucht und schließlich gefunden. Die ältliche Bibliothekarin in einer Kittelschürze, wie ich sie aus meiner Kindheit kannte, hatte meiner Frau und mir das Kulissenmagazin dieser berühmten spätbarocken Bibiothek erklärt und uns einige kostbare Drucke aus dem 15. und 16. Jahrhundert gezeigt. Über den hohen Bücherregalen links und rechts des Mittelganges verbanden abenteuerlich belegte Bücherbretter die beiden Seiten. Die Platznot war groß, und so hatte man behelfsmäßig zusätzlichen Stellraum gewonnen. Die einstige Strenge des Bibliothekssaals hatte sich in eine idyllische Bücherlandschaft verwandelt, dazu trugen auch die gerahmten Fotografien an den Stirnflächen der Regale bei. In dem engen, mit zwei wuchtigen Schränken und hölzernen Tischen ausgestatteten Bibliothekarszimmer tippte die Bibliothekarin an einer alten Schreibmaschine die Karten mit den Titelaufnahmen, während die wenigen Besucher Handschriften und Bücher im gleichen Raum benutzten.

Der Eindruck einer in Vergessenheit geratenen Welt verstärkte sich, als wir auf den Holzstühlen dem sehr kurzsichtigen, aber wortmächtigen, gleichaltrigen Archivar in seinem höhlenartigen Dienstzimmer im vorderen Seitenflügel des sogenannten Lindenhofes gegenübersaßen. Jürgen Storz kannte die beiden Westdeutschen nicht, wußte aber, daß ich in Wolfenbüttel tätig war, und faßte schnell Vertrauen zu uns. Er erzählte von dem allmählichen Verfall der Franckeschen Stiftungen, von der Universität, die die Gebäude nach dem Kriege in Besitz genommen hatte, und der brutalen Hochstraße, die an seinem Fenster vorbeiführte und als große Errungenschaft des ihm verhaßten Systems gefeiert worden war. Er führte uns in seinen Erzählungen in die Anfänge der Stiftungen zurück, breitete die Geschichte weitschweifig aus, um schließlich zu der wenig erfreulichen Gegenwart zu gelangen. Er erschien uns wie ein Statthalter auf verlorenem Posten. Seine Resignation überspielte er durch eine amüsante und unterhaltsame Plauderei und kam schließlich auch auf die lästige Taubenplage zu sprechen. Die Vögel hatten sich in den undichten Dächern eingenistet und verursachten auf den Bäumen des Lindenhofes einen unerträglichen Lärm. Der Archivar erzählte, wie alle paar Jahre ein Kammerjäger die Tauben aus den Bäumen schoß und wie es ihn immer wieder aufregte, wenn die toten Tauben »Klack, Klack, Klack« auf das Pflaster fielen.

Sonntags fuhr Jürgen Storz mit seiner Frau ins Eichsfeld und beobachtete mit dem Fernglas immer wieder dieselbe Familie jenseits der Grenze auf dem Balkon ihres Hauses in Duderstadt und nahm so an dem unerreichbaren Leben westlicher Freiheit teil.

An vielen Orten unserer Reise durch die DDR hatten wir die gleiche Haltung von Menschen erlebt, die sich alleingelassen und abgeschrieben vorkamen. Unter den überwältigenden Eindrücken, die sich uns von den Kirchen und Domen, den Marktplätzen und historischen Gebäuden, den Schlössern und Landschaften zwischen Magdeburg und Dresden, in Meißen und Freiberg, Pirna und Naumburg, Weimar und Gotha eingeprägt hatten, war der Alltag um so deprimierender. Es herrschte eine beklemmende Nachkriegsstimmung in einem armen Land, lange Schlangen vor den Geschäften und Restaurants, selbstgerechte Transparente und Spruchbänder in einer aufdringlichen Fülle, wie seit Jahren nicht mehr. Sie sprachen der tristen Gegenwart Hohn.

Als ich in den fünfziger Jahren zum erstenmal nach Weimar kam, war ich überwältigt von der Präsenz einer großen Vergangenheit im Guten wie im Schlimmen, die viele meiner Generation, sofern sie den Krieg überlebt hatten, in ihrem historischen Bewußtsein geprägt hat. Diese Erfahrung wiederholte sich über Jahre hin von Aufenthalt zu Aufenthalt im anderen Teil Deutschlands: der Gegensatz einer reichen historischen Überlieferung zwischen Elbe und Oder und einer freudlos wirkenden Gegenwart. Die geschichtlichen Spuren sollten dort zwar nach dem Willen der sozialistischen Herrschaft auf Dauer verwischt werden, doch sie sind unübersehbar überliefert, und so war jede der vielen Reisen in die DDR auch immer eine Reise in eine verlorene Vergangenheit. Man gewann nicht selten den Eindruck, daß die Zeit stehengeblieben war, man fühlte sich in die eigene Kindheit der Vorkriegszeit zurückversetzt: die alten Häuser in den Städten und Dörfern, die seit Jahrzehnten nicht mehr gestrichen worden waren, das Kopfsteinpflaster mit den Mittelstreifen aus Ziegeln für die Radfahrer in den Ortschaften, die blauen Uniformen der Postboten und Eisenbahner, wie wir sie längst vergessen hatten. Damit kontrastierten an den Straßenrändern auf dem Lande die uniformen Plattenbausiedlungen und die riesigen Stallungen der LPGs.

Bei meinem zweiten Besuch in Halle, vier Jahre später, im Herbst 1986, wurde der Eindruck unaufhaltsamen Verfalls noch stärker. Neben der die Stadt durchschneidenden Hochstraße wirkten die Gebäude der Franckeschen Stiftungen – das ehemalige Waisenhaus, die Häuserzeilen um den Lindenhof und entlang dem Schwarzen Weg – wie Relikte einer untergehenden, todgeweihten Welt. Bedenklich nahe wurde die Flächensanierung der alten Wohnviertel praktiziert. Der Kustos der Universität, der uns begleitete, versuchte, uns wider besseres Wissen die Notwendigkeit der Erneuerung durch Plattenbauten, die sich den Straßenzügen angleichen würden, zu erklären.

Dieses Mal waren wir offizielle Gäste der Universität: Man hatte mich zu zwei Vorträgen eingeladen. Alles lief nach Plan ab: Empfang durch einen Vertreter der Universität im »Haus der Wissenschaften«, gemeinsames Frühstück, Besichtigungsprogramm: Halle, Bad Lauchstädt, Köthen, Dessau, Wittenberg und so am zweiten Tag auch ein Wiedersehen mit dem Archivar Jürgen Storz in den Franckeschen Stiftungen. Er begrüßte uns jovial wie alte Freunde, zelebrierte seinen Rundgang mit bekannter Routine und gewürzt mit teilweise sarkastischen Anekdoten und lieferte uns schließlich in dem nämlichen Haus 5, das wir ja schon kannten, eine Treppe höher in dem Dienstzimmer von Professor Ulrich Ricken ab, der an der Martin-Luther-Universität Halle-Wittenberg einen Lehrstuhl für allgemeine und vergleichende Sprachwissenschaften innehatte, und verabschiedete sich von meiner Frau und mir in aller Herzlichkeit.

## *Ein Zentrum für die europäische Aufklärung?*

Ulrich Ricken war unser Gastgeber. Er hatte die Einladung im Rektorat durchgesetzt, denn es war ja 1986 durchaus noch ein Staatsakt, einen Kollegen aus dem kapitalistischen Ausland, dem NSW, dem nichtsozialistischen Währungsgebiet, wie es offiziell hieß, in die DDR einzuladen. Die Einreise hatte sich dann auch als höchst kompliziert erwiesen, da wir uns auf der Rückreise aus Polen befanden, wo ich Vorträge gehalten und die Zusammenarbeit mit polnischen Kollegen vereinbart hatte. Die Grenze zwischen der Volksrepublik Polen und der Deutschen Demokratischen Republik zu überschreiten hatte sich trotz aller Dokumente und der Hinterlegung der Visa als ein operativer Vorgang erwiesen, der drei Stunden Wartezeit erforderte.

Der Professor mit der Brechtfrisur empfing uns höflich und freundlich. Wir nahmen auf dem zerschlissenen Sofa Platz, auf dem er oft, wie es hieß, die Nacht verbrachte, wenn es abends zu spät geworden war. Er schien überhaupt ein Einsiedler zu sein, der sich dort, umgeben von düster wirkenden Bücherregalen, selbst versorgen konnte und nur seiner Arbeit lebte. Dazu gehörten wohl auch die Kohlen, die unmittelbar vor seinem Dienstzimmer in einer Kiste auf dem Treppenabsatz lagerten und den verstaubten Eindruck noch verstärkten. Er war seit einiger Zeit nur noch mit einem Plan beschäftigt, den er in immer neuen Entwürfen entwickelte: die Gründung einer »Internationalen Forschungsstätte Europäische Aufklärung« an ebendiesem Ort, in den Franckeschen Stiftungen. Das war Gegenstand unseres Gesprächs.

In Wolfenbüttel hatte ich seit 1968 die Herzog August Bibliothek, die einst Leibniz und Lessing geleitet hatten, im Laufe der Jahre angesichts der einzigartigen historischen Buchbestände zu einer internationalen Forschungsstätte zur europäischen Kulturgeschichte der frühen Neuzeit ausbauen können: In meinem Buch *Bibliosibirsk oder Mitten in Deutschland* habe ich diese Umwandlung einer rückständigen Bibliothek in eine moderne Wissenschaftseinrichtung beschrieben. Gern denke ich an die vielen Forscher zurück, die seit 1975 als Stipendiaten und Gäste in

Wolfenbüttel arbeiteten oder an wissenschaftlichen Veranstaltungen teilnahmen und so eine unvergleichliche Gelehrtenrepublik, eine *scientific community*, bildeten. Sie kamen aus vielen westeuropäischen Ländern, auch aus Amerika und Israel, Indien, Japan und Australien, sogar aus den damals noch sozialistischen Ländern Polen und Ungarn und selbst aus der Sowjetunion. Nur den Wissenschaftlern aus dem anderen Teil des gespaltenen Deutschland blieb Wolfenbüttel trotz vieler ausgesandter Einladungen bis in die Mitte der achtziger Jahre verschlossen.

So hatte es durchaus Aufsehen erregt, daß sich ein Romanist, der erwähnte Ulrich Ricken, zu einem Kongreß der Deutschen Gesellschaft für die Erforschung des 18. Jahrhunderts im Herbst 1985 anmeldete und einen Vortrag in der Augusteerhalle der Bibliothek hielt. Selbstverständlich kamen wir ins Gespräch, und da ich spürte, wie beeindruckt der Gast aus der DDR von der Wolfenbütteler Forschungseinrichtung war, lud ich ihn spontan zu einem Arbeitsaufenthalt im kommenden Jahr ein. Zu unserem Erstaunen kam er tatsächlich wieder, ein engagierter Buchgelehrter, der sich seit langem mit der Sprache und der Sprachtheorie der Aufklärung befaßte.

Im Laufe des Sommers 1986 wiederholten sich seine Besuche, wir lernten uns näher kennen und faßten über die Unterschiede der beiden sich ausschließenden Gesellschaftssysteme hinweg Vertrauen zueinander. Die Idee, eine »Internationale Forschungsstätte Europäische Aufklärung« in Halle zu errichten, traf sich mit meinem Wunsch einer wissenschaftlichen Zusammenarbeit trotz der trennenden Ideologien mit Menschen im anderen deutschen Staat mit der gleichen Sprache und einer gemeinsamen, wenngleich vier Jahrzehnte zurückliegenden Geschichte. Außerdem kam Ulrich Rickens Thema meinen eigenen

Forschungen entgegen. Mit der Erkundung der Aufklärung im Deutschland des 18. Jahrhunderts bin ich gewissermaßen aufgewachsen. Als junger Diplombibliothekar an der Landesbibliothek Oldenburg habe ich mich bereits mit den Ideen und den Auswirkungen der Aufklärung – den Begriff Spätaufklärung gab es noch nicht – in meiner Heimat beschäftigt.

Ehe die westdeutsche Forschung die Probleme und Geschichte der Aufklärung in Deutschland zu untersuchen begann, hatten bereits in der DDR der Romanist Werner Krauss und seine Schüler, zu denen auch Ulrich Ricken gehörte, die Aufklärungsforschung sehr vorangebracht. Der Westen hatte inzwischen nachgezogen und die ostdeutsche Forschung überholt. Die Herzog August Bibliothek war daran beteiligt, auch durch die Gründung der Lessing-Akademie 1971 unter Lessings Dach, zu deren Aufgaben es seither gehört, »das Erbe der Aufklärung zu pflegen«. Sie gibt die *Wolfenbütteler Studien zur Aufklärung* heraus, und in enger Verbindung mit der Bibliothek wurde fünf Jahre später, 1976, die Deutsche Gesellschaft für die Erforschung des 18. Jahrhunderts gegründet. Ich selbst habe mich an der Erforschung Lessings und seines Freundes Friedrich Nicolai beteiligt und mit meinen Göttinger Studenten die Werke des Aufklärungsschriftstellers Adolph Freiherr Knigge herausgegeben.

So konnte ich Rickens Wunsch verstehen, in der DDR durch ein Aufklärungsinstitut den Anschluß an die internationale Forschung zu finden. Es leuchtete auch ein, Halle als Standort zu wählen, denn von der 1694 gegründeten Reformuniversität nahm die Aufklärung in Deutschland mit Christian Thomasius und Christian Wolff ihren Ausgang. Mit Rickens Wirken in den Franckeschen Stiftungen hing die Wahl des Ortes zusammen. Zugegeben:

Damals war uns der Widerspruch zum Gründer der Stiftungen, August Hermann Francke, nicht bewußt.

Das Universitätsjubiläum 1994 im Blick, einen internationalen Sammelband *Halle und die europäische Aufklärung* in Vorbereitung, hatte der Hallenser Romanist Ricken in den nächsten Jahren nur dieses eine Ziel vor Augen. Daß durch Wolfenbütteler Vermittlung die VolkswagenStiftung in Hannover die finanzielle Unterstützung in Aussicht stellte, war sicherlich nicht geplant, erzwang dann aber wohl die Zustimmung der Universität, ihrer Gremien, der Partei und der staatlichen Instanzen, besonders nachdem 1988 ein Kultur- und dann ein Wissenschaftsabkommen zwischen den beiden deutschen Staaten abgeschlossen worden war.

Inzwischen hatte sich die Spitze der Universität in Halle wohl überzeugen lassen, daß der Wolfenbütteler Partner des hartnäckigen, von seinem Aufklärungsplan besessenen Kollegen kein gefährlicher Agent, sondern ein an wissenschaftlicher Zusammenarbeit interessierter Direktor einer Bibliothek war, die durch ihre internationalen Kontakte weites Ansehen gewonnen hatte.

An einem Nachmittag Anfang Dezember 1987 holte mich der Fahrer des Hallenser Rektors mit einem Lada aus dem Goethe- und Schiller-Archiv in Weimar ab, wo ich mit meiner Frau wieder an den Briefen Goethes arbeitete, und brachte mich, begleitet von einem Kollegen, mit dem er sich während der ganzen Fahrt lebhaft über die harmlosesten Dinge der Welt unterhielt, nach Halle. Wir waren über Jena und Naumburg an den rauchenden Schloten von Buna bei einbrechender Dunkelheit vorbeigekommen, und nun saß ich im »Haus der Wissenschaften« drei etwa gleichaltrigen Herren in grauen Anzügen mit dem Parteiabzeichen am Revers gegenüber, dem zurückhaltenden, aber sehr höflichen Rektor, seinem Adlatus, der zu meinem Befremden den Chef duzte, und meinem Kollegen Ricken. Dieser erzählte in seiner leisen, schnellen Art dem interessiert zuhörenden Rektor von seinen Plänen, den Gesprächen in Wolfenbüttel und den Möglichkeiten, in den Franckeschen Stiftungen das Aufklärungsforschungszentrum einzurichten. Ich pflichtete ihm bei, und so kamen wir bei dem gemeinsamen Abendessen über einen Austausch von Höflichkeiten nicht hinaus, was durchaus Rickens Absicht war. Seine Strategie bestand im sorgsamen Abwägen jeder seiner Schritte.

Für mich war der Umgang mit einem staatlichen Funktionär eine ungewöhnliche Erfahrung: Für einen Moment fühlte ich mich im Einflußbereich eines Staats- und Parteiapparates, den ich nicht kannte, der mir unheimlich war und den ich künftig meiden wollte. Für Ricken war der Besuch ein Baustein seines hartnäckig verfolgten Plans. An jenem Abend zeigte er mir – sicherlich in Abstimmung mit dem Rektor – den Ort, an dem er sein Institut zu verwirklichen dachte: den Festsaal der Franckeschen Stiftungen.

Mit einer Taschenlampe ausgerüstet, betraten wir im Dunkeln ein Haus am Schwarzen Weg – es war das Englische Haus, wie mir später klar wurde –, stiegen über eine steile Treppe in den ehemaligen Versammlungssaal. Den deprimierenden Eindruck, den der penetrante Gestank von den scharenweise herumliegenden Kadavern toter Tauben und die kaputten Turngeräte auf den Gast aus dem Westen machten, nahm Ricken gar nicht zur Kenntnis: Er schwärmte – was ich letzten Endes auch verstehen konnte – von den Möglichkeiten, den Saal nach dem Wolfenbütteler Vorbild mit einer Galerie auszustatten, im hinteren Bereich einen Bücherturm zu bauen und dort mit Hilfe der Universitätsbibliothek die alten Drucke des

18. Jahrhunderts als Quellen zur Erforschung des Aufklärungszeitalters aufzustellen. Mit dem Geld der westdeutschen Stiftung könnte so an diesem Ort das Zentrum seines erträumten Forschungsinstituts entstehen. Außerdem sollten das Hauptgebäude, das ich nicht kannte, und weitere Häuser einbezogen werden und so gewissermaßen ein zweites Wolfenbüttel, nur noch größer und nach Möglichkeit noch schöner, geschaffen werden. Das war der Ehrgeiz meines enthusiasmierten Kollegen, der mir plötzlich wie Don Quijote vorkam: ein Phantast, der den real existierenden Sozialismus zu ignorieren sich anschickte.

Doch sein Weg wird steinig gewesen sein. Das Jahr 1988 ging dahin, ohne daß viel passierte. Schließlich war nach dem Bezirksparteisekretär in Halle das Zentralkomitee der SED in Berlin gewonnen worden – sogar Kurt Hager habe mürrisch mit dem Kopf genickt, so berichtete Ricken triumphierend –, und die Folge war, daß im Frühjahr 1989 der neue Rektor der Martin-Luther-Universität nach Wolfenbüttel kam. Sein Vorgänger hatte zurücktreten müssen, da seine Tochter republikflüchtig geworden war. In meinem Dienstzimmer, das über drei Galerien bis zur hohen Decke in pompejanischem Rot mit Tausenden alter Bücher ausgestattet war, hatte ich meine wissenschaftlichen Kollegen versammelt, und in einer feierlichen Zeremonie wurden unsere Unterschriften unter den Kooperationsvertrag gesetzt, die Dokumente ausgetauscht und in kurzen Reden unser gemeinsamer Wille zur wissenschaftlichen Zusammenarbeit bekundet. Dabei entglitt dem routinierten, gewandten, gutaussehenden Rektor das Bekenntnis, der Vertrag diene wie alles »dem erfolgreichen Aufbau des Sozialismus«. Wir ließen uns nicht anmerken, wie deplaziert eine solche Bemerkung in diesem Augenblick war. Doch uns wurde wieder einmal der tiefe Graben bewußt, der uns voneinander trennte. Eine politische Veränderung der anomalen Verhältnisse, ein Verschwinden der deutsch-deutschen Grenze, mit der wir leben mußten, gar eine Wende, an deren Ende eine Vereinigung der beiden deutschen Staaten stehen könnte – eine solche zwar erträumte, aber unrealistische Einschätzung war für uns undenkbar.

Wie anders war dagegen das Lebensgefühl in Polen, das wir in jener Zeit ein- oder zweimal im Jahr besuchten: Man war aufsässig, hielt mit der Abneigung gegen das kommunistische System nicht zurück; der Nachrichtensprecher mit seinem feisten Gesicht war der meistgehaßte Mann im Lande, Ziel sarkastischer Kommentare. Oppositionelle Pamphlete, Zeitschriften, Souvenirs machten die Runde. Eine ähnliche Stimmung kannten wir aus Ungarn: Nicht nur Budapest stand unter westlichem Einfluß. Außerdem setzte sich in der Sowjetunion seit wenigen Jahren Michail Gorbatschow für Glasnost und Perestroika, für Offenheit und Veränderung, ein und beschrieb das gemeinsame Haus Europa als politische Hoffnung. Solche Vorstellungen wurden in der DDR offiziell nur widerwillig zur Kenntnis genommen.

## *Drei Ereignisse beschreiben die Wende*

Nachdem unser Vertrag, von Ulrich Ricken beharrlich gegen alle Widerstände betrieben, unterzeichnet worden war, stand der Gründung einer »Internationalen Forschungsstätte Europäische Aufklärung« nichts mehr im Wege. Sie verzögerte sich jedoch abermals und wurde erst im Frühjahr 1990 offiziell von der Universität bestätigt.

In der Zwischenzeit setzte Ricken seine Strategie fort,

sein geplantes Forschungsinstitut in den Stiftungen von vornherein international zu verankern. Durch eine Einbettung bilateraler Beziehungen in ein möglichst weltweites Kooperationsgeflecht überspielte das Zauberwort »international« in der DDR eine deutsch-deutsche Zusammenarbeit, die das System im Grunde nicht wollte. In vielen Gesprächen hatten wir beide in Wolfenbüttel ein Kolloquium über Aufgaben und Probleme der internationalen Zusammenarbeit in der Erforschung der europäischen Aufklärung vorbereitet, das Programm entworfen, die VolkswagenStiftung zur Finanzierung gewonnen und danach die Vortragenden aus Ost und West eingeladen. Ende August 1989 trafen sich die etwa 40 Teilnehmer aus den östlichen und westlichen Ländern im Heinrich-und-Thomas-Mann-Club der Universität Halle: Wissenschaftler aus den USA, Frankreich, Italien, ein paar Westdeutsche, vor allem Kollegen aus der DDR, linientreue, vom Regime überzeugte, einige weitere, deren ablehnende Haltung wir inzwischen kannten, und viele anonyme Zuhörer. In der von Ricken souverän geleiteten Veranstaltung wurde die Erforschung der europäischen Aufklärung aus der Perspektive der Philosophie, der Geschichte, der Germanistik, der Romanistik und Slawistik dargestellt, sogar ein Theologe, Professor Arno Sames, analysierte kritisch das Verhältnis zwischen Pietismus und Aufklärung. Am Ende der zweitägigen Konferenz setzte sich Robert Darnton, prominentester Gast aus den USA, für die Fortführung des Dialogs zwischen Ost und West ein. Ich selbst überreichte den Hallensern einen Katalog der Titelblattkopien der etwa 5000 in Wolfenbüttel vorhandenen Halleschen Drucke des 18. Jahrhunderts. Trotz aller spürbaren Spannungen war die ganze Veranstaltung ohne Eklat und ohne Resolutionen verlaufen.

In den Pausen sah man einige orthodoxe Professoren zusammenstehen und hörte, wie sie sich darüber empörten, daß ihre Landsleute scharenweise über Ungarn die Ausreise nach Österreich erzwungen hatten. Der Eiserne Vorhang bekam erste Risse, den Genossen – das spürte man – kam die Situation höchst ungelegen. Die Jüngeren nahmen die Sache mehr auf die leichte Schulter und machten ihre Witze über eine solche interessante Entwicklung, der sie wohl heimlich Erfolg wünschten.

So kam der Herbst 89. Von den vielen Begegnungen will ich noch eine hervorheben, die in jenen unvergeßlichen Wochen der einstürzender SED-Herrschaft besonders symptomatisch war. Nach längeren Verhandlungen zwischen den Ministerien in Hannover und Ost-Berlin führte die Stadt Wolfenbüttel im Oktober 1989 im Rahmen der deutsch-deutschen Kulturvereinbarungen »Tage der Begegnung mit der DDR« durch. An anderer Stelle habe ich über den Vortrag von Dr. Dietmar Keller, dem damaligen Staatssekretär und späteren letzten Kultusminister der DDR, über die Kulturbeziehungen und den politischen Dialog zwischen beiden deutschen Staaten berichtet, der uns in der offenen Kritik am eigenen Staat ebenso verblüffte wie der Auftritt von Professor Reißig einen Tag vor dem Sturz Erich Honeckers. In diesem Rahmen hatte ich mit meinem Weimarer Kollegen, dem damaligen Generaldirektor der Nationalen Forschungs- und Gedenkstätten der klassischen deutschen Literatur, ein Kolloquium über Wolfenbüttel und Weimar im 18. Jahrhundert aus Anlaß des 250. Geburtstages der aus Wolfenbüttel stammenden Herzogin Anna Amalia zu Sachsen-Weimar-Eisenach vereinbart. Inzwischen herrschte Aufbruchstimmung.

Ein kleiner Kreis von 15 Weimarer und Wolfenbütteler

Wissenschaftlern diskutierte an dem langen Tisch in der Bibelsammlung der Herzog August Bibliothek die Vorträge, die die engen historischen Beziehungen zwischen den beiden Kulturstädten beleuchteten. Am Ende der dreitägigen Konferenz verglich ich in einem öffentlichen Vortrag das barocke Wolfenbüttel und das klassische Weimar und schloß in der Euphorie der damaligen Ereignisse: »In dem Bewußtsein paralleler historischer Entwicklungen und in der Vergegenwärtigung historischer Beziehungen aus den Zeiten ihrer kulturellen Blüte liegt es nahe, daß die wissenschaftlichen Einrichtungen in Weimar und Wolfenbüttel, die Nationalen Forschungs- und Gedenkstätten der klassischen deutschen Literatur und die Herzog August Bibliothek, als Repräsentanten kulturellen Lebens einander in der Wahrnehmung ihrer Aufgaben unterstützen. Die Mitarbeiter aus Weimar und Wolfenbüttel praktizieren diese Zusammenarbeit bereits seit einer Reihe von Jahren. Diese gemeinsame internationale Tagung, im Blick auf eine geschichtliche Konstellation, in der Weimar und Wolfenbüttel einander besonders nahe waren, macht eine institutionelle Zusammenarbeit offenkundig. Für gemeinsames Wirken zur Förderung der kulturwissenschaftlichen Forschung und zur Pflege kultureller Vergangenheit ist ein neuer Anfang gemacht worden. Dies ist in der gegenwärtigen Lage ein denkwürdiges und ermutigendes Ereignis. Die Geschichte erweist sich als ein uns verbindendes Band. In dieser Gemeinsamkeit liegt im gegenseitigen Vertrauen im Zeichen verantwortungsvoller Zusammenarbeit unsere Zukunft.«

Außer Klaus G. Beyer, der eine wundervolle Fotoausstellung über Weimar präsentierte, und seiner Frau, der Enkelin von Rainer Maria Rilke, waren sieben Kollegen aus Weimar, die wir alle gut kannten, unsere offiziellen Gäste.

Symptomatisch für den sich ankündigenden Umbruch erscheinen im Rückblick ihre Schicksale: Der »Delegationsleiter« wurde zwei Monate später von der Belegschaft abgewählt, ein anderer starb kurz danach, ein weiterer hob mit seinen oppositionellen Freunden im Dezember 89 die Stasi-Zentrale in Weimar aus, zwei andere übernahmen die Leitung wichtiger Kulturinstitutionen in Weimar, nur einer setzte seine bibliothekarische Tätigkeit unbeeindruckt fort, er war es wohl, der gesagt hatte: »Sie müssen wissen, einer von uns ist für die Staatssicherheit tätig, meist ist es der netteste.« Dieser letzte wurde erst drei Jahre später enttarnt – als inoffizieller Mitarbeiter der Stasi.

Nach dem Fall der Berliner Mauer am 9. November waren die Autofahrten in die DDR sehr erleichtert, denn in Mattierzoll, gewissermaßen hinter dem Hause, war die alte Verbindungsstraße von Wolfenbüttel nach Halberstadt wieder befahrbar. Zum Dezember hatte Ulrich Ricken anläßlich der Veranstaltungen zur Erinnerung an die Französische Revolution vor 200 Jahren zu einem weiteren Kolloquium, diesmal über »Aufklärung und Revolution«, eingeladen. Von einem Wandel wissenschaftlicher Auffassungen war wenig zu spüren: Die Marxisten bestimmten die Diskussion. Nur wenige DDR-Kollegen wagten zu widersprechen. Nichtsahnend hatte Ricken die Faszination der Schlagwörter in einem Referat über die Sprache der Revolution dargestellt und mußte selbst hinterher die Aktualität seiner Ausführungen im Blick auf die revolutionären Veränderungen im eigenen Land feststellen. Es war wohl anläßlich dieses Aufenthalts, daß einige Kollegen und ich im »Haus der Wissenschaften« auf die Rückkunft des Rektors aus Berlin warteten. Als er verspätet eintraf, war ihm seine Bestürzung ins Gesicht geschrieben. Er kam mit der Nachricht zurück, daß an allen Universitäten der DDR ab sofort die Sektionen Marxismus-Leninismus aufzulösen seien. Die Ideologie wurde als Ballast über Bord geworfen, ehe sich der Staat selbst auflöste. Die Wende vollzog sich Ende 1989 für die treuen Genossen wie ein drohendes Unheil.

## *Auf dem Wege nach Halle*

Für mich als Angehörigen einer Generation, die die Schrecken des Krieges, die Heimsuchungen in den Familien, die Zerstörungen der Städte, die Teilung Deutschlands, die Vertreibungen aus den Ostgebieten und nicht zuletzt den moralischen Zusammenbruch durch die Enthüllungen über die Verbrechen in den Konzentrationslagern bewußt erlebt hat und auch die deprimierenden Zustände jenseits des Eisernen Vorhangs aus eigener Anschauung über viele Jahre kannte – für mich war das Ende der DDR 1990 ein unbeschreibliches Ereignis, das mein Leben veränderte. Daß die Deutschen wieder in einer Nation zusammenleben können, daß uns die Zeugnisse der Vergangenheit in den Bauten, Kirchen, Schlössern in Ost und West wieder gemeinsam gehören, daß die Archive, Bibliotheken und Sammlungen den Wissenschaftlern aus dem Westen frei und ungehindert zugänglich sind, dies alles erfüllte mich mit einem nie gekannten Hochgefühl. Wir luden viele Wissenschaftler aus der DDR zu Aufenthalten in der Herzog August Bibliothek ein, und so konnten sich auch viele Hallenser ein Bild von den großzügigen Arbeitsmöglichkeiten machen.

Dem Bibliotheksdirektor der Forschungsbibliothek in Gotha, den wir seit langem kannten, überbrachten wir im

Januar 1990 als erstes ein Kopiergerät, um ihn durch unsere Solidarität von der Endgültigkeit des Wandels zu überzeugen. Er war skeptisch, denn er hatte unter dem System gelitten, da er sich konsequent jeder Vereinnahmung durch die Partei entzogen hatte. Die Karl Marx-Büste im Eingang der Bibliothek war der einzige Kompromiß, den er eingegangen war. Er verwaltete eine der schönsten und staunenswertesten Bibliotheken in Deutschland, einen ungehobenen Schatz an alten Drucken, Handschriften, Orientalia. Daß er die Umwandlung in eine Forschungsbibliothek nach dem Wolfenbütteler Muster nicht erreichte, ist nicht ohne Tragik. Verbittert und ohne Verabschiedung ging er fünf Jahre später in Pension.

Die Verhältnisse in den Nationalen Forschungs- und Gedenkstätten in Weimar lagen günstiger, hier ließ sich eine positive Veränderung mit westlicher Hilfe leichter gestalten. In der Stadt herrschte Aufbruchstimmung. »Mir ist nicht bange, daß Deutschland eins werde... Vor allem sei es eins in Liebe untereinander. Und immer sei es eins, daß der deutsche Thaler und Groschen im ganzen Reich gleichen Wert habe. Eins, daß mein Reisekoffer durch alle deutschen Länder ungeöffnet passieren könne.« Goethes prophetische Sätze las man, säuberlich gedruckt, an vielen Schaufensterscheiben. Meine Begeisterung über Weimar, dessen Zukunft mir leuchtend vor Augen stand, führte dazu, daß ich für den Arche Verlag meine *Spaziergänge durch Goethes Weimar* niederschrieb, die zu einem Bestseller wurden. Kurz zuvor war im Frühjahr 1990 die dreibändige Ergänzungsausgabe zu Goethes Briefen als eine Frucht mehrjähriger Arbeit und vieler Aufenthalte in Weimar erschienen.

Goethes Stadt weckte nicht nur die Neugier der herbeiströmenden Besucher, sondern ihre historische Bedeutung überzeugte auch die Politiker. Hier lag die Hilfe aus dem Westen nahe, denn die Bauten waren, wie überall im Lande, in einem desolaten Zustand. Daß Bonn im Sommer das erste Kunstfest in Weimar veranstaltete, nahm die Bevölkerung noch mit gemischten Gefühlen auf: Hatte man kulturellen Westimport nötig, war nicht Goethe der Platzhalter? Doch diese Hilfe kam auch den Forschungs- und Gedenkstätten zugute. Da ich mit Weimar – wie übrigens auch mit Gotha – einen Vertrag zur Zusammenarbeit geschlossen hatte, konnte ich meinen tüchtigen, durchsetzungsfähigen Verwaltungsleiter, Manfred-Udo Schmidt, bitten, sich um die Finanzen der Einrichtung zu kümmern, die noch dem Ministerium für Kultur in Berlin unterstand, das in Auflösung begriffen war. Was sollte mit den NFG geschehen? Die Bonner Ministerien waren aufgeschlossen und sagten den Goethestätten die Unterstützung des Bundes zu. Schmidt setzte sich mit großer Begeisterung für die Aufgabe ein, siedelte nach der Gründung der Stiftung Weimarer Klassik nach Weimar über und ist seither das zweite Vorstandsmitglied. Ich selbst habe zehn Jahre im Stiftungsrat mitgewirkt. Mein Weimarer Traum ist aufs ganze gesehen mit dem Kulturstadtjahr 99 in Erfüllung gegangen.

Die Lage in Halle dagegen war eine andere. Während wir Weimar mit all seinen Schönheiten, seiner Geschichte und seinen Bauten lieben gelernt hatten, wußte ich damals über die Franckeschen Stiftungen in Halle herzlich wenig. Nur Ulrich Rickens kühne Pläne waren mir vertraut. Doch was bedeuteten eigentlich die verfallenden großen Gebäude als Zeugnisse einer vergessenen Vergangenheit? Und was sollte mit dem riesigen Komplex geschehen? Als ich das Ganze damals im Winter und Frühjahr 1990 näher in Augenschein nahm, wurde mir beim Anblick der trostlosen Fassaden, der Hochstraße, die dicht am Gelände vorbeiführte, und der Hochhäuser, die, wie es hieß, auf den ehemaligen Plantagen der Stiftungen errichtet worden waren, immer bewußter, welch eine Schande es war, daß die einst berühmte Anlage so vernachlässigt worden war.

Ulrich Ricken hatte mich Anfang März 1990 zu einem offiziellen Gespräch vor Ort nach Halle eingeladen, das in dem ehemaligen Wohnhaus des Gründers der Franckeschen Stiftungen gleich am Eingang neben einer Baulücke stattfinden sollte. Begleitet von meiner Frau und einigen Wolfenbütteler Mitarbeiterinnen, saßen wir in dem tristen Büro an einem langen Holztisch Ulrich Ricken und zwei Bauingenieuren gegenüber. Im Auftrag der Universität und nach den Vorschlägen von Professor Ricken sollten sie die geplante Internationale Forschungsstätte in den Gebäuden der Stiftungen errichten. Dies setzte eine Restaurierung der Häuser voraus. Ende 1988 war die zweiköpfige Sonderbauleitung Franckesche Stiftungen eingesetzt worden: Der eine Bauingenieur, der offensichtlich das Sagen hatte, machte auf uns einen verbissenen, abweisenden Eindruck. Er mochte uns – verständlicherweise – als Eindringlinge empfunden haben. Der andere, fast gleichaltrig, aufgeschlossener, unkonventioneller, schien in seiner nonchalanten Art weniger Probleme mit den Gästen zu haben. Außerdem kannte er den Zustand der Gebäude am besten. Seit Jahren hatte er als Bauvogt versucht, so gut es ging, die allernotwendigsten Reparaturen an Dach und Fach durchzuführen. Aber in Ermangelung der Baumaterialien und auch wohl wegen fehlenden Interesses der Oberen waren der Erhaltung des großen Ensembles historischer Gebäude enge Grenzen gesetzt. Nun sollte nach dem Beschluß der Universität, auch unter den Bedingungen der noch existierenden DDR, alles anders werden.

Ein wenig mürrisch hatte der Leiter der Sonderbauleitung auf Drängen Ulrich Rickens die Planungen herausgerückt. Schließlich kamen die Gäste aus dem kapitalistischen Lager, gegen das man sich seit Jahren in Betriebskampfgruppen organisiert hatte. Es war verständlich, daß viele treue Diener ihres Staates und ihrer Partei nicht von einem zum anderen Tag umdenken konnten. Schließlich waren 40 Jahre mehr als ein halbes Menschenleben. Die Indoktrination der Partei hatte bewirkt, daß viele Menschen in Ostdeutschland den Westdeutschen mit Skepsis begegneten. Dieses Befremden über die Haltung des anderen war auf beiden Seiten groß. Ulrich Ricken war eine erfreuliche Ausnahme: Er hatte den Westen inzwischen aus eigener Anschauung erlebt.

Was wir an diesem Vormittag von den Bauleitern erfuhren, war noch sehr vage. Die Gebäude des historischen Areals, das sich in einer Länge von 200 Metern um den Innenhof, den Lindenhof, erstreckte, war auf einem Plan in zahlreiche Bauabschnitte untergliedert, die nach den Vorstellungen der Universität in den nächsten Jahren saniert werden sollten. Man hatte begonnen, das Hauptgebäude zu räumen. Auch das Vordergebäude zur Hochstraße, teils ein Stein-, teils ein Fachwerkbau, stand inzwischen in den Hauptgeschossen leer: Die naturwissenschaftlichen Institute für den didaktischen Unterricht waren ausgezogen. Der Ausbau des Versammlungssaals zur Bibliothek des Zentrums war beschlossene Sache, eine Betondecke wurde einige Monate später gegossen. Darunter sollte die Mensa erhalten bleiben.

Nach dem Gespräch war ich angesichts der Riesenaufgabe etwas ratlos. Ich hatte spontan, ohne Deckung, eine finanzielle Unterstützung zugesagt, doch mir war die Art und Weise, wie die Rekonstruktion weitgehend den

Baufirmen überlassen werden sollte, einigermaßen unverständlich. Was die Finanzierung betraf, so schien sie, wie sich nach einigen Wochen herausstellte, fürs erste gesichert zu sein. Zufällig erfuhren wir etwas später, im März 1990 – kurz vor der Wahl der letzten Volkskammer –, daß die Universität für den Wiederaufbau der Franckeschen Stiftungen 10 Mio. Mark aus verteiltem Parteivermögen erhalten hatte. Das waren nach der Währungsumstellung immerhin 5 Mio. DM, von denen die Universität einen Teil für andere Zwecke abzweigte. Da auch weitere Mittel aus dem Westen flossen, konnten die ersten Dachsanierungen vergeben werden, deren Ausführung sich aber später aus Mangel an Erfahrungen als völlig unzulänglich erwies.

Aber bei der geplanten Rekonstruktion ging es ja nicht um die undichten Dächer allein, auch mit einer Fassadensanierung war es nicht getan, vielmehr machte mich im Laufe des Sommers ein mir bekannter Architekt darauf aufmerksam, daß zunächst eine Bauaufnahme vom Zustand der Gebäude notwendig sei und eine Detailplanung vorliegen müsse, ehe man an die Sanierung gehen könne. Außerdem müsse man bei der Untersuchung und Abdichtung der Fundamente anfangen, ehe man überhaupt an die Fassaden denken könne. Dies alles wurde nicht bedacht. Man stürzte sich angesichts der Baumittel in ein Abenteuer mit unsicherem Ausgang, was uns später beträchtlichen Ärger einbrachte.

Es reizte mich durchaus, meine Lebenskraft für die Wiederherstellung der beeindruckenden baulichen Anlage aus dem 18. Jahrhundert einzusetzen. Aber war es denn realistisch, an eine Rettung überhaupt zu glauben? War der Verfall noch aufzuhalten? Doch solche Fragen beschäftigten mich zunächst wenig. Es ging ja um die Realisierung eines konkreten Plans, der, wie ich einsehen mußte, aus dem Geist der DDR entstanden war. Außerdem war die Herzog August Bibliothek nur Partnerin, nicht Bauherrin. Eigentlich ging mich die Sache nur teilweise etwas an. Die Verantwortung trug die Universitätsleitung. Doch diese Einstellung sollte sich im Laufe des Sommers völlig ändern.

## *Ein Freundeskreis weckt Hoffnungen*

Ulrich Ricken war eine sehr zielstrebige Persönlichkeit. Er hatte inzwischen eine Anzahl von Mitarbeitern aus dem aufgelösten Bereich des Marxismus-Leninismus übernommen, die VolkswagenStiftung gab die ersten Mittel frei, der Aufbau der Forschungsbibliothek kam in Gang. Immer häufiger kam er nach Wolfenbüttel, um jeden dieser Schritte zur Gestaltung seines Zentrums zu besprechen.

Ricken hatte die Struktur der Herzog August Bibliothek sehr genau studiert, in der die »Gesellschaft der Freunde« eine zentrale Rolle spielte. Der Vorstand hatte sich als Diskussionsforum weitreichender Entscheidungen ebenso bewährt wie als Geldgeber unvorhergesehener Projekte, die auf diese Weise finanziert werden konnten. So war ich einigermaßen überrascht, als er im Frühjahr telegrafisch um die Satzung bat, da für die »legale Konstituierung eines Freundeskreises der Franckeschen Stiftungen« »ein Vorstand und ein Statut« erforderlich seien, wie er in Erfahrung gebracht habe. Da die DDR ein Vereinsrecht nicht kannte und Vereine nur als Gruppierungen im Kulturbund der DDR unter Aufsicht des Staates agieren konnten, waren die Fragen allzu verständlich.

Inzwischen hatten nicht nur an der Universität Neuwahlen stattgefunden, sondern die Theologische Fakultät hatte sich mit den Franckeschen Stiftungen auf Veranlassung des Dekans mehrfach ausführlich befaßt, da sie in der Eingliederung in die Universität einen Verstoß gegen die Stiftungssatzung sah. Diese kritische Haltung gegenüber der derzeitigen Lage wurde offenkundig, als ein kleines Gremium die Gründungsversammlung des Freundeskreises vorbereitete. Ricken betrachtete die Förderung seines Aufklärungszentrums als selbstverständlichen Zweck des Vereins. Die Theologen dagegen setzten im Vorfeld eine allgemeine Unterstützung der Stiftungen im Text der Satzung durch.

Dies alles erfuhr ich in groben Umrissen von Ulrich Ricken, mit dem wir an jenem 7. Juni 1990, einem Samstag vormittag, verabredet waren. Meine Frau und zwei leitende Bibliotheksmitarbeiterinnen waren mitgereist. Ricken erwartete uns in den Stiftungen am Eingang von Haus 5 und setzte mich – wie es seine Art war – rasch mit hastig geflüsterten Worten ins Bild, bestieg dann sein altes Fahrrad und radelte zum Tschernyschewskij-Haus, einem von der Universität genutzten Bau gegenüber der Moritzburg. Er stand schon dort, als wir mit dem Auto eintrafen. Aber noch ein anderer, dunkelgekleideter, etwas reserviert blickender Herr hatte, offensichtlich schon ein wenig ungeduldig, auf mich gewartet, mit dem mich Ricken bekannt machte. Es war meine erste Begegnung mit Professor Helmut Obst, dem ich mich seither in herzlicher Freundschaft verbunden weiß. Er wurde mein Stellvertreter, auf den ich vertrauen konnte. Diese harmonische Zusammenarbeit habe ich immer als eine glückliche Fügung dankbar verstanden.

Wie ich erst später erfuhr, hatte Helmut Obst bei dem Francke-Forscher Professor Erhart Peschke in Halle über ein pietistisches Thema promoviert und war einige Jahre Assistent dieses hochverdienten Gelehrten gewesen. Da Obst, wie die meisten Theologen in der DDR, zu Staat und Partei ein distanziertes Verhältnis hatte, wurde er erst 1988 mit 48 Jahren zum ordentlichen Professor für Ökumene und Allgemeine Religionswissenschaft ernannt. Sein Hauptwerk über die Gründer christlicher Religionsgemeinschaften des 19. und 20. Jahrhunderts, *Apostel und Propheten der Neuzeit*, war 1981 in erster Auflage erschienen. Seit Herbst 89 war er als Dekan der Theologischen Fakultät wegen seines diplomatischen Geschicks eine Schlüsselfigur in der Universität. Zwei Monate zuvor hatte er den neuen Rektor in sein Amt eingeführt.

Vor dem Tschernyschewskij-Haus stehend, erzählte mir Helmut Obst in knappen Sätzen, daß er tags zuvor im Konsistorium in Magdeburg die Akten über die Franckeschen Stiftungen habe einsehen und feststellen können, daß diese kurz nach dem Kriege – im Herbst 1946 – von dem damaligen Präsidium der Provinz Sachsen unrechtmäßig aufgehoben und in die Martin-Luther-Universität eingegliedert worden seien. Vergeblich habe die Evangelische Kirche der Kirchenprovinz Sachsen und später auch die Synode der Evangelischen Kirche Deutschlands gegen diesen Willkürakt Stellung genommen. Nun sei die Zeit gekommen, dieses Unrecht wiedergutzumachen. Ich mußte gestehen, daß mir diese Zusammenhänge bisher unbekannt gewesen waren. Ja, ich bekannte, daß ich überhaupt wenig über die jüngste Geschichte der Institution wisse, die ich ja auch erst zum Teil kennengelernt hatte.

In Begleitung von Helmut Obst betraten wir den großen Versammlungssaal, von dem mir nur in Erinnerung geblieben ist, daß er trotz geöffneter Fenster von einer kaum erträglichen Hitze erfüllt war. Da es bekanntlich in der

DDR keine Heizungsventile gab, lief die Anlage trotz hochsommerlicher Temperaturen auf vollen Touren. Man hatte wohl vergessen, die Heizung abzustellen.

Der Saal war voll besetzt. Ricken und Obst stellten mir einige unbekannte Anwesende vor. Überrascht war ich über vertraute Gesichter: Staatssekretär Professor Schreiber war aus Hannover, Professor Richard Toellner, mein alter Weggefährte, aus Münster angereist. Nun erst erfuhr ich mehr beiläufig, daß man mich, der nur als ahnungsloser Teilnehmer und Vertragspartner der Universität gekommen war, als Präsident vorschlagen wollte. Man erwartete von mir, daß ich diesem Wunsch zustimmen würde.

Helmut Obst leitete die Sitzung souverän, er sprach über die Bedeutung der Stiftungen und das Unrecht, das ihnen zugefügt worden war, und gab das Wort an Ulrich Ricken weiter, der sein Zentrum für europäische Aufklärung vorstellte. Dann wurde die vorher verteilte Satzung nach kurzer Diskussion verabschiedet. Man kam zur Wahl. Einstimmig wurde ich zum Präsidenten gewählt. Einige Kollegen aus dem Osten und dem Westen wurden nach kurzer Vorstellung per Handzeichen ebenfalls berufen. Man gratulierte mir, ich war etwas verlegen: Es war eine mir ungewohnte Vorstellung, ein Amt in der noch existierenden DDR zu bekleiden. Daß aber die Wahl über mein künftiges Leben, über meinen bevorstehenden Ruhestand entscheiden würde, das freilich ahnte ich damals nicht.

## *Ein Rundgang im Sommer 1990*

Nun war ich also Präsident des »Freundeskreises der Franckeschen Stiftungen«, und es war an der Zeit, daß ich das historische Ensemble, das ich bisher nur flüchtig kannte, näher in Augenschein nahm. Man konnte vielleicht erahnen, daß diese Stiftungen einmal eine weltberühmte Institution gewesen waren. Der gegenwärtige Anblick aber war trostlos. Das mußte ich bei meinem ersten eingehenden Rundgang deprimiert feststellen. Ich stand vor dem hochaufragenden Hauptgebäude (Haus 1). Die Fassade wies lange, breite Risse auf. Die Ursache lag im Kellerbereich offen zutage: Studenten, wurde berichtet, hatten die Fundamente seit 1986 freigelegt. So war die Stabilität des ältesten Neubaus aus Franckes Zeiten außen und innen aus den Fugen geraten. Die große doppelläufige Treppe war wegen Baufälligkeit gesperrt, das Haus stand schon seit einiger Zeit leer. Doch im Winkel des Hochparterre befand sich noch die pädagogische Bibliothek. An der Tür hing eine schmuddelige Tasche aus Sackleinen, in die die Studenten ihre Leihscheine einwerfen mußten. Der Lesesaal zur Straße hin war nur noch teilweise zu benutzen. Die ausgesonderten sozialistischen Bücher und Broschüren waren zu Stapeln verschnürt, die alte Zeit war abgängig. Hinter der mit mehreren Schlössern verriegelten Tür im zweiten Obergeschoß waren in drei Räumen die Schränke und Gegenstände der Naturalienkammer versteckt. Auch hier herrschte große Enge, denn es hatte durchgeregnet, Schränke und Globen waren beschädigt, alles war nur notdürftig aus dem Weg geräumt und abgedeckt worden. Wie eine Rumpelkammer ist mir der Anblick der einst so berühmten Sammlung in Erinnerung geblieben.

Von Franckes ehemaligem Wohnhaus (Haus 28) am Eingang der Stiftungen war schon die Rede. Eine Bombe hatte ein Drittel des Hauses weggerissen, das offene Gebäude war provisorisch mit Brettern und Pappe geschlossen worden. So ist es leider bis heute geblieben. Auch die damals entstandene Baulücke neben den benachbarten, leerstehenden ältesten Häusern Glauchas mit der Buchhandlung an der Ecke ist noch immer ein trauriger Anblick.

Früher waren die Stiftungen von einer Mauer umgeben. Mit dem Bau der Hochstraße, die rücksichtslos über Stiftungsgelände geschlagen wurde, verschwand die Waisenhausmauer zur Stadt hin. Nur noch einige Reste begrenzen das Areal an der entfernten Südseite. Das Eingangstor war seit Kriegsende nicht mehr vorhanden, einer der Pfeiler zur Hauswand verschoben worden. Der Schwarze Weg, der in die Stiftungen führt, war nach Regenfällen kaum zu passieren. Auf allen Wegen sammelte sich das Wasser in tiefen Löchern. Manchmal war es ein Kunststück, von einem Haus zum nächsten zu gelangen.

Im Obergeschoß des langen Gebäudes linker Hand (Haus 27) war der Versammlungssaal inzwischen vom Taubendreck befreit, die Turngeräte waren fast alle verschwunden und erinnerten nicht mehr an die Jahrzehnte, in denen der stolze Saal Franckes als Turnhalle der Arbeiter- und Bauernfakultät mißbraucht worden war. Der ehemalige Speisesaal im Erdgeschoß wurde seit langem als Mensa der Universität und der Schulen genutzt. Dort hatte ich manchmal mit Ulrich Ricken, von ihm mit einem Blechbesteck ausgestattet, zu Mittag gegessen. Da er bei unseren Begegnungen ohne Unterbrechung meist eilig und erregt von seinen Plänen, dem Ärger mit der Universität, den Denunziationen, denen er ausgesetzt sei, erzählte, war das triste Tellergericht längst kalt geworden.

Über seinem pausenlosen Reden hatte er das Essen total vergessen.

Am Ende der Häuserzeile war das etwas windschiefe, teilweise verbretterte Mägdeleinhaus (Haus 25) ein besonders drastisches Beispiel für den Verfall in den Stiftungen. Es hieß, daß es seit 1969 zum Abbruch bestimmt gewesen sei. Es war von Familien bewohnt, die dort wie auch an vielen anderen Orten auf dem Gelände, unter sehr einfachen Verhältnissen leben mußten. Da es keine Heizung gab, sondern mehr als 120 Feuerstellen, war die Luftverschmutzung durch die Stiftungen enorm. Für die Ofenheizung mußten Kohlen angeliefert werden, die, wie es in der DDR üblich war, vor die Keller gekippt wurden. Der Kohlengrus – Briketts gab es selten – verursachte eine weitere unvermeidbare Verschmutzung, was den verwahrlosten Eindruck der Häuserzeilen noch verstärkte.

Zwischen Mensa und Mägdeleinhaus war für mich das Englische Haus (Haus 26) mit der Erinnerung an den nächtlichen Einstieg in die Stiftungen verbunden. Gegenüber wurde das Steingebäude des ehemaligen Back- und Brauhauses (Haus 37–39) als zentrale Betriebseinrichtung der Universität genutzt. An Schuppen und Garagen vorbei, kam man, sich links haltend, in den Lindenhof. Das fast leergeräumte zweiteilige Stein- bzw. Fachwerkgebäude (Haus 2–7) war zum Teil eingerüstet, aber die primitiven Holzgerüste, die Abzäunungen und Bretterhaufen verstärkten noch das makabre Bild des Verfalls. Ich wußte damals nicht, daß im Zwischenboden das Archiv und die Spezialsammlungen der Bibliothek lagerten. Jürgen Storz hatte dort das kostbare Gut ebenso weitgehend versteckt, wie es ja auch mit der Kunst- und Naturalienkammer geschehen war.

Die Sektion Erziehungswissenschaften – so der Eindruck – befand sich in Auflösung. Nur einige Professoren waren in verschiedenen Gebäuden verblieben und duckten sich in diesen Nischen vor den Veränderungen. Das lange Fachwerkgebäude (Haus 8–13) zur Hochstraße hin beherbergte im ersten Eingang – wie seit Vorkriegszeiten – das Sprachenkonvikt. Es hatte alle politischen Systeme überstanden. Im übrigen war dieses riesige, hohe Fachwerkhaus das Reich von Günter Treizel: Er war für das Internat der Schüler zuständig, das er, geschickt, wie er war, wieder in Pensionsanstalt umbenannt hatte. In seinem Dienstzimmer und auf den Fluren hatte er mit Hilfe von Jürgen Storz Fotos und Texte zur Geschichte der Stiftungen aufgehängt. Mit seinem älteren Freund Dr. Rolf Osterwald, der als ehemaliger Lehrer im gleichen Haus seit Jahrzehnten wohnte, hielt er auf dem von der Universität überfremdeten Areal die Fahne der Schultradition hoch. Er machte es glänzend.

In dem gegenüberstehenden Gebäude der ehemaligen Cansteinschen Bibelanstalt (Haus 23–24) arbeitete noch das zentrale Ambulatorium, die ambulante Versorgungseinrichtung der Universität, die bald danach aufgelöst wurde. Zwei der Ärztinnen machten sich selbständig und praktizierten noch einige Jahre in einem Teil der Räume.

Im Obergeschoß des benachbarten Gebäudes (Haus 22) stand die Bibliothek unverändert so, wie ich sie bei meinem ersten Besuch gesehen hatte. Eine junge Bibliothekarin war inzwischen eingestellt worden, in ihrem Minirock eine Exotin unter den verstaubten Büchern. Die Bibliothek war damals eine Oase, der einzige Ort, an dem die bedeutende Vergangenheit noch lebendig war. »Die Bibliothek war der Mittelpunkt des intellektuellen Lebens und wird es weiterhin sein«, schrieb der Generaldirektor der UNESCO, Federico Mayor, auf spanisch in das Gästebuch, als er in Begleitung von Hans-Dietrich Genscher im Oktober 1990 die Franckeschen Stiftungen besuchte. Immer wenn in den nächsten Jahren prominente Gäste wie der Bundespräsident Richard von Weizsäcker, der britische Außenminister Douglas Hurd, die Bundestagspräsidentin Rita Süßmuth und viele andere kamen, war inmitten des heruntergekommenen Franckeschen Erbes die Bibliothek der Lichtblick in die Zukunft.

Im Nachbargebäude (Haus 21) übte der Stadtsingechor, und am Ende des Lindenhofes waren in dem Quergebäude von 1850 (Haus 19–20) eine Kinderkrippe, Wohnungen und Universitätseinrichtungen untergebracht. Dagegen war der dahinterliegende Haupttrakt des ehemaligen Pädagogiums (Haus 16–18) damals noch, soweit überhaupt möglich, bewohnbar, ein Studentenwohnheim als Fortführung des einstigen Alumnats. Es wurde bald aufgehoben und ist mir als wüster Ort in Erinnerung geblieben.

Jenseits vom Schwarzen Weg waren seit der Mitte des 19. Jahrhunderts neue Schulgebäude errichtet worden: Die Rote Schule (Haus 54) stand weitgehend leer, das einstige militärpolitische Kabinett war verschwunden. In dem ehemaligen Realschulgebäude von 1857 (Haus 46) war 1945 die erste Polytechnische Oberschule in den Stiftungen entstanden. Für die Kinder, vor allem aus den Hochhäusern, wurde 1978/79 eine zweite Schule (Haus 49–50) in der typischen Plattenbauweise mit einer Turnhalle gebaut. Die alte Latina hieß schon in der Nazizeit Oberschule für Jungen, sie wurde als Erweiterte Oberschule (EOS) in dem Gebäude der ehemaligen Oberrealschule (Haus 43) untergebracht. Die Latina (Haus 42) selbst war durch Bomben teilweise zerstört worden. Nach ihrer notdürftigen Wiederherstellung diente sie seit Jahrzehnten als Kindergarten der Universitätsangehörigen und der Studierenden, während unter dem Dach ein Universitätsinstitut seine Räume hatte.

Überhaupt die Universität: Angesichts ihrer Umgestaltung waren die Stiftungen für sie nach 1946 sicherlich zunächst eine willkommene Morgengabe. So wurde die Sektion Polytechnik im ehemaligen Niederlagegebäude (Haus 30) eingerichtet, gegenüber der Bauhof der Universität (Haus 33), der auch die große Scheune (Haus 32) nutzte. Für die Arbeiter- und Bauernfakultät Walter Ulbricht wurde 1952 ein Schulgebäude (Haus 31) im Stil der Naziarchitektur in einem der Gärten der Stiftungen neu gebaut. Dies war für die Kirche ein besonderer Stein des Anstoßes. Im Sommer 1990 verließen die letzten Schüler die Anstalt, die als Spezialoberschule insbesondere auf das Auslandsstudium, vor allem in der Sowjetunion, vorbereitete. Im Herbst standen zwei weiße Container rechts und links vom Eingang: Die Bücher und vermutlich auch die Schulakten wurden auf die Müllhalde gekippt.

In der Häuserzeile vor dem Bauhof (Haus 35–36) wohnten Familien, die kleine Scheune (Haus 34) bot Lagerflächen, in dem versteckt liegenden Häuschen, dem ehemaligen Kinderkrankenhaus (Haus 51), arbeitete noch das Hygiene-Institut der Universität. Die Druckerei (Haus 52–53), die Francke 1702 eröffnet hatte, heute Union Druck Halle GmbH, gehörte seit Jahrzehnten der Ost-CDU. Hier wurde auch nach der Wende weitergearbeitet, ebenso in der vom Stiftungsgelände durch die Hochstraße abgeschnittenen Waisenhaus-Apotheke.

Am südlichen Ende des Stiftungsgeländes waren zwei Turnhallen und ein großer, inzwischen ungepflegter und nicht mehr zu nutzender Sportplatz errichtet worden. Das alte Sportgelände aus den zwanziger Jahren gegenüber der

Latina, einstmals Ort der Mitteldeutschen Schülerwettkämpfe, hatte sich in verwildertes Brachland verwandelt.

Für die Kinder der Familien, die in den Stiftungen wohnten, bot das weitläufige Gelände ideale Spielmöglichkeiten. Sie wuchsen trotz der politischen Verhältnisse in einer Geborgenheit auf, die es anderswo kaum noch gab, ohne Verkehr, eigentlich ohne Herr und Richter. Verständlicherweise dachten die inzwischen Erwachsenen mit Wehmut an diese idyllischen Zeiten zurück. Auch die Schüler und Schülerinnen besuchten gern die Schulen in den Stiftungen, wie mir viele Ehemalige versicherten. Zwar war der Geist Franckes nicht mehr gegenwärtig, wohl aber wirkte sein nicht mehr wahrgenommenes Werk weiter.

Unbekanntes und Ungewohntes brach 1989/90 auch über die Menschen in den Stiftungen herein. Sie hatten sich mit den Einschränkungen, den undichten Fenstern, dem Taubendreck, den rußenden Öfen, dem abblätternden Putz an den Häusern, den immer wiederkehrenden Wasserrohrbrüchen abgefunden. Möglicherweise störte sie auch das zertrümmerte erste Francke-Denkmal auf der hinteren Ballonwiese nicht mehr, das einer von Franckes Nachfolgern, August Hermann Niemeyer, 1788 seinem großen Ahnen hatte errichten lassen. Nun war die Inschrift auf dem Sockel herausgeschlagen, und die ursprünglich darauf stehende Amphore lag halb vergraben abseits im Gebüsch. Als ich dies eines Tages entdeckte, war mir klar, daß man versuchen müßte, das Andenken an den großen Menschenfreund zu erneuern und dem Verfall Einhalt zu gebieten, auch wenn die Bewohner, meist ältere Menschen, den alten Zeiten nachtrauerten. Daß es eigentlich entbehrungsvolle Zeiten gewesen waren, wurde ihnen erst nach und nach bewußt, als der politische Wandel auch ihren Alltag veränderte.

## »Rettet die Franckeschen Stiftungen in Halle«

Zuerst waren es die Imbißbuden, dann kamen die fliegenden Händler, die die Städte überfluteten und billige Angebote gegen Ostmark an den Mann bringen wollten. Teppichmärkte eroberten die freien Plätze in den Städten. In Kolonnen rumpelten die Lastwagen über die schlechten Straßen, quälten sich durch die engen Ortsdurchfahrten und transportierten Waren in den Osten. Nach der Währungsunion wurden die Gebrauchtwagenmärkte im Westen leergefegt, und manches Auto landete unversehens im Straßengraben, da die Fahrer mit den großen Fahrzeugen auf den desolaten Straßen überfordert waren. Viele Glücksritter waren ins Land eingefallen und hinterließen bei der unerfahrenen Bevölkerung ihre Spuren.

Als der Osthandel infolge der neuen Währung entfiel, brach die Wirtschaft nach und nach zusammen. Zahlreiche Betriebe gingen in kurzer Zeit bankrott. Viele westliche Firmen schalteten ihre östlichen Konkurrenten nach großen Versprechungen aus. Angesichts mangelnder Erfahrung und fehlenden Kapitals war es nicht allzu schwer, den lohnenden Markt im Osten zu erobern. Die Treuhandanstalt wurde gegründet und bot die übernommenen volkseigenen Betriebe zum Verkauf an. Aber die westlichen Bieter konnten sie oftmals wegen der mageren Erträge auch nicht retten.

Bald setzten in den unrentablen Firmen Massenentlassungen ein, Tausende verloren ihren meist seit Jahrzehnten ausgefüllten Arbeitsplatz. Für zahllose Menschen wurde Arbeitslosigkeit der bittere Preis der äußeren Freiheit. Die Verunsicherung der Bevölkerung war grenzenlos.

Die Politiker hatten die maroden Verhältnisse in der

Wirtschaft, die dem Westen hoffnungslos unterlegen war, unterschätzt. Die Parolen vom Fortschritt der Arbeiterklasse hatten sich als Papiertiger erwiesen. Die vielgelobte Wirtschaftskraft der DDR war im internationalen Vergleich tatsächlich äußerst schwach. Infolgedessen war das Leben in vielen Bereichen rückständig, von der allgemeinen Entwicklung abgehängt. Die öffentlichen Verkehrsmittel waren veraltet, die Straßen in katastrophalem Zustand.

Nicht nur die bevorstehende Rechtsangleichung, überhaupt die Anpassung an westliche Verwaltungsformen erforderte Umschulungen und Fortbildung. Zur Ehre des Westens sei hier gesagt, daß sich zahllose anonym gebliebene Helfer erboten, ihren ostdeutschen Kollegen in den Ämtern, Verwaltungen, auch in den Betrieben bei dieser Umstellung zu helfen und ihnen zur Seite zu stehen.

Die Vereinigung der beiden deutschen Staaten, von der Volkskammer der DDR beschlossen, von Regierung und Parlament der Bundesrepublik unterstützt, hatte für die Ostdeutschen ihren hohen Preis. Wie gern hätte man sich damals eine persönliche Opferbereitschaft als Zeichen der Solidarität mit den vom Schicksal benachteiligten Landsleuten in Ostdeutschland gewünscht. Der Bundeskanzler hatte blühende Landschaften versprochen. Hätte er nicht geglaubt, die Kosten der Vereinigung aus der Portokasse bezahlen zu können, so wäre es vielleicht doch zu einem Lastenausgleich gekommen, der sich im Westen bei der Eingliederung der Flüchtlinge nach 1945 bewährt hatte. Willy Brandts zuversichtliche Erwartung – »Es wächst zusammen, was zusammengehört« – wäre sicherlich schneller in Erfüllung gegangen.

Für diejenigen aus dem Westen, die sich in Ostdeutschland engagierten, war diese Herausforderung nicht nur eine ganz neue Lebenserfahrung, sondern ein Abenteuer mit offenem Ausgang. Überall stand der politische und wirtschaftliche Erneuerungswille im Vordergrund. In diesem Transformationsprozeß bewegte mich die Frage, wie wird das überlieferte Erbe gerettet werden können? Wie wird es den Umschwung überstehen? Wie können die kulturellen Einrichtungen, die historischen Bauten und Ensembles, die ich seit Jahren kannte, erhalten werden?

Auch den Vorstand des Freundeskreises der Franckeschen Stiftungen, der sich bald nach der Gründungsversammlung konstituierte, bewegten diese existentiellen Fragen. Zu dem Kreis von Gleichgesinnten gehörten Dr. Klaus Keitel, der erste Landtagspräsident von Sachsen-Anhalt, zwei Universitätsvertreter – Dr. Ralf-Torsten Speler und Horst Thiere –, Dr. Johann-Albrecht Pernice, ein Nachfahre Franckes, und Professor Peter Menck, der selbst im Vorfeld einen Freundeskreis gegründet hatte, meine Wolfenbütteler Kollegin Dr. Sabine Solf und Professor Richard Toellner aus Münster. Helmut Obst, der Dekan der Theologischen Fakultät, war zu meinem Stellvertreter gewählt worden, Professor Ricken hatte die Geschäftsführung übernommen. Der Rektor der Universität, Professor Günter Schilling, der sich mit konstruktiven Vorschlägen beteiligte, und Karl-Martin Kuntze als Vertreter der Stadt Halle waren oft zu Gast.

Wir waren angetreten, die Franckeschen Stiftungen zu retten. Angesichts des offensichtlichen Verfalls der Gebäude bedeutete dies, nicht nur Rickens geplantes Forschungsinstitut zu unterstützen, sondern vor allem die Stiftungen als eigenes Ensemble wiederherzustellen. Über das Ausmaß und über die Schwierigkeiten eines solchen Unterfangens waren wir uns, wie ich nachträglich bekenne, nicht im klaren. Die ungeliebte DDR war im Verschwinden begriffen. Noch gab es keine neuen Länder, also keine

Ansprechpartner. Der Einigungsvertrag war in Vorbereitung. Es war wichtig, daß man in Bonn etwas von uns erfuhr. So schrieb ich am 23. Juli 1990 einen Brief an den früheren Bundesbauminister Dr. Schneider, der inzwischen beratend im Bundeskanzleramt tätig war. Mit seinem Ministerium hatte ich in den siebziger Jahren in Verbindung gestanden, als es um die Sanierung der Wolfenbütteler Altstadt nach dem novellierten Städtebauförderungsgesetz ging. Ich hatte ihn in Weimar anläßlich der Eröffnung des Kunstfestes zufällig getroffen und konnte daran anknüpfen:

»Ich möchte Ihnen meine Bitte wegen Weimar und Halle vortragen. Es wäre wirklich notwendig, wenn im Rahmen der Nennung kultureller Einrichtungen in der DDR in der Anlage zum Staatsvertrag II. zwischen der Bundesrepublik Deutschland und der DDR zwei bedeutende Institutionen genannt werden, die auch in den nächsten Jahren eine gesamtstaatliche Hilfe benötigen:

1. Die Nationalen Forschungs- und Gedenkstätten der klassischen deutschen Literatur in Weimar.
2. Die Franckeschen Stiftungen in Halle.

Von der Bedeutung der NFG in Weimar brauche ich Sie nicht zu überzeugen. Mein Kollege, der Generaldirektor Professor Dr. Lothar Ehrlich, hat Sie im einzelnen informiert. Die NFG sind eine außergewöhnliche Einrichtung im künftigen Europa. Ihre finanzielle Sicherung unter Einschluß notwendiger Restaurierungs- und Rekonstruktionsarbeiten ist eine unerläßliche Notwendigkeit.

Die Franckeschen Stiftungen in Halle sind wohl das interessanteste Ensemble, das es in der DDR zu retten und zu erhalten gilt. Sie wurden 1698 von dem Theologen und Pietisten August Hermann Francke gegründet. Sie stellen die erste moderne pädagogische und soziale Einrichtung in Deutschland dar. Im Geiste christlicher Erziehung wurden unabhängig von staatlicher Förderung zunächst Waisenkinder erzogen. Aus diesen Anfängen entwickelte sich eine moderne Bildungsanstalt europäischen Ausmaßes mit Schulen, Schülerheimen, Lehrerfortbildungsanstalten, Werkstätten, Buchhandlung und Buchdruckerei, Bibelanstalt, Krankenhaus, Apotheke, Missionsanstalt, Bibliothek, landwirtschaftlichen Betrieben etc. Die Franckeschen Stiftungen waren im 18. und 19. Jahrhundert ein Anziehungspunkt für junge Menschen aus aller Welt. Als August Hermann Francke 1728 starb, lebten in den Franckeschen Anstalten ca. 3000 Kinder, Lehrer, Handwerker, Ärzte, Verwalter etc.

Die Franckeschen Stiftungen, die bis 1945 unter Leitung eines Direktoriums bestanden, sind ein kulturgeschichtliches Denkmal ungewöhnlichen Umfangs. Durch ihre Aufhebung 1946 und Einbeziehung in die Martin-Luther-Universität begann der Niedergang und an den Rändern des großen Areals die Zerstörung eines einzigartigen Ensembles. Erst 1989 begann die Rekonstruktion, initiiert durch die Gründung einer Internationalen Forschungsstätte Europäische Aufklärung der Martin-Luther-Universität, für die der ehemalige Festsaal (auch aus Mitteln der VolkswagenStiftung) für 1,9 Mio. DM hergerichtet wird.

Mit den ersten Rettungsarbeiten wurde so begonnen. Universität, Rat der Stadt Halle und die Leitung der Kirchenprovinz in Magdeburg sind sich einig, daß die Franckeschen Stiftungen im Sinne des Stifters als kulturelle, wissenschaftliche, pädagogische und soziale Einrichtung wieder entstehen müßten. Nur mit Hilfe gesamtstaatlicher Mittel kann dieses unaufschiebbare, für das deutsche Ansehen im Ausland wichtige Werk im künftigen

Land Sachsen-Anhalt geleistet werden. Hier ist ein barbarisches Unrecht wiedergutzumachen.

Neben den Schlössern, Parks, Museen, Sammlungen, Bibliotheken, Theatern etc., die es in der DDR in den künftigen Ländern zu erhalten gilt, sind die NFG in Weimar und die Franckeschen Stiftungen in Halle zwei überregionale Institutionen, die wegen ihrer europäischen Bedeutung auch im künftigen Gesamtstaat unterstützt werden müßten …«

In gleicher Weise warben wir bei vielen Politikern und Verantwortlichen für die bedrohten Stiftungen. Unsere Bemühungen fanden Gehör, auch bei der Presse, dem Rundfunk, dem Fernsehen. Die damals noch junge Kulturstiftung der Länder in Berlin, die sich inzwischen seit einem Jahrzehnt auch besonders für die Kultureinrichtungen in Ostdeutschland einsetzt, wurde auf die Stiftungen aufmerksam. Wir verdanken ihr die querformatige Broschüre, die Ulrich Ricken mit zwei Hallenser Kollegen zusammenstellte und die im Herbst 1990 zweisprachig veröffentlicht wurde. Dieser »Appell des Freundeskreises der Franckeschen Stiftungen e. V.« mit dem programmatischen Titel *Rettet die Franckeschen Stiftungen in Halle* ist in Text und Bild inzwischen ein interessantes Zeitdokument. Einleitend heißt es da:

»Die Franckeschen Stiftungen in Halle sind eines der bedeutendsten Baudenkmäler Deutschlands aus der Zeit des Pietismus und der Frühaufklärung. Hier setzte August Hermann Francke das pietistische Gebot der praktischen Nächstenliebe in die Wirklichkeit um. Aus der Waisenschule, die er 1695 gründete, wurde in wenigen Jahrzehnten dank zahlreicher Spenden eine weltberühmte Bildungseinrichtung, die Tausende von Schülern aus vielen Ländern anzog.

Bahnbrechende pädagogische Reformen und weitreichende Impulse geistiger und geistlicher Erneuerung gingen von den Stiftungen aus, deren Absolventen und Freunde in Europa, Asien und Nordamerika tätig waren. Heute ist dieses Zentrum der europäischen Kulturgeschichte mit seinen einmaligen Kulturschätzen vom Verfall bedroht.

Der Freundeskreis der Franckeschen Stiftungen unter der Schirmherrschaft von Bundesaußenminister Dr. Hans-Dietrich Genscher will gemeinsam mit der Martin-Luther-Universität Halle-Wittenberg die Stiftungen als Gebäudekomplex retten und gleichzeitig dafür sorgen, daß die historischen Schätze und Einrichtungen, die schon seit dem 18. Jahrhundert dort ihren Standort haben, bewahrt werden und einen Rahmen erhalten, der ihre wissenschaftliche und kulturelle Nutzung auf Dauer gewährleistet.«

Im Vordergrund stand also, als wir an die Wiederherstellung der Franckeschen Stiftungen gingen, der Blick auf die kulturelle Bedeutung dieser historischen Stätte und ihrer Kulturschätze: Bibliothek, Naturalienkabinett, Cansteinsche Bibelsammlung und en passant auch weitere Einrichtungen. Die Zukunft der Stiftungen lag in der Rekonstruktion der Dächer und Fassaden, in der Internationalen Forschungsstätte Europäische Aufklärung und dem Aufbau ihrer Forschungsbibliothek, den Gedenkstätten, dem Museum, einem Gästehaus, Verwaltungsräumen, einem studentischen Kulturzentrum, der Pensionsanstalt. Also: eine kulturelle und wissenschaftliche Nutzung war das Ziel. So stand unsere Arbeit zunächst noch ganz in Ulrich Rickens ursprünglicher Zielrichtung. Doch der Aufruf wurde unser Programm: »Rettet die Franckeschen Stiftungen«.

## *Im vereinigten Deutschland*

Der 3. Oktober 1990 wurde ein historisches Datum für alle Deutschen. Durch einen Staatsvertrag wurde die Einheit Deutschlands hergestellt. Man spricht allgemein von der Wiedervereinigung, die mit diesem Tag besiegelt wurde. Aber war sie das wirklich? Hatten sich nicht nach den Jahren des Übergangs unter der Besatzung der Siegermächte in den vier Zonen des untergegangenen Reiches längst zwei eigenständige Staaten auf deutschem Boden entwickelt? Wie sollte man sie wiedervereinigen, die doch seit 1949 dem Westen oder dem Osten eingegliedert waren? So vollzog sich 1990 eine Vereinigung von zwei Bevölkerungsteilen einer Nation, die einander fremd geworden waren, ja teilweise feindselig in zwei politischen Lagern gegenüberstanden. Jeder Staat hatte seine eigenen Ideale, und im Laufe von vier Jahrzehnten hatten sich die Menschen in dem jeweiligen Land eingerichtet, die einen in der Freiheit des Westens, die anderen in der Bevormundung des Ostens. Die Zeit forderte ihren Tribut: Die Entfremdung war viel größer, als es die Menschen im Westen sich vorstellen konnten, nur daß sie den Landsleuten im Osten tagtäglich bewußt war.

Die Wiedervereinigung war ein frommer Wunsch, die Vereinigung der beiden Staaten aber eine Realität. Das gesetzte Ziel, nicht nur eine politische, sondern auch eine menschliche, eine innere Vereinigung damit zu erreichen, ist nicht von heute auf morgen, sondern ganz allmählich, mancherorts schneller, andernorts langsamer zu erreichen. Viele Mißverständnisse, gegenseitige Vorwürfe und Schuldzuweisungen wären damals nicht aufgekommen, wenn die Menschen in West und Ost von Anfang an mit

Vertrauen und Verständnis aufeinander zugegangen wären, wenn sich das Gefühl der Zusammengehörigkeit in einer selbstverständlichen Solidarität ausgedrückt hätte. Aber sie war nach 40 Jahren zum großen Teil verlorengegangen. So stand der 3. Oktober 1990 nicht am Ende eines Vereinigungsprozesses, sondern er war ein Anfang. Die innere Wiedervereinigung der Menschen in Ost und West wurde zu einer Aufgabe für alle, die in der Aufbauarbeit in Ostdeutschland ihren persönlichen Beitrag zur Wiederherstellung gleicher Lebensverhältnisse in ganz Deutschland leisten wollten. Diese Gedanken bewegten uns in jenen historisch gewordenen Tagen.

Meine Frau und ich waren am 2. Oktober zunächst nach Halle gefahren, um den Fortgang der ersten Baumaßnahmen zu verfolgen. Doch alles erschien uns an diesem Herbsttag trübe und hoffnungslos, ein Fortschritt kaum zu erkennen, das Tohuwabohu war größer denn je. Nicht in Halle, das uns fremd war, sondern in Weimar wollten wir die Vereinigung im Kreise persönlicher Freunde festlich begehen. Nach einem gemeinsamen Abendessen mit dem Generaldirektor der Nationalen Forschungs- und Gedenkstätten, den ich bei seinen Aufgaben beriet, fuhren wir zu viert – das Ehepaar Ehrlich, meine Frau und ich – in der letzten Stunde des Tages in die Stadt. Alle Restaurants waren voll besetzt. Mit Mühe und Not fanden wir im Gasthaus »Zum weißen Schwan« neben dem Goethehaus noch einen Platz, und bei einer Flasche Champagner erlebten wir die mitternächtliche Stunde. Für unsere Freunde war es verständlicherweise das Gefühl des Abschieds von einem Staat, in dem sie aufgewachsen und gelebt hatten, für uns aus dem Westen die glückliche Empfindung, nicht mehr im fremden, sondern im eigenen Lande zu Gast zu sein. Jubel aber kam nicht auf. Uns war unausgesprochen bewußt, daß eine Zeit wesentlicher Veränderungen und Aufgaben vor uns liegen würde. Kein Feuerwerk, kein Glockengeläut verkündete die große Stunde. Auf dem Marktplatz grölten einige Jugendliche. Ganz unfeierlich war in Weimar die DDR in dieser denkwürdigen Nacht zu Ende gegangen.

Knapp drei Wochen später holten wir das Ereignis in einer Veranstaltung des Freundeskreises der Franckeschen Stiftungen nach. An einem Sonntag nachmittag hatten sich Mitglieder aus Halle, aber auch von auswärts und aus den alten Bundesländern eingefunden. In der Baustelle des Festsaals hatten wir einen Versammlungsraum improvisiert. Die Gäste saßen vor der Empore, auf der nur noch das Gehäuse der Orgel zu sehen war, auf harten Holzstühlen mit eisernen Beinen. Ihnen gegenüber war ein Vorstandstisch aufgebaut. An der Seite stand Rickens Probebücherregal der Firma Pohlschröder, im Hintergrund des Saales hatte die Kustodie der Universität das Gerüst der berühmten Armillarsphäre aus dem einstigen Naturalienkabinett aufgestellt, das unter dem Dach im Schutt gelegen hatte. Es verdeckte die letzten Turngeräte, die an die inzwischen vergangene Zeit erinnerten.

An diesem Nachmittag nahmen wir symbolisch von den Stiftungen Besitz. Die Versammelten gaben sich zufrieden mit dem Berichteten. Fragen wurden nicht gestellt. Mir persönlich waren die Situation und die Umgebung höchst ungewohnt. Würde sich angesichts dieses trostlosen Ortes verwirklichen lassen, was ich in beredten Sätzen über die Zukunft der Stiftungen erzählte? Werden die Gäste nicht das gleiche gedacht haben? Zweifel waren angebracht. Alles befand sich in der Schwebe. Die Universität war noch Eigentümerin der Stiftungen, ihre Existenz war in diesen Übergangszeiten ungesichert. Die Landesverwaltungen sollten ja erst entstehen. Was konnte ein Freundeskreis ausrichten?

Und ich selbst: Von Wolfenbüttel aus konnte ich mich kaum so kümmern, wie man es vielleicht erwartete. Ich wurde in diesem unruhigen, aufregenden Jahr in Wolfenbüttel mehr gefordert als je zuvor: zahllose Verpflichtungen in der Bibliothek, Besucher, Veranstaltungen, Besprechungen, Sitzungen, Vorbereitung des Abschieds von langer Hand, immer häufiger Dienstfahrten zu den Partnern in Ostdeutschland; Vorträge, Publikationen, Reisen, Buchpräsentationen und schließlich am Ende des Jahres Auszug aus der Dienstwohnung nach zwanzig Jahren und Einrichtung unseres ebenso geräumigen Hauses am Stadtrand.

Doch trotz aller Bedenken sah ich mich in die Pflicht genommen. Als Jahresgabe der »Gesellschaft der Freunde der Herzog August Bibliothek« stellten wir in Wolfenbüttel einen schmalen Band über die Franckeschen Stiftungen zu Halle an der Saale zusammen, der zu Weihnachten 1990 verschickt wurde und in dem ich einleitend schrieb: »Das früher Undenkbare kann nun geplant werden, und es ist zu hoffen, daß im Zuge der Vereinigung der beiden deutschen Staaten die Erhaltung und Erneuerung der Franckeschen Stiftungen als ein nationales Unternehmen mit dem Blick auf das künftige Europa verwirklicht werden kann. Es wird darauf ankommen, daß das neue Deutschland Städte wie Erfurt und Weimar, Leipzig und Dresden, Wismar und Brandenburg, die Parks von Sanssouci und Wörlitz zum Beispiel neben den vielen historischen Gebäuden, Burgen und Schlössern, Domen und Kirchen als Herausforderungen versteht und Denkmalpflege mit kultureller und geistiger Erneuerung verknüpft und so in den Neuen Ländern der deutschen Bundesrepublik Zeichen setzt für den Willen, das kulturelle Erbe als eine nationale Verpflichtung zu verstehen und einzubringen in ein neues Europa, das in seiner multikulturellen Vielfalt seine geistige Identität finden wird. So ist die Erhaltung der Franckeschen Stiftungen in Halle kein Selbstzweck, sondern ein wichtiger und ein zeichensetzender Beitrag auf dem Wege in ein neues friedliches Jahrtausend.«

Hans-Dietrich Genscher, der damalige deutsche Außenminister, unser Schirmherr, bekräftigte in seinem Geleitwort unsere Bemühungen: »Die Franckeschen Stiftungen sind für mich, der ich in Halle aufgewachsen bin, eine sehr lebendige Jugenderinnerung. Deshalb begrüße ich die Bemühungen des im Sommer 1990 gegründeten Freundeskreises der Franckeschen Stiftungen, dieses stark vernachlässigte historische Ensemble zu sanieren und mit neuem Leben zu erfüllen. Ich bin zuversichtlich, daß es in dem vereinigten Deutschland möglich sein wird, einen solchen geschichtsträchtigen Ort deutscher Kultur wieder zu einem kulturellen und wissenschaftlichen, aber auch sozialen und pädagogischen Zentrum im Geiste August Hermann Franckes zu machen.«

# Entscheidungen

Federico Mayor, Generaldirektor der UNESCO, und Hans-Dietrich Genscher im Gespräch mit dem Rektor der Universität, Prof. Günter Schilling (im Vordergrund), und Prof. Raabe.
Links: Prof. Ulrich Ricken. Oktober 1990
Foto: Mitteldeutsche Zeitung, Klaus Plewa

## *Die denkwürdige Sitzung*

Auf den neuen Justizminister des gerade gegründeten Landes Sachsen-Anhalt setzten wir große Hoffnungen. Ich hatte ihn für die vorweihnachtliche Veranstaltung der Herzog August Bibliothek »Mitten in Deutschland – nach einem Jahr« im Dezember 1990 als Redner gewinnen können. Walter Remmers war in dem Verkehrschaos, das damals auf den Straßen zwischen Ost und West herrschte, mit zweistündiger Verspätung eingetroffen. Die Wartezeit hatte ich mit Beiträgen der auswärtigen Gäste überbrükken können. Die Professoren Schilling und Obst aus Halle und Lothar Ehrlich aus Weimar berichteten, und ich selbst hielt das große Publikum mit einem Bericht über den Prozeß der Vereinigung hin.

Remmers, ein hochgewachsener Ostfriese mit kurzem Haarschnitt und lebhaften Augen, faszinierte seine Zuhörer mit seinem bedächtigen und zugleich engagierten Vortrag über den Neuanfang »drüben«, über die Schwierigkeiten und die Chancen im Aufbau des Landes Sachsen-Anhalt, das aus der ehemaligen preußischen Provinz Sachsen und dem früheren Freistaat Anhalt sechs Wochen zuvor gebildet worden war und zwischen 1946 und 1952 schon einmal eine kurze Zeit bestanden hatte.

An diese unvergessene Begegnung konnte ich anknüpfen, als der vielbeschäftigte Minister Anfang 1991 die Franckeschen Stiftungen besuchte. Etwas vorwurfsvoll gab er zu verstehen, daß ich ihn ja herbestellt habe. Doch die anfängliche Skepsis wich dem Interesse an einer Stiftung, mit der offensichtlich in der DDR-Zeit nicht korrekt umgegangen worden war.

So öffnete uns Walter Remmers die Türen in Magdeburg. Mit einer Engländerin an meiner Seite, die ich für die Zusammenarbeit mit der DDR hatte einstellen können, fuhr ich in den nächsten Monaten über die holprigen, oft abenteuerlichen Straßen in die neue Landeshauptstadt. Einmal mußten wir sogar über einen Acker fahren, um den Weg fortzusetzen zu können. Die Gespräche im Justizministerium endeten mit der Feststellung, daß sich die neuen Beamten nicht zuständig fühlten, und man verwies uns an das Innenministerium. Wieder legten wir die Bedeutung der Stiftungen dar, denen in der jüngsten Vergangenheit schwerer sichtbarer Schaden zugefügt worden sei, und daß es unser Wunsch sei, das Land möge die Stiftungen wiederherstellen, zumal die Universität signalisiert hätte, sie aus ihrem Besitztum zu entlassen.

Aber auch das Innenministerium fühlte sich nach langen Beratungen offenkundig ebenfalls nicht zuständig. So verstrichen mit diesem Klinkenputzen, wie wir unsere erfolglosen Bemühungen nannten, weitere Monate. Enttäuscht über die sich hinziehenden Gespräche, die immer wieder ohne Ergebnis endeten, hatten wir uns schließlich Anfang August 1991 im Wissenschaftsministerium angemeldet. Die zentrale Abteilung befand sich in dem ehemaligen »Haus des Lehrers«, einem Hochhaus am Breiten Weg, das mit seinem blauen Anstrich im Zentrum Magdeburgs von weitem sichtbar ist. Der Abteilungsleiter, der uns in seinem engen Büro im 5. Stock sehr liebenswürdig empfing, ließ mich in meiner Litanei gar nicht ausreden: »Sie brauchen nichts mehr zu erklären, wir werden die Franckeschen Stiftungen wiederherstellen. Eine entsprechende Verordnung wird in Kürze im Ministerialblatt veröffentlicht werden.« Wir waren überrascht und auch ein wenig ungläubig. Hatte er wirklich die Franckeschen Stiftungen gemeint? Doch unser Gegenüber, ein freundlicher, höflicher Beamter, nahm uns schnell unsere anfänglichen Zweifel: Wir waren endlich an der richtigen Adresse.

Dr. Karl-Heinz Hall, damals 55jährig, war Vizekanzler der Universität Heidelberg gewesen. Das mir wohlvertraute Ausstellungsplakat der Bibliotheca Palatina an der Wand seines Arbeitszimmers erinnerte an diese Tätigkeit, und ich betrachtete es als ein gutes Omen. Seit Februar 1991 war er im Amt und hatte sich um den Neuaufbau der wissenschaftlichen Einrichtungen zu kümmern. Dr. Hall, der kürzlich im frühen Pensionsalter zu unserer Bestürzung gestorben ist, wurde die »gute Fee« für die Franckeschen Stiftungen. Ihre Zukunft machte er zu seiner eigenen Sache. In vielen Gesprächen hat er uns geholfen, sein Rat war uns immer eine ganz wesentliche und auch sehr menschliche Hilfe. Die ersten Schritte in die Zukunft der Stiftungen haben wir diesem engagierten, immer fröhlichen und aufgeschlossenen Mann zu verdanken. Allzu schnell geht die Zeit über die Verdienste derer hinweg, die nicht vor Ort, sondern in den Zentren der Entscheidungen die Weichen in jenen Jahren des Umbruchs gestellt haben. So gehört der Name von Karl-Heinz Hall in das goldene Erinnerungsbuch der Franckeschen Stiftungen.

Daneben sollte ein anderer Name stehen: Professor Rolf Frick. Wir lernten an jenem denkwürdigen Tag im August in Magdeburg auch diesen zuständigen Minister kennen, mit dem wir in den folgenden Jahren so freundschaftlich und erfolgreich zusammengearbeitet haben. Alles, was uns Dr. Hall vortrug, war zuvor mit dem Minister, der als Professor der Informatik an der Kunsthochschule Burg Giebichenstein unterrichtet hatte, abgesprochen worden. Auch er wurde der gute Geist in Halle.

Das Schreiben, das ich als Präsident des Freundeskreises am 17. September 1991 erhielt, trug Fricks Unterschrift. Er teilte mir in diesem entscheidenden Brief mit, daß das Land Sachsen-Anhalt beschlossen habe, die Franckeschen Stiftungen als öffentlich-rechtliche Stiftung wiederherzustellen. Er bat mich, gemeinsam mit zwei Kollegen eine neue Satzung auf der Grundlage der bisherigen zu erarbeiten. Sie solle dann nach der Genehmigung durch das Ministerium im kommenden Jahr umgesetzt werden.

Am 18. September versammelten sich in Halle sechs Herren und eine Dame in einem kleinen Zimmer im Obergeschoß von Franckes einstigem Wohnhaus, das uns der Leiter des Sonderbaustabes für die Sitzung zur Verfügung gestellt hatte. Wir saßen auf den Holzbänken aus Franckes Zeiten, um die Konsequenzen des Frick-Briefs zu besprechen und zu beraten: Dr. Hall mit zwei Ministerialbeamten aus Magdeburg, Professor Obst als Dekan der Theologischen Fakultät, Dr. Johnsen als Vertreter der Kirche, die Engländerin und ich, den der Minister zum Vorsitzenden unserer dreiköpfigen Gruppe bestimmt hatte.

Es war eine denkwürdige Sitzung, denn wir alle waren von dem beglückenden Gefühl beseelt, daß mit der Konstituierung unseres vorläufigen Vorstandes und dem Beschluß, den Kirchenjuristen Dr. Hartmut Johnsen mit dem ersten Entwurf einer neuen Satzung zu beauftragen, nunmehr die Zukunft der Stiftungen begonnen hatte. Wir ahnten nicht, daß noch unendlich viele Steine aus dem Weg geräumt werden mußten. Bei einem Glas Sekt, zu dem auch die wenigen Journalisten eingeladen wurden, die auf das Ergebnis unserer Beratung gewartet hatten, besiegelten wir das Bündnis, das an diesem Spätnachmittag mit dem Ministerium geschlossen wurde.

Die vom gleichen Tag datierte Bekanntmachung des Ministeriums für Wissenschaft und Forschung, die acht

Wochen später im Ministerialblatt abgedruckt wurde, war kurz und bündig:

1. Die Verordnung der Provinz Sachsen über die Eingliederung der Franckeschen Stiftungen in die Martin-Luther-Universität Halle-Wittenberg vom 20. 9. 1946 (Verordnungsblatt für die Provinz Sachsen 1946, S. 450) war von Anbeginn an rechtswidrig; ihre Unwirksamkeit wird hiermit festgestellt.
2. Die Franckeschen Stiftungen mit ihrem Sitz in Halle bestehen als Stiftung des öffentlichen Rechts mit Rechtspersönlichkeit weiter.

Das war unverkennbar Dr. Halls Handschrift. Er wollte Klarheit schaffen und die hinderliche Verordnung aus der Zeit der sowjetischen Besatzung aus der Welt schaffen. Sie war fast auf den Tag genau 45 Jahre zuvor von dem Präsidium der Provinz Sachsen erlassen und von Dr. Eberhard Hübener als Präsident und den Vizepräsidenten Siewert, Thape, Damerow und Dieker unterzeichnet worden. Diese damalige Verordnung über die Eingliederung der Franckeschen Stiftungen in die Martin-Luther-Universität hatte folgenden Wortlaut gehabt:

§1 Die Rechtspersönlichkeit der Franckeschen Stiftungen wird aufgehoben.

§2 Die Schulen, Internate, Erwerbsinstitute, Nebenstiftungen und Vermächtnisse, sowie das gesamte Vermögen der Franckeschen Stiftungen gehen in das Eigentum der Martin-Luther-Universität Halle-Wittenberg über und werden als »Franckesche Stiftungen, Pädagogisches Institut der Martin-Luther-Universität Halle-Wittenberg« in die Universität eingegliedert.

§3 Der Kurator der Universität tritt in die Rechtsstellung des Direktoriums der Franckeschen Stiftungen ein.

§4 Diese Verordnung tritt mit dem Tage der Verkündung im »Verordnungsblatt für die Provinz Sachsen« in Kraft.

Halle (Saale), den 20. September 1946

In diesem unseligen Dokument, das uns noch so manche Schwierigkeiten bringen sollte, wurden nicht die Franckeschen Stiftungen in Frage gestellt, wohl aber die Aufhebung ihrer Rechtspersönlichkeit bekanntgegeben. Wie war es dazu gekommen? Was waren die Franckeschen Stiftungen gewesen? Um Hartmut Johnsens Auftrag und seine neue Satzung zu würdigen, ist es notwendig, einen Blick auf die Verwaltungsgeschichte der Stiftungen zu werfen.

## *Eine neue Satzung*

August Hermann Francke, der im Januar 1692 als 29jähriger Theologe sein Amt als Pfarrer der Gemeinde Glaucha vor Halle angetreten hatte und gleichzeitig als Professor der orientalischen Sprachen an die 1694 eröffnete Universität Halle berufen worden war, begann im Sommer 1698 mit dem Bau des Waisenhauses und legte damit den Grundstein für sein bald berühmt gewordenes pädagogisches und soziales Lebenswerk aus dem Geist des Pietismus und der Kraft des Glaubens. Zur wirtschaftlichen Absicherung seines Unternehmens – der fromme Mann stand mit beiden Beinen auf dem harten Boden der Realität – waren ihm in Verhandlungen mit den brandenburgischen Räten in Berlin und Potsdam Vorrechte zugestanden worden, die in ein Privileg mündeten, das der Kurfürst Friedrich III., der spätere König Friedrich I. in Preußen, am 19. September 1698 erließ, abgefaßt von dem Geheimrat Paul von Fuchs, einem der vielen Gönner des noch unbekannten Pfarrers in der sächsischen Provinz.

Drei Septembertage besiegelten also das Schicksal der Franckeschen Stiftungen: Am 19. September 1698 wurden sie gegründet, am 20. September 1946 in ihrer Rechtspersönlichkeit aufgehoben, am 18. September 1991 wiederhergestellt.

*Das Churfürstlich-Brandenburgische Privilegium über das Waysen-Hauß zu Glaucha an Halle* – »Gott zu Ehren zu des Landes Besten« – ist mit seinen 23 Paragraphen die Gründungsurkunde und trotz aller Veränderungen das Grundgesetz der Franckeschen Stiftungen über 300 Jahre geblieben. Das »Werck von Magister Francken privatim angeleget« soll, wie es weiter heißt, »hinkünfftig unter Unserem Namen, Schutz und Autorität gefördert und als ein publiques Werck consideriret«, also betrachtet werden. Wenn gegen Ende des 18. Jahrhunderts das Hallesche Waisenhaus und die mit ihm verbundenen Anstalten unter der Bezeichnung Francksche Stiftungen zusammengefaßt wurden, so kommt darin zum Ausdruck, daß das von August Hermann Francke privat gestiftete, d. h. finanzierte Werk als »publiques«, also als gemeinnütziges Werk von Anfang an verstanden wurde.

Das Privileg stattete das Waisenhaus mit Rechten aus, die die wirtschaftliche Zukunft vorausschauend hervorragend sicherten. Gewährt wurden die Zollfreiheit, die Befreiung von steuerlichen Lasten und das Recht, eine Buchhandlung und eine Buchdruckerei anzulegen und eine eigene Apotheke einzurichten. Francke konnte ohne Zunftzwang Handwerker einstellen. Er erhielt Back- und

Braurechte, auch Vorkaufsrechte für den Landerwerb. Jede Kirche im Herzogtum Magdeburg sollte jährlich einen Reichstaler zum Betrieb zuschießen, außerdem sollten den Anstalten eine jährliche Kollekte sowie Strafgelder unter 50 Talern zugute kommen.

Das damalige Privileg bescheinigte so dem Gründer die Möglichkeiten selbständigen Handelns und Wirtschaftens. Das war in einem zentralistischen absolutistischen Staat eine einzigartige Situation, die die Freiheiten und Bindungen heutiger Stiftungen vorwegnahm. Dieses lesenswerte Dokument – ein Faksimile wurde in den *Kleinen Schriften der Franckeschen Stiftungen* 1998 herausgegeben – blieb bis 1832 in Kraft. Von den preußischen Königen, zuletzt von Friedrich Wilhelm IV., war es immer erneut bestätigt worden.

Im Zuge der preußischen Reformen aber wurde es nach schwierigen Verhandlungen mit dem Direktor der Stiftungen in ein Reglement für die Verwaltung der Franckeschen Stiftungen umgeformt, mit dem Ziel einer Eingliederung in das preußische Bildungswesen. Dies gelang zwar im großen und ganzen, und doch wurde die ursprüngliche Selbständigkeit nicht angetastet. Die Bürokratie mußte wohl aufgrund einer königlichen Weisung deshalb die folgende Konzession einräumen:

»Von der Aufsichtsbehörde wird außer den auf allgemeinen organischen Gesetzen und Anordnungen beruhenden, keine Veränderung mit den Franckeschen Stiftungen und einzelnen bei ihnen bestehenden Institutionen weder in ökonomischer noch pädagogischer Beziehung ohne Mitwirkung und Beistimmung des Direktoriums vorgenommen; die gedachte Behörde tritt niemals in unmittelbare Verbindung mit einzelnen Beamten und Lehrern der Stiftung und gestattet diesen auch nicht, sich an sie, außer in

Fällen der Beschwerde oder Reklamation unmittelbar zu wenden.«

Dieses Reglement, das in einigen Punkten in der Zeit der Weimarer Republik geändert worden war, blieb bis 1946 in Kraft. Es lag uns im Herbst 1991 in einem zerfledderten, durch handschriftliche Zusätze schwer lesbaren Exemplar vor. Dr. Johnsen legte es der von ihm entworfenen neuen Satzung zugrunde, die sich in der Präambel auf die historische Entwicklung bezieht und so die Kontinuität seit Franckes Zeiten zum Ausdruck bringt. Die Satzung legt die Ziele und Aufgaben der Stiftungen erneut fest:

»Die Franckeschen Stiftungen verstehen sich in ihrer Gesamtheit wie in ihren einzelnen Arbeitszweigen, unabhängig von ihrer Rechtsform, als eine im Sinne ihres Stifters von christlichem Geist geprägte Einrichtung, die Menschen aller Schichten aus dem In- und Ausland eine umfassende Bildung und die Fähigkeit zum sozialen Handeln vermitteln will. Darüber hinaus nehmen die Franckeschen Stiftungen ihren kulturellen Auftrag gegenüber der Allgemeinheit wahr.«

Zu dritt wurde der Entwurf beraten, verabschiedet, dem Ministerium als Stiftungsbehörde übersandt, von diesem unter Beteiligung der Evangelischen Kirche der Kirchenprovinz Sachsen genehmigt und trat so im Frühjahr 1992 in Kraft.

Immer wieder habe ich in den Aufbruchjahren in Halle das Glück gehabt, Menschen zu begegnen, die sich ganz in den Dienst unserer gemeinsamen Aufgabe stellten. Dazu gehörte auch Dr. Hartmut Johnsen als einer der Männer der ersten Stunde in den Stiftungen. Er hatte im Frühjahr 1991 als ehemaliger Leiter der Kirchenverwaltung der Evangelischen Kirche in Hessen und Nassau das Amt des Konsistorialpräsidenten der Kirchenprovinz Sachsen in Magdeburg übernommen, das er drei Jahre ausüben sollte. In seinem langen Leben hatte er als Kirchenjurist nicht nur in kirchlichen Fachkreisen wegen seiner Kompetenz und seiner menschlichen Haltung hohe Anerkennung gefunden, sondern vor allem auch in seinen Bemühungen, die Verbindungen zwischen den Kirchen in West und Ost aufrechtzuerhalten. In der Festschrift zu seinem 65. Geburtstag 1994, *Kirche als grenzüberschreitende Gemeinschaft,* hat dies der brandenburgische Ministerpräsident Manfred Stolpe zum Ausdruck gebracht: »Er war ein Läufer im Minenfeld der Trennung, scheute sich nicht, den beschwerlichen und oft mit Schikanen verbundenen Weg von West nach Ost auf sich zu nehmen. Wir im Osten, in unserer Bewegungsfreiheit so jäh eingeschränkt, waren auf diese Überzeugungstäter angewiesen.« So war es für die Stiftungen ein Glücksfall, in Hartmut Johnsen den Freund und Förderer gefunden zu haben, der die folgenden frühen Jahre der Stiftungen mit Rat und Tat als Mitglied des Direktoriums begleitet hat.

## *Die Ära Ricken geht zu Ende*

Im Frühjahr 1991 hatte Ulrich Ricken wie im Fluge das oberste Geschoß des Englischen Hauses mit seinen wenigen Mitarbeitern so hergerichtet, daß sein Forschungsinstitut über eigene Arbeitsräume verfügte. Daher hatten wir auch einen Raum für unsere Vorstandssitzungen und überhaupt eine Bleibe, wenn die Engländerin und ich einen Tag aus Wolfenbüttel herüberkamen, um Laufendes zu besprechen. Anfangs waren wir ja heimatlos gewesen. Allein ein Klo zu finden war ein Abenteuer. Nun aber war offensichtlich alles auf gutem Wege. Doch uns kamen Zweifel, ob es wirklich noch zu vertreten sei, den Versammlungssaal der Stiftungen dem Aufklärungszentrum zu überlassen. War dies nicht geradezu ein Verstoß gegen das Andenken von August Hermann Francke? Hatte er nicht hier jeden Sonntag seine Kinder in der christlichen Lehre unterwiesen und mehrmals im Jahr die Schulexamina abgenommen? Hatte nicht sein Schwiegersohn Johann Anastasius Freylinghausen an diesem Ort mit den Schülern musiziert und Singestunden veranstaltet? War nicht der Saal das Vorbild für viele andere pietistische Versammlungsorte gewesen?

Solche Fragen trieben uns um. Waren wir selbst eigentlich Herr der Lage? Hatten nicht auch wir von Entscheidungen Abschied zu nehmen, die in den letzten DDR-Jahren getroffen worden waren? Als sich dann im Frühjahr 1991 einige Altschüler, die die Stiftungen noch aus der Vorkriegszeit kannten, über den geplanten Ausbau des Versammlungssaales für die Zwecke des Forschungsinstituts empörten, war der letzte Anstoß zum Umdenken gekommen.

Da die Firmen sehr langsam arbeiteten und sich die Bereitstellung der Regalanlage für das Aufklärungszentrum verzögerte, war der Ausbau kaum vorangekommen. Das erwies sich als unsere letzte Chance. Vorsichtig versuchte ich, Ulrich Ricken zu erklären, daß es doch wohl sinnvoller sei, den Versammlungssaal seiner ursprünglichen Bestimmung zurückzugeben. Er fiel aus allen Wolken und fühlte sich durch mich verraten. Die Idee, die Franckeschen Stiftungen zum Zentrum der Aufklärungsforschung zu machen, wollte er nicht aufgeben, die Argumente, daß nach der Wende eine neue Situation entstanden sei, ließ er nicht gelten. In seiner Begeisterung für den Aufbau seines Zentrums hatte er den weitgreifenden politischen Umschwung gar nicht zur Kenntnis genommen.

Erst als die Stiftungen ein paar Monate später wieder rechtsfähig geworden waren, konnte der vorläufige Vorstand verbindliche Entscheidungen treffen. Mir war bei meinen Rundgängen aufgefallen, daß im hinteren Teil des Stiftungsgeländes die Rote Schule so gut wie ungenutzt war, nur im Erdgeschoß gab es noch Schulspeisungen. Das Gebäude war nach den Bestimmungen des Einigungsvertrages der Stadt Halle zugefallen. Es war nicht leicht, den zuständigen Stadtrat Karl-Martin Kuntze davon zu überzeugen, daß sich das Haus vorzüglich für die weitgespannten Pläne des Aufklärungsforschungszentrums eignete. Wir einigten uns schließlich auf der Grundlage eines Tausches: Die Stadt übertrug das Schulhaus den Stiftungen, im Gegenzug überließen wir dem Stadtsingechor das gegenüberliegende Haus, das zum unvermessenen Hofraum der Stiftungen gehörte, zur mietfreien Nutzung.

Ulrich Ricken mußte sich schließlich schweren Herzens unseren Wünschen fügen. Anfang Oktober 1991 fand der Umzug in das allerdings ebenfalls stark heruntergewirtschaftete Gebäude statt. Im nachhinein hat er die Entscheidung gutgeheißen, und aus heutiger Sicht konnte sie gar nicht besser ausfallen. Als Ricken Ende 1991 mit 65 Jahren in den Ruhestand trat, endete mit ihm eine Übergangsära in den Stiftungen. Mit seiner Idee, in den Stiftungen eine Forschungsstätte für europäische Aufklärung zu gründen, hatte er ungewollt den Anstoß zur Rettung der Franckeschen Stiftungen gegeben. Ulrich Ricken war der Mann der ersten Stunde. Allerdings wurde sein Abgang von der Nachricht überschattet, daß er ein IM gewesen sei. Die *Bild-Zeitung* in Halle hatte im Sommer 1991 eine lange Liste inoffizieller Mitarbeiter der Staatssicherheit veröffentlicht, auf der auch Ricken mit seinem Decknamen »Roman« stand. Diese Mitteilung hatte uns schokkiert. Da ich Ulrich Ricken seit fünf Jahren kannte und auch Berichte gelesen hatte, die er nach der Rückkehr aus Wolfenbüttel der Universitätsleitung übergeben mußte, weiß ich, daß uns seine Kontakte zur Stasi nicht geschadet hatten. Eigentlich konnte ich sogar das Gegenteil annehmen. Doch dies weiterzudenken habe ich mir versagt. Jahrelang kämpfte Ricken um seine Rehabilitierung. Das Studium seiner Stasi-Unterlagen, soweit sie ihm zugänglich waren, beschäftigte ihn über Jahre und lähmte seine wissenschaftliche Arbeitskraft. Ich habe das sehr bedauert, denn Ulrich Ricken hat sich um die Franckeschen Stiftungen bleibende Verdienste erworben, so seltsam es in den Ohren derer klingen mag, die unter dem DDR-Regime gelitten haben, während er diesem so lange gedient hatte.

## *Aufbruchstimmung*

Die Tatsache, daß die Stiftungen wieder rechtsfähig waren, beflügelte uns. Die Universität zog sich nach und nach aus dem Areal zurück. Wir hatten vereinbart, daß wir, der vorläufige Vorstand, über die Liegenschaften so verfügen könnten, als seien wir Eigentümer, was aber noch nicht der Fall und Gegenstand vieler Besprechungen und Erläuterungen war. Auch wenn uns der Anblick der verfallenen Gebäude immer wieder entmutigte, so gaben wir uns zugleich den Überlegungen hin, wie alles eines Tages gestaltet sein könnte. Und diese Träume und Illusionen waren stärker als die banale Realität. Die Wiedervereinigung war ein »Fakt«, wie man hierzulande sagt, und dieser höheren Wirklichkeit waren in unseren Gedanken die täglichen Unsicherheiten, Irritationen, enttäuschten Hoffnungen, zerschlagenen Erwartungen unterzuordnen. Einem der Journalisten, die uns mit Neugier und Interesse durch die Wochen und Monate hin wohlwollend und mithoffend befragten und über die Stiftungen berichteten, hatte ich gesagt, ich sei ein pessimistischer Optimist.

Drei Tage hatten wir Ende Februar 1992 meinen Abschied in Wolfenbüttel mit Reden, Ehrungen, Empfängen gefeiert. Mit einem Buch hatte ich mir den endgültigen Abschied von der Seele geschrieben und widerstand auch dem Vorschlag des Ministeriums, noch einige Zeit meine eigene Stelle zu verwalten, da sich die Verhandlungen über einen Nachfolger in die Länge zogen. Auch hatte ich die ehrenvolle Einladung, ein Jahr Gast des Wissenschaftskollegs in Berlin zu sein, zur Enttäuschung aller Beteiligten, ausgeschlagen wie ein Jahr später das lukrative Stipendium des Getty Center for the History of Art and Humanities in Los Angeles. Immerhin konnte ich mit meiner Frau Ende 1993 zwei Monate davon wahrnehmen.

Als ich zwei Tage nach meinem Abschied nach Halle fuhr, lag Wolfenbüttel hinter mir. In den Stiftungen war seit Herbst 1991 vieles im Umbruch. In eigener Sache kam es darauf an, eine Geschäftsstelle vorzubereiten, vorübergehend Quartiere für die Engländerin, für meine bisherige Sekretärin Erika Wollnick, die nach Halle mitkam, und auch für mich zu beschaffen. Zwar wollte ich in Wolfenbüttel wohnen bleiben, doch mit den Tagesfahrten war es nicht getan. Die pausenlosen Besprechungen und Besuche zogen sich über den Tag hin, und so mußten Übernachtungsmöglichkeiten geschaffen werden. Wieder war es der hilfsbereite Günter Treizel, der für unsere Unterbringung in der Pensionsanstalt sorgte und meine Frau und mich hin und wieder mit einem wunderbaren Frühstück verwöhnte, wenn wir nach aufreibender, durch endlose Umleitungen in die Länge gezogener Autofahrt endlich in den Stiftungen eintrafen. Es war vorgesehen, eine Geschäftsstelle für uns in den bisherigen Räumen einer Betriebseinheit der Universität, dem ehemaligen Back- und Brauhaus, gleich hinter dem Franckeschen Wohnhaus provisorisch herzurichten. Hier befindet sich noch heute die Verwaltung der Stiftungen.

Die Zusammenarbeit mit der Universität, insbesondere mit dem neuen Kanzler Wolfgang Matschke – auch mit seinem Vorgänger herrschte gutes Einvernehmen – erwies sich als außerordentlich effektiv. Ohne dieses vom Ministerium unterstützte Entgegenkommen wäre der Übergang der Stiftungen von der Universitätsverwaltung auf die im Aufbau begriffene Stiftungsverwaltung nicht denkbar gewesen. Alle Wünsche und Vorschläge des dreiköpfigen vorläufigen Vorstands wurden wohlwollend behandelt. Nur diesem harmonischen Zusammenspiel zwischen der neuen Stiftungsverwaltung, der Universität, dem Ministerium und allen Nutzern in den Stiftungen war es zu danken, daß sich der Neuanfang zunächst relativ reibungslos entwickelte.

Anfang Mai nahm die Geschäftsstelle ihre Arbeit auf, nachdem das Land dem schon Monate zuvor eingereichten Haushaltsplan zugestimmt hatte. Die Engländerin übernahm die Geschäftsführung, ihr zur Seite stand zunächst meine Sekretärin. Von der Universität wurde Dr. Ralf Loof für die Verwaltung übernommen, der schon 1990 den Freundeskreis aufgebaut hatte und seither als kompetenter, verläßlicher Finanzverwalter in ruhiger Gelassenheit, an seiner Pfeife ziehend, oft wie ein Fels in der Brandung wirkt. Er brachte seine Sekretärin, Bettina Dost, mit, und vorübergehend war zusätzlich ein Angestellter der Universität tätig. Diese kleine Mannschaft trug in den ersten Jahren die ganze Last der aufzubauenden Verwaltung, denn im Gegensatz zu den meisten Kultureinrichtungen in der ehemaligen DDR mußten wir beim Nullpunkt anfangen. Anknüpfend an noch Vorhandenes, war es ein völliger Neubeginn in den provisorischen Räumen im Erdgeschoß des heute noch immer nicht restaurierten Gebäudes. Sie wurden mit alten und neuen Möbeln eingerichtet. Mein Arbeitszimmer hatte ich mit den farbigen Drucken von Marianne Lautensack zu Gedichten von Paul Celan ausgestattet. Ein Liegesessel, der mir gute Dienste leisten sollte, war der einzige Komfort. So konnte ich mittags 12–13 Minuten schlafen, und dann begann für mich ein »neuer Tag«. Den Flur hatten wir mit Ausstellungsplakaten der Wolfenbütteler Bibliothek freundlich gestaltet und so ein Stück Heimat mitgenommen.

Was in diesen engen Räumen gedacht, geleistet, getan wurde, entzog sich weitgehend der Öffentlichkeit. Doch wie mit einem Paukenschlag meldeten sich die Franckeschen Stiftungen zurück. Wir hatten vom 20. bis 22. März 1992 zu Ehren von August Hermann Franckes Geburtstag in die Stiftungen eingeladen und nahmen damit eine alte Tradition wieder auf. Aus allen Teilen Deutschlands waren ehemalige Francke-Schüler angereist, die zusammen mit den Hallensern Zeugen der Aufbruchstimmung wurden. Die Gäste hatten sich am Ende des Lindenhofes versammelt. Wie ein Symbol des Untergangs war uns dort von Anfang an der leere Denkmalsockel erschienen. Aber die Denkmalpfleger hatten – was wir zunächst nicht wußten – die gußeiserne Statue in einem der Häuser sichergestellt und später dann ihre Restaurierung veranlaßt. Nun stand das eindrucksvolle Monument, von einem weißen Tuch verhüllt, wieder an seinem Platz. Eine Bläsergruppe und danach der Stadtsingechor der Schüler leiteten die festliche Zeremonie ein. Der damalige Landtagspräsident Dr. Klaus Keitel, ein ehemaliger Schüler der Stiftungen, nahm das Wort, wie seither jedes Jahr, und sprach über die Bedeutung der Stunde wie nach ihm der neugewählte Oberbürgermeister Dr. Klaus Rauen. Dann trat eine Frau in einem dunklen, gestreiften Mantel und mit schwarzer Baskenmütze ans Mikrofon: die bekannte Romanautorin Christine Brückner aus Kassel, die 100 000 DM für die Restaurierung des Denkmals gestiftet hatte und nun erzählte, wie sie vor Ende des Krieges nach Halle verschlagen worden war, als Praktikantin in der Bücherei am Hallmarkt gearbeitet hatte, ehe sie wie alle jungen Frauen kriegsverpflichtet wurde, und wie sie schließlich im Lazarett in Halle den Mann ihres Lebens, den Schriftsteller Heinz Otto Kühner, kennenlernte. So bezeugte sie ihre Dankbarkeit für Halle, eine Stifterin wie seinerzeit jene Dame, die 1695 vier Taler und sechzehn Groschen in den Opferstock gelegt hatte.

Meine beiden Kollegen enthüllten das Denkmal, und der Choral *Nun danket alle Gott* wurde angestimmt. Allen, die dabei waren, blieb diese Szene als Zeichen großer Hoffnung und Zuversicht in Erinnerung. Auf dem hohen Sockel stand nun wieder die Gestalt August Hermann Franckes in seinem langen Lutherrock, die eine Hand zeigt zum Himmel, die andere ruht auf dem Kopf des Waisenmädchens ihm zur Seite, zu dem er herunterblickt, während der Knabe zur Rechten mit dem Buch unter dem Arm zu dem Waisenvater hinaufschaut. Am Sockel dieses Denkmals, das Christian Daniel Rauch gestaltet hat und das seit 1828 im Lindenhof der Stiftungen steht, liest man die Worte: »Er vertrauete Gott.« In dieser Stunde wurde uns das Tröstende der schlichten Worte zum erstenmal bewußt, die seitdem meine Halleschen Jahre begleiteten.

Am Tag danach fand der erste Festgottesdienst in der Marktkirche zu Ehren Franckes mit einer ergreifenden Predigt von Professor Obst statt. Seither haben alljährlich die Feiern zu Franckes Geburtstag einen festen Platz im Jahreslauf der Stiftungen, und die zahlreichen Gäste aus nah und fern erleben die Festpredigt als dankbar empfundenen Höhepunkt. An diesem Sonntag vormittag im März 1992 hatten sich alle entscheidenden Mitstreiter für den Wiederaufbau der Stiftungen eingefunden: Minister Frick und Dr. Hall, Landtagspräsident Dr. Keitel und Oberbürgermeister Rauen, Bischof Dr. Demke und Dr. Johnsen, Stadtrat Kuntze und viele weitere Freunde. In der sich anschließenden Festversammlung in der nahegelegenen St. Ulrichskirche bekräftigten die prominenten Redner den eingeleiteten Wandel. An diesem Ort hatte August Hermann Francke viele Jahre gepredigt. In der DDR-Zeit war die Kirche zu einer Konzerthalle umgebaut worden.

Drei Monate später trat das leitende Gremium, das Kuratorium der Franckeschen Stiftungen, zum erstenmal zusammen. Im Auftrag des Ministeriums hatte ich die Mitglieder gewonnen: einen Vizepräsidenten der EG-Kommission in Brüssel, einen Ministerialdirektor aus Bonn, zwei Landesminister, den Bischof in Magdeburg, den Oberbürgermeister von Halle, den Rektor der Universität, den Präsidenten des Oberlandesgerichts in Naumburg und einige weitere Persönlichkeiten. Kurz: Es war eine illustre Gesellschaft, die um den Tisch im Englischen Haus versammelt war und die ihre erste Sitzung unter der souveränen Leitung von Hans-Dietrich Genscher miterlebte. Ich hatte ihn für den Vorsitz des Kuratoriums gewonnen, das auf der ersten Sitzung die vier Mitglieder des Direktoriums, die drei bisherigen Vorstände und dazu den Stadtrat für Kultur, Karl-Martin Kuntze, wählte. Dieses Gremium wiederum bestimmte dann mich zum Direktor, eine Wahl, die meinen Lebensabend verändern sollte.

## *Hans-Dietrich Genscher*

Es ist an der Zeit, daß ich ein kurzes Kapitel über den Mann einfüge, dessen große Popularität auch den Franckeschen Stiftungen zugute kam und mit dessen Namen sie bleibend verbunden sein werden. »Ja, Sie haben es gut, Sie haben ja den Genscher an Ihrer Seite«, hieß es immer wieder respektvoll, vielleicht auch ein wenig neidisch. In der Tat hat uns das Bewußtsein, daß Hans-Dietrich Genscher das Stiftungskuratorium leitete, vieles erleichtert. Ich wußte immer, daß ich ihn ansprechen, um Hilfe bitten konnte. Die Sitzungen in den Stiftungen bereiteten ihm offensichtlich immer ein Vergnügen. Er bestimmte in seiner lockeren, gutgelaunten Art das Klima. Jedes Jahr kam er zwei- oder dreimal deswegen mit dem Auto in einer Kolonne ihn begleitender Sicherheitsfahrzeuge nach Halle, oder er landete in Schkeuditz auf dem Flughafen Leipzig-Halle. Dort erwartete ich ihn, stieg zu ihm in seinen Wagen und informierte ihn unterwegs noch einmal im einzelnen über die bevorstehende Sitzung. In Halle-Ost wurde die Autobahn verlassen und die Fahrt über die Landstraße fortgesetzt. Wir passierten Reideburg, den Ort in der Nähe von Halle, in dem er aufgewachsen war. Er zeigte mir im Vorbeifahren sein Elternhaus und auch die Läden, die ihm aus seiner Kindheit vertraut waren. Er war dann sehr aufgeräumt, und man spürte den Stolz, der ihn in Erinnerung an seine Jugend bewegte, schließlich hatte er als langjähriger Minister, vor allem als Bundesaußenminister, die Geschicke unseres Landes entscheidend mitbestimmt. Sein Auftritt auf dem Balkon des Botschaftsgebäudes in Prag, bei dem er den DDR-Bürgern im Herbst 1989 die Ausreise in den Westen verkündete, ist bis heute unvergessen geblieben, wie auch seine beharrlichen Verhandlungen mit den Außenministern der einstigen Siegermächte. Wie wir heute wissen, standen die Gespräche im Sommer 1990 oft auf der Kippe. Nur Genschers Geschick, seiner instinktsicheren Beurteilung der Lage, war es zu danken, daß sie immer wieder aus der Sackgasse führten. Der Tag der Vereinigung war die Erfüllung seines Lebens. In seinen ebenso voluminösen wie erfolgreichen *Erinnerungen*, die im Herbst 1995 erschienen, kann man diese Ereignisse bis ins einzelne nachlesen.

Genscher ist Hallenser. In der Stadt hat er das Gymnasium besucht und das Abitur gemacht. Zu seinem Bedauern hatte der Vater ihn allerdings nicht auf die Latina, sondern auf eine Oberrealschule außerhalb der Stiftungen geschickt. Genscher ist vier Wochen jünger als ich, war ebenfalls Luftwaffenhelfer und erlebte den Krieg in seiner letzten Phase in Mitteldeutschland mit. Daß er dann am Ende seines Studiums 1952 sein Land verlassen mußte, hat sein Leben und seine Sehnsucht nach einer Wiedervereinigung der Deutschen bestimmt. Die Hallenser haben es ihm vergolten. Er wurde Ehrenbürger der Stadt, und immer, wenn er durch die Straßen ging, wurde er beklatscht und angesprochen. So ist es bis heute geblieben.

Schon zu Beginn des Jahres 1990 hatte ich mich in Sorge um die Zukunft der großen Kultureinrichtungen in der DDR an ihn gewandt, und als wir dann im Sommer den

Freundeskreis gründeten, gewannen wir ihn als Schirmherrn. Genscher brachte hochrangige Politiker nach Halle, die dann auch die Stiftungen in ihrem kümmerlichen Zustand besuchten. Von dem Generaldirektor der UNESCO und dem Bundespräsidenten Richard von Weizsäcker war schon die Rede, auch Genschers Kollege, der britische Außenminister Douglas Hurd, kam, und schließlich zeigte Genscher im Herbst 1993 – ich war gerade in Amerika – Michail Gorbatschow und Henry Kissinger sein Sorgenkind. Diese Besucher erregten verständlicherweise großes Aufsehen.

Als Hans-Dietrich Genscher am 16. Juni 1992 die erste Kuratoriumssitzung der Stiftungen leitete, war er gerade zwei Monate zuvor von seinem Amt als Außenminister zurückgetreten. Das kam uns sehr zugute. Als ich bei ihm anfragte, ob ich ihn für den Vorsitz des Kuratoriums gewinnen könnte, war er noch im Amt und hatte spontan zugestimmt. Bis zum Herbst 2000 wirkte er an den Stiftungen mit und hat alle Entscheidungen mitgetragen. Seine Verhandlungsführung war faszinierend, konzentriert und effektiv. Er durchschaute eine Situation sofort und entschied ebenso rasch. Er gab den Mitgliedern immer das Gefühl, daß er nur ihre Ansichten vertrat, und verstand es so, auch schwierige Probleme zu meistern.

Genscher wirkte oft im Hintergrund, er stellte Kontakte her, beredete Anträge an wichtige Gremien mit einflußreichen Kollegen und hat so zur Sicherung der Stiftungen ganz entscheidend beigetragen. Daß er schließlich den Wunsch hatte, sein Amt aufzugeben, hing mit meiner Nachfolge zusammen. Doch darüber werde ich am Ende berichten.

## *Im Englischen Haus*

Die konstituierende Sitzung des Kuratoriums mit Hans-Dietrich Genscher hatte im Englischen Haus stattgefunden. Er mußte die gleiche hohe, allerdings inzwischen reparierte und gestrichene Treppe hinaufsteigen, über die ich zum erstenmal im Dezember 1987 in den Versammlungssaal gelangt war. Im Obergeschoß waren drei Räume entstanden, der vordere, größere war infolge der heraufführenden und nach oben weitergehenden Treppe nicht abgeschlossen. Doch hinter einer neu aufgerichteten Fachwerkwand ohne Gefache hatten wir einen Versammlungsraum eingerichtet, der nichts von der Perfektion normaler Sitzungssäle hatte, wohl aber durch die 24 hohen gepolsterten Stühle und Sessel um einen ebenso edlen Tisch durchaus eindrucksvoll war. Das Mobiliar hatten wir aus den Mitteln erwerben können, die uns der britische Außenminister Douglas Hurd bei seinem Besuch gespendet hatte. Dennoch war der Sitzungsraum bescheiden. Hatten die Herren einen bestimmten Ort aufzusuchen, so mußten sie über eine Stiege in die oberste Etage hinaufklettern.

Das Englische Haus ist ein besonders skurriles historisches Gebäude im Kernbereich der Stiftungen. August Hermann Francke hatte es 1709/10 zwischen dem Versammlungsbau und dem Mägdeleinhaus für die englischen Zöglinge gebaut, deren Eltern von der pietistischen Erziehung in Halle vernommen hatten und nun ihre Kinder – 8 bis 10 an der Zahl – in Franckes Obhut gaben. Der pietistische Erzieher war in England kein Unbekannter, denn einer seiner Schüler, Anton Wilhelm Böhme, der in Halle Theologie studiert hatte, lebte seit 1701 in London. Er war seit 1705 Hofprediger des dänischen Prinzen Georg, der mit der britischen Königin Anne verheiratet war. Böhme übersetzte Franckes Schriften ins Englische, darunter auch die erste Ausgabe seiner *Fußstapffen* unter dem ansprechenden Titel *Pietatis Hallensis: Being an Historical Narration of the Wonderful Foot-steps of Divine Providence in Erecting, Carrying on, and Building the Orphan-House at Glaucha near Hall in Saxony.* Das Buch, das mehrere Auflagen erlebte, erregte in dem puritanischen England Aufsehen, und so kam es, daß das Waisenhaus in Halle in das Blickfeld der Engländer geriet.

Da die Sonderbauleitung Franckesche Stiftungen Anfang 1992 aufgelöst worden war und sein Leiter an die Spitze des neu gebildeten Staatshochbauamtes wechselte, übernahm er in dieser Funktion die Restaurierung des Englischen Hauses, denn der Bund hatte die erste Million zugunsten der Stiftungen zur Verfügung gestellt. Doch die Arbeiten konnten in einem halben Jahr nicht so umfassend durchgeführt werden, wie es notwendig gewesen wäre. Wir waren aber froh, daß die Treppen erneuert wurden und das Obergeschoß für unsere Zwecke zu nutzen war, denn die Raumnot machte uns sehr zu schaffen. Daß dabei die offene Fachwerkwand versetzt worden war und das Haus dadurch seine Stabilität verloren hatte, wurde erst nachträglich festgestellt. Doch nicht dieser Fehler allein veranlaßte uns später, das Haus von Grund auf zu sanieren und neuen Nutzungen zuzuführen.

Damals, als wir in der Aufbruchstimmung die ersten Schritte auf einem neuen Weg taten, sollte uns das Englische Haus gute und nützliche Dienste leisten. Da die Baumaßnahme aus Mitteln für kulturelle Zwecke bezahlt wurde, erklärten wir – zugegebenermaßen ein wenig großspurig – das Englische Haus zum Kulturzentrum der

Franckeschen Stiftungen. Doch diesem schnell gefaßten und folgenreichen Entschluß lag eine prinzipielle Überlegung zugrunde. Was war denn die Aufgabe der Stiftungen in einer Umbruchsituation, die durch Verluste und Einbußen gekennzeichnet war? Wir hatten eine griffige Formel gefunden, die wir gebetsmühlenartig wiederholten: Die Stiftungen sollten als pädagogische und soziale, kulturelle und wissenschaftliche Einrichtung fortgeführt werden. Aber was bedeutete das? War es nicht eine Wunschvorstellung angesichts der Tatsache, daß die wissenschaftlichen, pädagogischen und sozialen Institutionen in den Stiftungen uns gar nicht gehörten? Die Definition, die doch zu Einsprüchen hätte Anlaß geben können, enthielt nur einen neuen Aspekt: die Franckeschen Stiftungen als kulturelle Einrichtung.

Das Englische Haus wurde für drei Jahre der Ort kultureller Veranstaltungen für kleinere Teilnehmerkreise. Wir verstanden das Programm als Mittel zur Aufklärung über Leben und Wirken Franckes und seiner Anstalten, über ihre Geschichte, ihre Schätze, über Verschüttetes und Vergessenes, über Staunenswertes und Bleibendes. Wir wollten so einen Anfang machen, Freunde und Mitstreiter gewinnen und überzeugen, Spender motivieren. Wir wollten von Anbeginn an mit unserem kargen, aber kostbaren Kapital wuchern, das hinter den schäbigen Fassaden versteckt und verborgen lag. Kulturveranstaltungen sind nach unserem Verständnis das beste und wirkungsvollste Mittel der Öffentlichkeitsarbeit.

Damals »entdeckten« wir Joachim Dimanski, einen jungen, begabten, phantasievollen Grafiker aus Halle, der seither die Plakate und Prospekte, Programme und Einladungen, Beschriftungen und Buchumschläge gestaltet. Sie sind immer originell und ungewöhnlich und lenken die

Aufmerksamkeit auf die Franckeschen Stiftungen, deren schönes Signet auch ihm zu verdanken ist.

»Englisches in den Franckeschen Stiftungen«, hieß die erste Kabinettausstellung, die wir im November 1992 in den drei Räumen zeigten. Auf einem Dachboden hatten wir alte Holzvitrinen entdeckt, die erst später durch neue Glasvitrinen ersetzt wurden. In der Bibliothek und im Archiv sind englische Drucke und Autographen überliefert, sogar eine mittelalterliche Pergamenthandschrift mit dem Text der Magna Charta konnten wir ausstellen. An den Wänden wurden alte Englandkarten und Stiche von englischen Königen, Gelehrten und Dichtern gezeigt. Alles war noch sehr primitiv. Die Engländerin konnte auf diese Weise in den Stiftungen die Geschichte der Beziehungen zu ihrem Land vermitteln. Die zahlreichen Besucher, die wir zur Eröffnung eingeladen hatten, waren nicht nur über die ungeahnten Schätze erstaunt, sondern überhaupt über eine Ausstellung in dem ihnen unbekannten Haus.

Neben diesen Kabinettausstellungen, die in den nächsten Jahren mit wechselnden Themen fortgesetzt wurden, fanden Vortragsveranstaltungen über historische und aktuelle Themen im Englischen Haus statt. Auch wurde der originelle Ort ein beliebter Treffpunkt von Gerhard Wünschers »Kreis von Halle«, in dem engagierte Bürger und prominente Politiker, die in Halle wohnten, über die Zukunft der Stadt diskutierten. Für Führungen durch die Stiftungen wurden Schülerinnen und Schüler gewonnen. »In Franckes Fußstapfen« nannten wir außerdem Rundgänge, die zu den Orten seines Wirkens, zur Georgenkirche, zur Ulrichskirche und zum Stadtgottesacker führten. Manche neugierige Teilnehmer lernten ein Stück vergessener Geschichte ihrer Heimat neu kennen.

Bereits im Juni 1992 veranstalteten wir das erste Lindenblütenfest in den Stiftungen mit musikalischen Aufführungen, Lesungen, Besichtigungen, Führungen, mit Verkaufsständen für Lindenblütentee und Lindenblütenhonig, Hallorenkugeln, Keramik und Büchern, mit Informationen, Rätselspielen, Kinderprogrammen, also vielen Attraktionen. Wolfenbütteler Restaurateure hatten Geschenke gebastelt, Streichholzschachteln mit einem Bild des Waisenhauses beklebt. Unser prominentester Gast war Hans-Dietrich Genscher, er pflanzte im Lindenhof einen neuen Baum. Seither findet dieses Fest jedes zweite Jahr zur Zeit der Lindenblüte statt. Es ist mit seinen originellen Ideen außerordentlich beliebt und zieht Tausende von Besuchern an. Damals war alles noch sehr bescheiden, improvisiert, ein wenig unwirklich. War es nicht ein Sakrileg, daß eine Band, in der unser jüngster Sohn am Keyboard saß, am Abend ein Rockkonzert unter den Bäumen der Roten Schule gab? Jedenfalls beschwerten sich die Bewohner der nahen Hochhäuser über die ungewohnte Ruhestörung. Doch die herbeigerufene Polizei ließ sich beschwichtigen, da unser Fest ohnehin sein geplantes Ende fand.

Die Stiftungen zeigten Flagge. Die ersten Prospekte und die ersten Plakate waren gedruckt. Im Dezember veröffentlichten wir das erste Jahresheft nach Wolfenbütteler Vorbild mit Rückblick und Programmvorschau, Informationen, Daten und Texten. Mit den Veranstaltungen, vor allem im Englischen Haus, begann ein neues öffentliches Wirken der Franckeschen Stiftungen. Kein pädagogisches, kein soziales Konzept also stand am Anfang, sondern ein kulturelles Programm. Nach unserem Verständnis waren die demolierten Stiftungen nur zurückzugewinnen, wenn es uns gelang, ihre geschichtliche Bedeutung und ihre einstige weltweite Ausstrahlung den heutigen Menschen zu vermitteln. In dieser Rückbesinnung und zugleich Verankerung sahen wir von Anfang an unsere Chance. Daß man für die Kultur auch auf die Straße gehen muß, hatte ich in Wolfenbüttel gelernt, und ein Lindenblütenfest war dabei so wichtig wie ein aufklärendes Kulturprogramm. Die Versuche waren erste Schritte. Noch war unser Bemühen nur ein zartes Pflänzchen, und die Sorge, es könne zertreten werden, ehe es zur Blüte kam, sollte sich bald als allzu berechtigt erweisen.

## *Die große Krise wird abgewendet*

Im Februar 1992, kurz vor meinem Ausscheiden in Wolfenbüttel, hatte ich den Ministerpräsidenten des Landes, Professor Werner Münch, in Magdeburg besucht. Der Politiker, dessen Größe etwas Einschüchterndes für seine Umgebung gehabt haben muß, hörte sich meinen Bericht über die wiederentdeckten Stiftungen an. Ich trug ihm meine finanziellen Sorgen vor in der Hoffnung, daß das Land uns unterstützen würde, und lud ihn – das war meine eigentliche Mission – zu einer Kabinettsitzung nach Halle ein. Das Englische Haus hatte mit der ersten Sitzung des Kuratoriums gewissermaßen seine Feuerprobe bestanden. Im August fand dann die erbetene Sitzung des Landeskabinetts an diesem Ort tatsächlich statt. In einem Grußwort hatte ich kurz die jüngste Entwicklung der Stiftungen skizziert und meine Ratlosigkeit darüber ausgedrückt, daß in den letzten Monaten die gerade erst angelaufenen Bauarbeiten eingestellt worden waren. Die Stiftungen seien zwar wieder rechtsfähig, aber sie kämen nicht voran.

Während die Minister tagten, machte ich mit Frau Münch einen Rundgang durch die Stiftungen. Wir besuchten zur Mittagsstunde auch die Kindertagesstätte, die in der Latina untergebracht war. Als wir einen Blick in den großen Schlafsaal, ein ehemaliges Klassenzimmer, warfen, waren wir doch einigermaßen über den Anblick konsterniert: In engen Reihen schliefen die Kinder, doch einige größere standen wie Salzsäulen in ihren Betten, lautlos, ohne sich zu bewegen, militärisch aufrecht. Wir schlossen schnell die Tür, nicht wenig irritiert.

Die Kabinettsitzung war gerade zu Ende gegangen, als wir wieder im Englischen Haus eintrafen. Die Minister waren im Aufbruch begriffen. Doch der Ministerpräsident rief noch einmal zur Ordnung und berichtete mir, daß das Kabinett die Einrichtung einer interministeriellen Arbeitsgruppe über die Zukunft der Stiftungen unter Federführung des Finanzministers Dr. Wolfgang Böhmer beschlossen habe und daß man mir für die Zukunft Glück wünsche. Man bedankte sich für die gewährte Gastfreundschaft, und der Finanzminister, ein freundlicher, höflicher Mann, nahm mich zur Seite, wir verabredeten ein Treffen in Magdeburg.

Bei aller Sympathie, die den Stiftungen von den Ministerien entgegengebracht wurde, stießen unsere Forderungen, das angestammte Vermögen, die Liegenschaften, die Güter, die Betriebe rückzuübertragen, offensichtlich auf große rechtliche Bedenken, ja auf Widerstand. Wir konnten es nicht verstehen, daß einer Institution, der offenkundig so viel Unrecht angetan worden war, ihr Eigentum vorenthalten wurde.

Die Treuhandanstalt in Halle hatte unser Gut Stichelsdorf an einen süddeutschen Investor verkauft. Zusätzlich zu der auf dem Gelände entstandenen Gefriertrocknungsfirma von 2 ha hatte ihm einer der Treuhanddirektoren das gesamte Gutsgelände von fast 100 ha überlassen. Der Investor hatte daraufhin das unrechtmäßig als Betriebsgelände deklarierte Land an Firmen zu verkaufen begonnen. Wir erfuhren später, daß sich der Treuhanddirektor und der süddeutsche Investor auf unserem Gutshof häuslich eingerichtet hatten. Dies alles geschah unter den Augen der Anwohner des Ortes, die ihre Arbeitsplätze auf dem Gut verloren hatten. Unsere öffentliche Kritik führte dazu, daß der Treuhanddirektor unserem Berliner Anwalt eine hohe Summe anbot, um uns zum Schweigen zu bringen. Bald danach setzte dieser sich nach Texas ab, wo er aufgegriffen und ausgeliefert wurde. Wegen Veruntreuungen wurde er zusammen mit dem Investor zu hohen Freiheitsstrafen, nicht einmal wegen unserer Güter, verurteilt.

Diese Geschichte ist eine von vielen. Sie ist manchem der ehemaligen Eigentümer in der früheren DDR widerfahren, denen ihr zwischen 1946 und 1949 enteignetes Eigentum nicht zurückgegeben wurde. Wir konnten es nicht verstehen, daß auch die Franckeschen Stiftungen unter diese gegen das Grundrecht auf Eigentum verstoßende Regelung im Zusammenhang mit dem Einigungsvertrag von 1990 fielen. Die zuständige Behörde ließ keinen Zweifel daran, daß die Stiftungen kein Recht auf die Rückgabe ihres immobilen Vermögens hatten. Erschwerend kam hinzu, daß im Text des Einigungsvertrages, der doch mit einer erstaunlichen juristischen Schärfe in kürzester Zeit abgefaßt worden war, Stiftungen nicht erwähnt waren. Vergeblich wurde in vielen Gesprächen und Beratungen im Direktorium, im Kuratorium, in den Ministerien nach einer Lösung gesucht. Der Vorschlag unseres Anwalts, ein Gesetz über die Franckeschen Stiftungen zu erlassen, wurde ebensowenig akzeptiert wie das Recht auf

Rückgabe unseres Vermögens, das sich nach unserer Auffassung aus der Verordnung zur Aufhebung der früheren Verordnung ergab.

Im Frühsommer 1993 spitzte sich die Situation dramatisch zu. Es hatte sich herumgesprochen, daß der Direktor der Stiftungen entschlossen sei zurückzutreten. Deshalb wurde ein Gespräch zwischen einer Ministerrunde und dem Direktorium der Stiftungen vereinbart. Am späten Abend vor dieser Sitzung riefen mich Dr. Christoph Bergner, der Fraktionsvorsitzende der CDU, und sein Kollege, der uns schon vertraute Landtagspräsident, über Autotelefon an und beschworen mich, nicht aufzugeben. Das wäre für das Land ein schlimmes Zeichen.

Das Gespräch am folgenden Tag in einem Nebenzimmer des Landtagsgebäudes mit vier Ministern und Staatssekretären unter Leitung des Ministerpräsidenten fand zunächst in einer gereizten Stimmung statt. Professor Münch hatte mich am Tag zuvor wissen lassen, daß ich allein, ohne meine Direktoriumskollegen, zu kommen hätte. So saß ich als Nichtjurist einem kompetenten Kreis allein gegenüber. Der Dissens war klar: Das Land lehnte im Grunde die Rechtskontinuität der Stiftungen, also das nur unterbrochene Fortbestehen seit ihrer Gründung, ab, wie es in der Verordnung vom September 1991 formuliert worden war. Besonders angesichts der Verbindlichkeit des Einigungsvertrages müsse Rechtssicherheit hergestellt werden, darauf bestand der zuständige Justizminister, vom Ministerpräsidenten in dieser Haltung unterstützt.

Auf der anderen Seite gab es offensichtlich den Wunsch, die Stiftungen in dieser kritischen Situation nicht fallenzulassen. Das hätte politischen Schaden gebracht. So wurde schließlich anhand des Entwurfes der Kabinettsvorlage, die wir im Direktorium diskutiert hatten, ein Kompromiß gefunden. Die strittige Frage wurde offengelassen. In dem von der Landesregierung eine Woche später gefaßten Beschluß, den der Landtag dann billigte, wurde das Bestehen der Franckeschen Stiftungen bestätigt, ihr Fortbestehen also nicht ausdrücklich kommentiert. Nach einigen Bedenken hatte ich angesichts einer sonst drohenden Verzögerung, die den Stiftungen nur schaden konnte, dem Kompromiß zugestimmt.

In einem notariell beglaubigten Vertrag zwischen dem Land Sachsen-Anhalt und den Stiftungen wurden aufgrund dieser Beschlüsse die bisherigen von der Universität genutzten zentralen Liegenschaften zum 1. Januar 1994 rückübertragen. Die Unterschriften beendeten die Unsicherheit. Die Stiftungen waren von nun an wieder de jure Eigentümer, also endlich wieder Herr im eigenen Hause. Die Krise war abgewendet. Die letzte große Entscheidung war getroffen. Nun konnten die Stiftungen ihr bereits begonnenes Aufbauwerk ungehindert fortsetzen.

## *Verlorenes Kapital*

Die Franckeschen Stiftungen hatten in ihrer 300jährigen Geschichte trotz des Kompromisses mit dem Land Sachsen-Anhalt wieder einmal eine schwere Einbuße erlitten. Im Zeichen der Restauration des 19. Jahrhunderts waren sie durch das Reglement von 1832 als Anstalt in das preußische Bildungswesen gezwungen worden. Nach dem Ersten Weltkrieg verloren sie große Teile ihres Vermögens, mit der Verordnung von 1946 ihre Selbständigkeit. Nun mußten wir uns den Bestimmungen des Einigungsvertrages beugen. Waren die Stiftungen nicht auch Opfer der

Maßnahmen im DDR-Staat geworden? Hatten wir nicht das Recht einer Entschädigung für die Beeinträchtigungen und Verluste, die wir erlitten hatten und die uns den Wiederaufbau erschwerten?

Der Bau der Hochstraße zwischen der Hochhaussiedlung Halle-Neustadt und dem Bahnhofsbezirk wurde rücksichtslos und eigentlich ohne Not ganz dicht an den Gebäuden der Stiftungen vorbeigeführt; eine Fahrbahn geht über unser Gelände; die Waisenhausmauer, die Entsorgungsanlagen und Unterkellerungen wurden zerstört. Als ich 1991 in meinem Ärger über diesen barbarischen Akt die rhetorische Frage stellte, warum die Stiftungen nicht für das Befahren dieser Trasse der Hochstraße künftig von jedem Fahrzeug eine Mark als Maut erheben könnten, wurde ich in der *Bild-Zeitung* als »Rebell von Halle« tituliert. Der Frevel dieser Straßenführung kostete die Stiftungen Millionen, denn die mehr als 300 Fenster zur Hochstraße hin mußten, um den unerträglichen Lärm zu dämpfen, aufwendig konstruiert werden. Jedes dieser technischen Wunderwerke, die unser Architekt entwickelte, kostet fast 8000 Mark. Daß die Hochstraße zusätzlich die neue Waisenhaus-Apotheke, die die Stiftungen 1870 gebaut hatten, von unserem Gelände abgetrennt hat und der Zugang zu dieser Verkehrsinsel unzumutbar geworden ist, soll nur beiläufig erwähnt werden.

August Hermann Francke war ein in die Zukunft denkender Mann, seiner Zeit weit voraus. Heute wäre er Stadtplaner und Landschaftsgestalter, Wirtschaftsmanager und Sozialpädagoge in einer Person. Wie er es aus der unerschütterlichen Kraft seines Glaubens verstanden hat, in einer Zeit strenger Obrigkeitsherrschaft ein einzigartiges Wirtschaftsimperium als Grundlage seines Waisenhauses zur Versorgung von Hunderten von Waisenkindern und armen Studenten aufzubauen, ist bis heute noch unerforscht, ein Geheimnis. Er beschränkte sich nicht auf die Grundstücke für seine geplanten Gebäude, sondern er erwarb dazu große Flächen für die landwirtschaftliche Nutzung. Beispielsweise hatte er an der Peripherie eine Plantage mit Obstbäumen angelegt, die bis ins 20. Jahrhundert bestand. Ende der siebziger Jahre wurden hier neun Hochhäuser mit einem eigenen Heizkraftwerk und einem großen Kindergarten gebaut. Für die Kinder wurde außerdem auf dem Stiftungsgelände eine Polytechnische Oberschule in der üblichen Plattenbauweise errichtet, zu der auch eine entsprechende Turnhalle gehörte. Sie wurde nach Georgi Dimitroff, dem Generalsekretär der bulgarischen Kommunistischen Partei, benannt, der zu den »Heiligen« des Sozialismus gehörte wie Ernst Thälmann, dem man unter den Hochhäusern auf dem den Stiftungen entfremdeten Gelände ein markiges Denkmal eines russischen Bildhauers gesetzt hatte. Als ich es zum erstenmal dort sah, hatte man es bereits, wie vieles in der Stadt, vollständig beschmiert. Die Dimitroff-Schule wurde aufgrund des Einigungsvertrages der Stadt zugeordnet, wie auch die benachbarte ehemalige Realschule aus dem Jahre 1857. So gingen im Kern der heutigen Stiftungen weitere Grundstücke verloren. Allerdings hat die Stadt versprochen, die beiden Schulen mit den Grundstücken nach der Sanierung den Stiftungen zu überlassen. Wird sie sich an diese Zusicherung halten?

Im zentralen Bereich hatten die sportbegeisterten Schüler der Latina Anfang der zwanziger Jahre unter Aufsicht von Walther Michaelis, dem damaligen Schulleiter und späteren Direktor der Stiftungen, einen Sportplatz angelegt, auf dem bis zum Beginn des Krieges die Mitteldeutschen Schülerkampfspiele stattfanden, wie sie in den militanten Zeiten hießen. Nach dem Kriege wurde der Schutt der zerstörten Häuser – nicht nur der Stiftungen – dorthin gekippt. Im Laufe der Zeit überwucherten Gras und Gebüsch das trostlose Landstück. So wurde es am Stichtag nach der Vereinigung zu Brachland erklärt und fiel nach den Bestimmungen dem Bund zu. Vergeblich versuchten wir, dieses Gelände im Zentrum der Stiftungen kostenlos zurückzuerhalten. Doch als der Bund, der uns doch finanziell entscheidend unterstützte, keine noch so sinnvolle Ausnahme zu unseren Gunsten machen konnte, mußten wir einen hohen sechsstelligen Betrag für die Auslösung zahlen. Wir konnten es doch nicht zulassen, daß die zurückgegebenen Liegenschaften nur noch einen Flickenteppich darstellten.

Ebenso schwerwiegend war der Verlust unserer, wie Francke sie nannte, »erwerbenden Betriebe«. Er hatte zur Finanzierung seines Waisenhauses und seiner Anstalten 1698 eine Apotheke, im gleichen Jahr eine Buchhandlung und drei Jahre später eine Buchdruckerei gegründet. Die Buchhandlung des Waisenhauses in dem Eckgebäude vor den Stiftungen mußte schon in den zwanziger Jahren veräußert werden. Aber sie bestand weiter, in der DDR als Teil des Volksbuchhandels, den die Treuhandanstalt meistbietend verkaufte. Auch wenn uns die Buchhandlung nicht mehr gehörte, wirkten die Stiftungen mit, sie an diesem Standort zu retten. Das gelang am letzten Tag der angesetzten Frist, am 30. Juni 1991, also in allerletzter Minute.

Die Apotheke war seit Franckes Zeiten ein lukrativer Betrieb, der nicht nur durch den weltweiten Verkauf eines legendären Medikaments, der *Essentia dulcis*, hohe Gewinne abwarf, sondern auch die Zeit der DDR als einflußreiche Bezirksapotheke überlebte. Daß die Treuhand unseren Betrieb jedenfalls an eine der tüchtigen, seit langem dort tätigen Apothekerinnen verkaufte, hat uns letzten Endes versöhnt, denn die Inhaberin Christel Friedrich hat nicht nur das Geschäft weitgehend auf eigene Kosten renoviert, sondern sie fühlt sich ganz in der Franckeschen Tradition und wirbt erfolgreich dafür.

Auch die Buchdruckerei hat die Jahrhunderte überlebt, was für die Kontinuität der Franckeschen Stiftungen spricht, und ist heute eine der ältesten Buchdruckereien in Deutschland. Sie arbeitet in dem allerdings sehr sanierungsbedürftigen Haus am Schwarzen Weg weiter. Die *Frankfurter Allgemeine Zeitung* hat den Betrieb mit zwölf weiteren Firmen der Union-Vermögensgesellschaft erworben, die bis 1990 der Ost-CDU gehörte und nach der Vereinigung geschlossen veräußert wurde. Auch in diesem Fall mußten wir die Gegebenheiten hinnehmen. Schließlich ist der Verlust der beiden Stiftsgüter Berga in der Goldenen Aue und Stichelsdorf bei Halle zu erwähnen, auf deren Rückübertragung wir nach Lage der Dinge ebenfalls keinen Anspruch hatten. Nur Reste wurden uns zurückgegeben. Über Stichelsdorf wird noch zu berichten sein.

Verlorenes Kapital: ein deprimierendes Kapitel in der jüngsten Geschichte der Stiftungen. Es fällt schwer, sich mit diesen Tatsachen abzufinden.

## *Übergangszeiten*

In den Jahren des Interregnums zwischen 1991 und 1993 vollzogen sich überall in den Neuen Ländern weitreichende Veränderungen geräuschlos, ohne daß sie großes Aufsehen erregten. Die Staatssymbole der DDR waren verschwunden. In den leeren Räumen der Stiftungen entdeckten wir hier und da noch Reste der vergangenen Zeit: ein paar DDR-Fahnen, eiserne Rationen für den Ernstfall, Gasmasken. Waffen fanden wir nicht.

Für uns war das Gebäude der ehemaligen Arbeiter- und Bauernfakultät, 1952 zwischen den historischen und den neuen Gebäuden der Stiftungen errichtet, lange Zeit ein Fremdkörper und ein Symbol der sozialistischen Diktatur, das in der Bauweise noch Spuren der Nazizeit verriet. Seit 1966 wurde die ABF als Oberschule zur Vorbereitung auf das Auslandsstudium fortgeführt, in der, wie man uns erzählte, auch Schüler ausgebildet wurden, die später in Moskau studieren konnten. Nach ihrer Auflösung im Sommer 1990 wurde ein Jahr später in einem Flügel des Gebäudes das Elisabeth-Gymnasium in der Trägerschaft des Bischöflichen Amtes Magdeburg in Absprache mit der Universität gegründet. Das Paulinum, ein Elitegymnasium in Münster, hatte Pate gestanden. Ich will nicht verhehlen, daß ich doch ein wenig irritiert war, als ich der Schulleiterin, einer Ordensschwester, in ihrer Ordenstracht zum erstenmal in den Stiftungen begegnete. War es zu vertreten, daß ausgerechnet eine katholische Schule in einer einstmals protestantischen Stiftung zur Platzhalterin der Zukunft wurde? Als ich dann Schwester Helene Schöpper in ihrem Dienstzimmer besuchte, war ich von ihrer Freundlichkeit und Weltoffenheit überrascht. Sie führte ihre Schule als staatlich anerkanntes Gymnasium für Jungen und Mädchen mit großer Souveränität. In einer Stadt, in der es nur noch 8% evangelische und 3,5% katholische Christen gibt, war es eine mutige Tat, eine Erziehungsanstalt im Geiste christlicher Werte aufzubauen. Sie hatte in kurzer Zeit den Ruf einer Eliteschule, auf die »man« seine Kinder schickt.

Da das Schulgebäude von Anfang an für andere Zwecke verplant war, mußte ein Standort auf Dauer gefunden werden. Der Bischof aus Magdeburg kam herüber. Gemeinsam suchten wir nach Möglichkeiten, einen Bauplatz für einen Neubau aus dem Stiftungsgelände herauszuschneidern. Es gelang nicht. So verließ uns nach fünf Jahren das Elisabeth-Gymnasium: Unser Architekt hatte im Süden der Stadt einen großzügigen Schulneubau errichtet.

Als im Zuge der Neuordnung des Schulwesens nach der Wende zur gleichen Zeit die Erweiterte Oberschule im ehemaligen Gebäude der Oberrealschule im hinteren Teil der Stiftungen in ein Landesgymnasium mit dem Zusatz »Latina August Hermann Francke« umgewandelt wurde, konnte eine frühe Schultradition wiederaufgenommen werden. Unter den vielen Schulen, die Francke in seiner Zeit gegründet hatte, pflegte die Latina vor allem die alten Sprachen. Daneben hatte Francke das Königliche Pädagogium als Pflanzgarten seiner »Stadt Gottes« errichtet. Hier wurden die jungen Menschen mit dem Ziel ausgebildet, eines Tages als Pfarrer, als Ärzte, als Lehrer in aller Welt den Halleschen Pietismus zu verbreiten. Vor mehr als hundert Jahren ist dieses ehrgeizige Schulprojekt zugrunde gegangen. Nur noch das Alumnat, »Pädchen« genannt, erinnerte bis in die Neuzeit an diese Schule. Die Latina dagegen hat alle Zeitläufe überlebt. Für die Altschüler, die nach 1990 die Franckeschen Stiftungen wiedersahen, wurde sie erneut zu ihrer geistigen Heimat.

Unter preußischer Verwaltung hatten sich die Stiftungen mit ihren verschiedenen Schultypen schon im 19. Jahrhundert zu einer Schulstadt gewandelt. Auch in der DDR-Zeit hatten die Schulen trotz der Dominanz der Universität ihren Anteil behalten. So wurden nach der Wende nicht nur die ehemalige EOS als Latina fortgeführt, auch die damalige Polytechnische Oberschule (POS) als Sekundarschule und die zweite, die neue Dimitroff-Schule, als Grundschule. Alle drei Schulen führen heute Franckes Namen und wollen damit ihre Verbundenheit mit den Ideen des Stifters bekunden. Eine Schulneugründung aber nennt sich nach der italienischen Pädagogin Maria Montessori. Diese 1992 unter Beteiligung des Evangelischen Kirchenkreises entstandene Grundschule bezog Räume im Westflügel des früheren Pädagogiums, eine Einrichtung in privater Trägerschaft als Alternative zur Regelschule, die sich wie alles Neue regen Zuspruchs erfreut.

Auf dem Gelände, auf dem die Stiftungen wieder das Sagen haben, arbeiten auch soziale Einrichtungen. Bei der Gründung der Jugendwerkstatt im Herbst 1992 stand ebenfalls der Evangelische Kirchenkreis Pate. Im Einverständnis mit den Stiftungen wurde der Bauhof der Universität für diese sehr lebendige Einrichtung der Jugendsozialarbeit übernommen. Weniger Freude hatten wir an einem Studentenclub, dessen Anfänge auf Jahre vor der Wende zurückgingen und der sich zu unserem Ärger als Francke-Club 1991 in den Kellern des Hauses zur Hochstraße etablierte. Er kam durch zweifelhafte Veranstaltungen bald in Verruf, änderte auf unser Drängen seinen Namen, was man uns in der Stadt einige Zeit verübelte. Die früheren Unstimmigkeiten sind vergessen. Aber die Einrichtung eines Studentenclubs unter dem neuen Namen Fornix e. V. ist bis heute ein Plan geblieben. Auch mit einem anderen alternativen Unternehmen, dem Spielehaus, das sich in einem Teil der großen Scheune einrichtete, hatten wir über viele Jahre wenig Glück. Es gab Anfeindungen und Mißverständnisse, die aber inzwischen beigelegt sind. Das Spielehaus ist heute ein beliebter Treffpunkt junger Leute.

Abgesehen von dem Institut für Pädagogik hat die Universität fast alle ihre Einrichtungen in den Stiftungen aufgegeben. Im ehemaligen Kinderkrankenhaus war noch das Institut für Hygiene und in einer Baracke neben dem ABF-Gebäude die Chemiedidaktik zurückgeblieben. Aber nach einigen Jahren waren auch sie verschwunden. In dem langen, schmalen Niederlagegebäude an dem Seitenweg hatte die Sektion für Polytechnik ihre Werkstätten geschlossen. Das wenig einladende Gebäude sollte für einige Jahre das Archiv und die Verwaltung und Sondersammlungen der Bibliothek aufnehmen.

Im Sommer 1992 hatten wir die Bibliotheks- und Archivverwaltung im Erdgeschoß des Cansteinhauses provisorisch untergebracht, dort, wo zuvor das Ambulatorium der Universität gearbeitet hatte. Nun war ein zweiter Umzug erforderlich, denn die Zwischengeschosse in der ehemaligen Waisenanstalt, dem Fachwerkgebäude zur Hochstraße hin, mußten geräumt werden. In den niedrigen Räumlichkeiten lagerten Archivalien und auch Büchersammlungen der Stiftungen. Es war schon heroisch, wie Jürgen Storz über Jahrzehnte diese Bestände so behelfsmäßig in allergrößter Enge zu betreuen verstand.

Der Umzug war unter den damaligen Umständen eine halsbrecherische Aktion. Mit Hilfe einer Rutsche, die wir von den Dachdeckern ausgeliehen hatten, wurden die in Kisten und Kästen verpackten Archivalien und Bücher in den klapprigen alten Kleintransporter geladen, den die Universität ausrangiert hatte und der zwischen den beiden Häusern über die holprigen Wege mehr geschoben als gefahren wurde. Um die Kisten in das Obergeschoß des Niederlagegebäudes hieven zu können, hatten die Hausmeister eine alte Hebebühne, die sie auf dem Gelände gefunden hatten, gangbar gemacht, und so konnten die Kartons über ein ausgehobenes Fenster ins Haus geschafft werden. Der neue Archivar hatte Platz gewonnen, die Arbeit konnte nun mit großer Intensität fortgesetzt werden. In dem kleinen Lesesaal wurden die ersten Handbücher und Nachschlagewerke aufgestellt. Natürlich war alles sehr primitiv, der billige Fußbodenbelag, die Klos, die Treppe, die Magazine. Aber es war ein Anfang gemacht.

Von der Universität hatten wir drei Stellen, die des Archivars und der beiden Bibliothekarinnen, übernommen. Der kleine Kreis von Mitarbeitern wurde von Anfang an um ABM-Kräfte verstärkt. Im August 1992 ging Jürgen Storz mit 65 Jahren »in Rente«. Ein nahtloser Übergang war uns gelungen. Bei der ersten Veranstaltung des Freundeskreises war mir ein sympathischer junger Mann im Gespräch mit unserer Bibliothekarin aufgefallen. Es stellte sich heraus, daß er als Westdeutscher die Stiftungen gut kannte, da er für seine Doktorarbeit im Archiv gearbeitet hatte. Beiläufig erfuhr ich, daß Thomas Müller der Enkel des letzten Pastors in den Stiftungen war und eigentlich eine Stelle suchte. Er gefiel mir in seiner offenen und ungezwungenen Art, vor allem aber auch als Kenner des Halleschen Pietismus. Er hatte soeben seine Dissertation über Heinrich Melchior Mühlenberg, den aus Halle stammenden, in Amerika im 18. Jahrhundert wirkenden Theologen, in den USA beendet. Wir verständigten uns, er erhielt in Wolfenbüttel ein Stipendium, im Staatsarchiv erlernte er sein berufliches Handwerk, und seit Sommer 1992 ist er nun als Archivar in den Stiftungen tätig. Es stellte sich schnell heraus, daß er zupacken konnte. Er ordnete mit seinen Hilfskräften die Archivalien, baute eine Verwaltung auf und begann mit der Erschließung der ungeahnt reichen Bestände.

In der Bibliothek war die Lage anders. Die beiden Diplombibliothekarinnen konnten die Aufgabe nicht allein leisten. So übernahm ich selbst die Leitung. Gemeinsam schafften wir die ersten Bücher an und stellten die Katalogisierung auf EDV um. Mir machte diese nebenamtliche Tätigkeit für die Jahre des Übergangs, über die ich später noch berichten werde, viel Freude. Hinter dem provisorischen Archiv- und Bibliotheksgebäude legten unsere jungen Leute einen kleinen Garten an, und so wurde man in den Stiftungen heimisch.

Inzwischen war der Kreis der Mitarbeiterinnen und Mitarbeiter auf ein Dutzend fest Angestellter angewachsen. Wir hatten in Arnim von Wietersheim, einem pensionierten ehemaligen hohen Bundeswehroffizier, der jede Woche zwischen Bonn und Halle pendelte, einen zweiten Geschäftsführer gefunden, der die Engländerin bei der Verwaltung entlastete. Einige weitere Stellen konnten eingerichtet werden, um die wachsenden Aufgaben mit der wiedergewonnenen Selbständigkeit in den nächsten Jahren bewältigen zu können. Ohne die zusätzlichen ABM-Mitarbeiter, deren Zahl die der Angestellten überstieg, hätten wir die Stiftungen nicht aufbauen können. Von vielen Seiten fanden wir Unterstützung, vom Land, vom Bund, der Stadt, der Arbeitsverwaltung, der Kirche und von anderen Stiftungen.

Seit seiner Konstituierung im Sommer 1992 tagte das Direktorium alle zwei bis drei Monate und beriet und beschloß alle anstehenden Probleme der Stiftungen. Wir wuchsen im Laufe der Jahre zu einer verschworenen Gemeinschaft zusammen: der immer abwägende, aber auch sehr entschiedene Helmut Obst, mein Stellvertreter; der erfahrene Hartmut Johnsen, den nach einigen Jahren sein Nachfolger, der ebenso scharfsinnige Hans-Joachim Kiderlen, als Konsistorialpräsident ablöste; der stets positive und immer fröhliche Horst Langefeld, Vizepräsident der Landeszentralbank Hannover; der auch schon erwähnte Karl-Martin Kuntze, dem die charmante Dagmar Szabados als Beigeordnete für Jugend und Soziales folgte, und schließlich ich selbst. Für mich und die beiden Geschäftsführer waren die Sitzungen immer eine Ermutigung, denn alle waren von der gleichen Aufgabe beseelt.

Allwöchentlich fuhr ich mit dem VW-Golf, der uns gestiftet worden war, von Wolfenbüttel nach Halle und zurück. War ich nicht dort, so arbeitete ich zu Hause für die Stiftungen. Inzwischen hatte ich unter dem Dach des Verwaltungsgebäudes ein kleines Zimmer von acht Quadratmetern bezogen, Dusche und WC waren über den Flur zu erreichen. Wir arbeiteten, wenn ich dort war, von früh morgens bis Mitternacht zu zweit oder zu dritt. Nur so konnten wir die Fülle der Aufgaben bewältigen. Es waren die Aufbaujahre, und sie verlangten ungeteilten Einsatz.

## *Die Engländerin*

Für die Zusammenarbeit der Herzog August Bibliothek mit den Institutionen in der DDR hatte mir die VolkswagenStiftung 1990 eine Mitarbeiterstelle für zwei bis drei Jahre ermöglicht. Eine englische Kollegin, die mich in den ersten Monaten des Jahres 1990 nach Halle begleitete, erfuhr davon und erzählte mir von ihrer Freundin, die auch in Deutschland lebe, in Amerika promoviert habe und zu gewinnen sei. Mir leuchtete der Vorschlag ein, denn zwei Westdeutsche im Einsatz in den Franckeschen Stiftungen sich vorzustellen, erschien mir wie eine Bevormundung, und dieser Gedanke war mir höchst unangenehm.

Die Engländerin stellte sich bald nach diesem Gespräch vor, sie kam aus Frankfurt, eine junge Frau mit großen blauen Augen und vollem Haar, zurückhaltend, doch zugleich selbstbewußt. Sie erzählte, daß sie seit 15 Jahren in Deutschland lebe, in Würzburg unterrichte, für ein Institut Übersetzungen anfertige, auch im Rechnungswesen nicht unerfahren sei. Ihr Freund, ein Deutscher, betreibe eine Firma in Frankfurt, dort fühle sie sich zu Hause. Später erst verriet sie mir, daß sie über Ernst Toller promoviert hatte und so mit meinen eigenen Expressionismusbüchern durchaus vertraut war. Ihr gepflegtes Deutsch beeindruckte mich ebenso wie ihr unverkennbarer britischer Akzent.

Dr. Penelope Willard ist aus Sussex in Südengland gebürtig. Ihr Vater war Flieger der Royal Air Force, hatte eine englische Krankenschwester bei seiner Stationierung nach dem Kriege in Lübeck kennengelernt, sie hatten geheiratet, und mein Gegenüber war die älteste einer Reihe von Geschwistern. Ihre Mutter Dorothy, eine zierliche, aber energische Dame, lernte ich später einmal in Halle kennen. Wenn die Tochter von den Flugabenteuern ihrer Mutter erzählte, die eine couragierte Fliegerin war, so lief es mir immer kalt über den Rücken. Gott sei Dank hatte Penny, wie Freunde Penelope Willard nennen, diese Kaltblütigkeit nicht geerbt, wohl aber war sie, wie ich später erlebte, durchaus allen schwierigen Situationen gewachsen.

Da mir die Stelle persönlich für Aufgaben in der DDR und insbesondere in Halle zugeordnet war, konnte ich schnell entscheiden. Die Engländerin wurde so zunächst meine Referentin, die mit nach Halle fuhr, bald aber selbständig alle Probleme vor Ort anpackte und die Entwicklung der Franckeschen Stiftungen vom Juli 1990 an miterlebt und mitgestaltet hat. Sie war sehr schnell in die ungewohnte Aufgabe hineingewachsen, so daß das Direktorium sie im Juli 1992 als Geschäftsführerin einstellte. Vorrangig wurden die kulturellen und wissenschaftlichen Belange ihr Aufgabengebiet.

Ich gestehe, daß ich ohne diese kluge, umsichtige und verantwortungsbewußte Frau viele Situationen nicht hätte meistern können, denn sie ist diplomatisch, diskret und loyal, zwar oft zögernd und zweifelnd, dann aber auch imstande, die kompliziertesten Probleme zu lösen. Ihr ungewöhnliches Understatement ist wohl eine englische Eigenschaft, ihr pragmatisches Denken gehört zu ihren großen Stärken. Rückhaltloses Vertrauen bestimmte unsere gemeinsame Arbeit.

Im Laufe der Jahre brauchten wir einander nicht viel zu erklären: Wir dachten das gleiche, und so waren wir uns in der Sache einig. In meiner Abwesenheit führte sie die Verhandlungen und Gespräche immer ganz in meinem Sinne, ob es die Stadt, die Universität oder andere Einrichtungen waren.

Eine Ausländerin in leitender Stellung: Das wurde in den Stiftungen und außerhalb respektiert. Sie schenkte sich nichts, war stets für mich da, stellte alle persönlichen Wünsche zurück. Sie war und ist immer im Einsatz für die Stiftungen. Fuhr sie am Wochenende nach Frankfurt, rief sie schon bald nach der Abfahrt von unterwegs zuerst per Zugtelefon, seither per Handy an.

Daß sie eine rasante Autofahrerin ist, habe ich oft erlebt. Ob sie gut kochen kann, habe ich sie nie gefragt: Aber ich glaube es nicht. Sie nimmt sich dazu nicht die Zeit, lebt manchmal von einer Banane am Tag. Sie schont sich nicht, ihre Arbeitstage sind hoffentlich heute nicht mehr ganz so lang wie in den Jahren meiner Tätigkeit.

Penelope Willard hat sehr zum Ansehen der Stiftungen

beigetragen. Sie unterstreicht durch ihre Arbeit die Internationalität der Franckeschen Stiftungen, die es schon zu Franckes Zeiten gegeben hat, und diese wieder anzustreben, gehört zu ihren selbstverständlichen Aufgaben. Ein ebenso sympathischer wie emphatischer Artikel in einer großen deutschen Wochenzeitung unter dem einprägsamen Titel »Eine Engländerin in Halle« hat sie weit bekannt gemacht.

Es gibt viele engagierte Mitarbeiterinnen und Mitarbeiter in den Stiftungen, die es alle verdienten, in ihrem Einsatz, ihrer Tüchtigkeit genannt zu werden. Wenn ich in diesem Buch der Engländerin ein paar Zeilen widme, so wird man das als persönliches Zeichen der Dankbarkeit verstehen. Zu den wichtigen, weitreichenden Entscheidungen, die zwischen 1990 und 1993 in und für Halle fielen, gehört die Berufung von Penelope Willard.

# Aufbau

Das Historische Waisenhaus, das Hauptgebäude der Franckeschen Stiftungen, nach der Restaurierung. 1995
Foto: Volker Kreidler, Dresden

## *Franckes Fußstapfen*

Mitteldeutschland ist heute ein historischer Begriff, nachdem 1945 die ostdeutschen Gebiete jenseits von Oder und Neiße als Tribut eines verlorenen Krieges vom früheren Deutschen Reich, das sich von Aachen bis Memel, von Emden bis Beuthen erstreckte, abgetrennt worden sind. So spricht man heute sehr zum Schaden unserer historischen Identität von Ostdeutschland, stellt es Westdeutschland gegenüber und setzt eine Terminologie des Kalten Krieges fort, in der Mauer und Grenzen die Nation auseinandergerissen haben. Es werden noch viele Jahre vergehen, ehe diese Sprachregelung in Vergessenheit geraten sein wird und man nur noch von Deutschland als einer integrierenden Macht in Europa spricht. Erst dann wird man vielleicht ganz zu würdigen wissen, daß die Vereinigung von 1990 die Einheit unserer Kultur als kostbarstes Gut unseres Selbstverständnisses wiederhergestellt hat.

Der Verlust dieses gemeinsamen kulturellen Erbes gehörte zu den schmerzlichen Erfahrungen einer Generation, die noch in einem ungeteilten Land aufgewachsen ist. Die Rückgewinnung der Einheit zwischen Rhein und Oder gab auch mir die Kraft, mich ohne Rücksicht auf eigene persönliche Bedürfnisse für die Rettung der vergessenen oder verlorengegangenen kulturellen Güter einzusetzen.

Abgesehen vom Mittelalter, dessen Bedeutung in den Domen, Kirchen und Burgen unübersehbar präsent ist, faszinierte mich am meisten die Rolle Mitteldeutschlands in der Kulturgeschichte der frühen Neuzeit. Der Protestantismus als erste große Reformbewegung ging von hier aus. In der damaligen sächsischen Universitätsstadt Wittenberg lehnte sich Martin Luther gegen den Ablaßhandel in der katholischen Kirche auf, und seine Proteste führten zur Reformation, die zwar die Kirche spaltete, aber die Christen aus den Fesseln ihrer Unmündigkeit befreite. Luther und seine Mitstreiter Philipp Melanchthon, Johannes Bugenhagen, Justus Jonas und viele andere wurden die Wegbereiter einer neuen Zeit. Dazu trug der Buchdruck bei, der 70 Jahre nach Gutenbergs Erfindung zum erstenmal als Medium der Propaganda eingesetzt wurde.

Auf dem Boden des Protestantismus entwickelte sich die mitteldeutsche Barockmusik des 17. Jahrhunderts mit Samuel Scheidt, Heinrich Schütz, Johann Hermann Schein. Sie gipfelte in den geistlichen und weltlichen Oratorien von Johann Sebastian Bach, der, aus Eisenach gebürtig, in Arnstadt, Weimar, Köthen und schließlich in Leipzig wirkte, wo er bis heute die deutlichsten Spuren hinterlassen hat. Gleichzeitig erlebte die Musikkultur mit dem aus Halle gebürtigen Georg Friedrich Händel und dem in Magdeburg wirkenden Georg Philipp Telemann ihre erste große Blütezeit in Deutschland.

Die mitteldeutschen Höfe waren Zentren der Barockmusik. Die 1617 gegründete »Fruchtbringende Gesellschaft«, die erste deutsche Sprachakademie, die Sprachreform als Gesellschaftsreform verstand, wirkte in Köthen, Weimar, Halle und schließlich in Weißenfels. An den Höfen in Dresden, Gotha, Weimar und Potsdam wurden nicht nur prächtige Feste gefeiert, Opern aufgeführt, sondern es wurden Kunstkammern und Gemäldegalerien angelegt: Ernst der Fromme, August der Starke und Friedrich I. in Preußen sind auch als Liebhaber der Künste und Wissenschaften in die Geschichte eingegangen. Der aus Leipzig stammende Gottfried Wilhelm Leibniz wurde 1700 der Gründer der Akademie der Wissenschaften zu Berlin.

Jenseits dieser Hofkultur entstanden um 1700 die bürgerlichen Reformbewegungen des Pietismus und der Aufklärung. August Hermann Francke wurde die zentrale Gestalt der pietistischen Frömmigkeitsbewegung. Zur gleichen Zeit und am gleichen Ort lehrte der Philosoph Christian Thomasius an der 1694 gegründeten Reformuniversität Halle und wurde der Begründer der Aufklärung in Deutschland, die von bedeutenden Verlegern in Leipzig gefördert und dann durch Christian Wolffs Ideen populär wurde. Im 18. Jahrhundert wurde neben Leipzig, wo Gottsched und Gellert wirkten, Berlin mit Lessing, Mendelssohn und Nicolai das Zentrum dieser emanzipatorischen Bewegung, die von aufgeklärten Fürsten in Preußen und den kleinen mitteldeutschen Residenzen mitgetragen wurde.

Auch die deutsche Klassik und Romantik entstand in diesem Raum: Goethe, Schiller, Wieland, Herder lebten in Weimar und wurden zu Symbolgestalten eines Humanitäts- und Bildungsideals, das durch Wilhelm von Humboldt mit der Gründung der Universität und der Reform des Bildungswesens in Preußen umgesetzt wurde. Berlin entwickelte sich mit seinen preußischen Provinzen zum Zentrum der geistigen und wirtschaftlichen Erneuerung in Deutschland im 19. Jahrhundert. In die Berliner Reformen gingen auch die Ideen der Romantik ein, die am Ende des 18. Jahrhunderts ihren Nährboden in Jena, in der Nähe Weimars, hatten.

In dieser historischen Ahnenreihe Mitteldeutschlands ist August Hermann Francke ganz zu Unrecht heute die unbekannteste Figur. Dies hängt vermutlich damit zusammen, daß sein geistliches Werk in der DDR öffentlich kaum beachtet wurde, daß sein Waisenhaus dem Verfall preisgegeben war und den Westdeutschen aus dem Gedächtnis kam. So war mein Bemühen darauf gerichtet, diese große historische Persönlichkeit für das Verständnis unserer kulturellen Geschichte zurückzugewinnen und ihm wieder seinen Platz in einem imaginären Pantheon einzuräumen.

August Hermann Francke war eine unabhängige Persönlichkeit in einem absolutistischen Staat, der ein pädagogisches und soziales Werk aus christlichem Geist geschaffen hat, das einzigartig in seiner Zeit dastand. Was sonst nur fürstliche Autorität ausrichtete, leistete ein Untertan, der im wahrsten Sinne ein Bürger war und diese Bezeichnung verdient, Jahrzehnte bevor die Aufklärung dem Bürgertum zum Durchbruch verhalf.

Francke wurde am 22. März 1663 in der Hansestadt Lübeck als Enkel des berühmten Bürgermeisters David Gloxin geboren und wuchs in Gotha auf, wohin der Vater, der allerdings schon nach wenigen Jahren starb, als herzoglicher Rat von Ernst dem Frommen berufen worden war. Der junge Francke besuchte das Gymnasium in Gotha und bezog 1679 nach einem Probesemester im nahen Erfurt die Universität Kiel, finanziell unterhalten durch ein Lübecker Stipendium und betreut durch den Theologen Christian Kortholt, der ein reformbewußtes Luthertum vertrat. In den drei Jahren seines Theologiestudiums hörte er auch philosophische und naturwissenschaftliche Vorlesungen, die seinen gelehrten Neigungen so sehr entsprachen, daß ihn sein Vetter in Lübeck, der das Stipendium verwaltete, ermahnen mußte. Zur Vertiefung des Hebräischen studierte Francke im Sommer 1682 bei dem Hebraisten Esdras Edzard in Hamburg, ehe er nach einem längeren Aufenthalt im heimischen Gotha seine Studien 1684/85 in Leipzig mit der Magisterprüfung abschloß.

Folgt man seiner frühen, handschriftlich überlieferten

Lebensbeichte, so war der junge Francke damals auf dem Wege, »äußerlich und innerlich ein Weltmensch« zu werden. »Meine Intuition war, ein vornehmer und gelehrter Mann zu werden, reich zu werden und in guten Tagen zu leben... Ich war sehr bemühet, Menschen zu gefallen und mich in ihre Gunst zu setzen, als dem lebendigen Gott im Himmel.«

Vor diesem Hintergrund ist seine Lebenswende zu sehen, die sich aus der Begegnung mit Philipp Jakob Spener, dem Vater des Pietismus, ergab. Francke wurde sein einflußreichster Schüler. Zur Vervollkommnung seiner exegetischen Kenntnisse nahm ihn der Superintendent Caspar Hermann Sandhagen in Lüneburg auf. Bald nach der Ankunft sollte Francke in der Stadtkirche predigen. Doch je länger er sich darauf vorbereitete, desto größer wurden seine Anfechtungen. Sein innerer Kampf endete mit dem Durchbruch seines Glaubens.

Dieses Erweckungserlebnis ist der Schlüssel zu seinem späteren Wirken. Der sein ganzes künftiges Leben bestimmende, fast kindliche Glaube an Gott, seine unerschütterliche und feste Zuversicht, die uns heute noch berührende Frömmigkeit und die Unbeirrbarkeit, seine ganze Kraft im Dienst des Höheren der »Verpflegung der Armen und der Erziehung der Jugend« zu widmen, leitete fortan sein Leben als Theologe und Seelsorger, Pädagoge und Organisator. So wurde Francke der bedeutendste Vertreter des Pietismus in Deutschland.

Wegen dieser Haltung wurde Francke, nachdem er 1688 an der Universität Leipzig mit der Veranstaltung pietistischer Übungen angefangen hatte, angeklagt und trotz der Verteidigung durch den damals noch jungen Juristen Christian Thomasius des Landes verwiesen. Auch in Erfurt, wo der fromme Theologe eine Stelle als Diakon angetreten hatte, wurde er nach kurzer Zeit entlassen. Durch die Vermittlung Speners, der inzwischen am preußischen Hofe tätig war, wurde ihm schließlich vom Kurfürsten Friedrich III. Ende 1691 die Pfarre in Glaucha vor Halle angeboten. Dem Brandenburger war das bigotte Verhalten der orthodoxen Lutheraner ein Dorn im Auge, und so ergriff man wohl gern die Gelegenheit, einen pietistischen Prediger zu berufen, von dem man erfahren hatte, wie ernst es ihm um einen lebendigen Glauben war.

Am 7. Januar 1692 trat Francke sein Pfarramt in Glaucha vor den Toren Halles an. Er war ein begnadeter Prediger, dessen Worte den Zuhörern zu Herzen gingen. Aber auch hier stellte sich die Stadtgeistlichkeit von Anfang an gegen ihn und versuchte, ihn bei der Obrigkeit anzuschwärzen. Eine Visitation führte zu einer vollständigen Entlastung, und Francke ging gestärkt aus diesen Kämpfen hervor. Er wirkte 23 Jahre lang an der kleinen St. Georgenkirche, die leider 1740 abbrannte und durch einen großen barocken Neubau ersetzt wurde. Die Stadtgeistlichkeit berief ihn 1715 zum Pfarrer an die St. Ulrichskirche in Halle. Dies war für ihn, den oft Geschmähten, der größte Triumph seines Lebens. Seine Gegner hatten eingelenkt.

Neben seinem geistlichen Amt war Francke 1692 als Professor der griechischen und orientalischen Sprachen an die zwei Jahre später eröffnete Universität Halle berufen worden. So konnte er von Anfang an seine seelsorgerische Tätigkeit mit den akademischen Pflichten verbinden. Sehr bald scharte er begabte Schüler um sich, verläßliche, im pietistischen Geist herangebildete Mitstreiter, die er gegen freie Kost als Lehrer, Erzieher und Mitarbeiter einsetzte. Seit 1698 ordentlicher Professor der Theologie, lag ihm vor allem die Heranbildung des theologischen Nachwuchses in seinem Verständnis pietistischen Glaubens am Herzen.

Die jungen Leute wurden später seine Botschafter in vielen Ländern.

Wenn man bedenkt, daß Francke neben diesen beiden Berufen als Pastor und Professor sein Lebenswerk, die Glauchaer Anstalten mit dem Waisenhaus als Mittelpunkt, aufbaute und gestaltete, so läßt sich diese ungeheure Leistung nur aus der Tiefe seiner Frömmigkeit begreifen. Er verstand sich als »Werkzeug Gottes«. Mit seinem Glauben hat er in Anlehnung an eine biblische Metapher in seiner Zeit »Berge versetzt«. Als er am 8. Juni 1727 im Alter von 64 Jahren nach einem langen schweren Leiden starb, trauerten um ihn nicht nur die 2500 Kinder, Schüler, Lehrer und Mitarbeiter, sondern die ganze Stadt war von dem Tod eines Mannes erschüttert, der mit seinem Lebenswerk die Welt verändert hatte. Francke liegt unter einem Schwibbogen auf dem Stadtgottesacker begraben, und ein unbekannter Zeitgenosse dichtete:

Das Gedächtniß der Gerechten bleibt im Segen,
Hier liegt der freie Frank, ein freier, kluger Knecht,
Ein frommer Mann am Geist, im Wort, Werk und Geberden;
Ein Wächter auf der Wart', ein guter Hirt der Heerden;
Ein Doctor, dem Gott selbst gelehrt sein Licht und Recht;
Ein Donner, der geschreckt der Sodoma Geschlecht:
Ein helles Licht der Welt, ein kräftig Salz der Erden;
Ein Vater Vieler, die durchs Wort geboren werden;
Der armen Waisen Rath, der Seel und Leib verpfleget;
Augustus, der das Reich des Himmels weit vermehret;
Hermannus, der ein Heer zum Glaubenskampf erwecket;
Ein Läufer, der nach dem, was droben, sich gestrecket;

Die Mau'r, die durchs Gebet des Höchsten Zorn
gewehret:
Wer also ihn erkannt, der schau auf seine Krone,
Und ring' in gleichem Kampf nach gleichem
Gnadenlohne!

August Hermann Francke war nicht nur Pfarrer seiner Gemeinde, akademischer Lehrer und schließlich Gründer seiner wohltätigen Anstalten, sondern auch ein Gelehrter, von dem noch zu berichten sein wird. Er hat ein kaum zu überblickendes Werk als Verfasser theologischer und populärer Bücher, Schriften, Predigten und Traktate hinterlassen. Sein berühmtestes Buch, das er zuerst 1701 nach Fertigstellung des Waisenhauses veröffentlichte, trägt den barocken Titel: *Die Fußstapffen Des noch lebenden und waltenden liebreichen und getreuen GOTTES, zur Beschämung des Unglaubens und Stärckung des Glaubens.* In diesem »ausführlichen Bericht« hat er von seinem Lebenswerk Rechenschaft abgelegt. Man kann das Buch als eine autobiographische Schrift lesen, in der alle Schwierigkeiten und Unzuträglichkeiten beim Bau des Waisenhauses und der weiteren damit verbundenen Anstalten nachzuerleben sind. Es ist auch eine Hagiographie, eine Heilsgeschichte, die Einbettung der eigenen Erlebnisse in das Werk der »göttlichen Providenz«, was früh mit Vorsehung eingedeutscht wurde. Francke trat in die Fußstapfen Gottes und hatte schon das Ziel seines erst aufkeimendes Werkes, eine »Stadt Gottes«, vor Augen.

Dieses in Quart gedruckte Buch war aber zugleich auch als Dankgeschenk an die vielen Spender und Helfer gedacht, denen er es in einer Zuschrift widmete: »Allen Wohlthätern des Waysen-Hauses und der übrigen hiesigen Anstalten, und allen die sonst mit Christlicher Liebe diesem Wercke zugethan sind, welcher Hoheit, wes Standes, Ehren und Würden Dieselben seyn mögen, wünsche ich von GOTT dem Allerhöchsten die Fülle alles wahrhaftigen Guten, Heyls und Segens, aus dem, in welchem alle Fülle wohnet, und die rechte und einige Quelle alles Guten ist, nemlich JESU CHRISTO!«

Da die Rechenschaft in den *Fußstapffen* nicht das Ende, sondern der Anfang eines fortgeführten Werkes war, begleitete Francke den Fortgang mit sieben Fortsetzungen und faßte sie in einer dritten Auflage 1709 in einem handlichen Lederband nun als *Segensvolle Fußstapfen* ... zusammen. Übrigens gibt es viele Drucke, die alle unter der gleichen Jahreszahl erschienen, den meisten sind zwei apologetische Schriften über das Waisenhaus aus der Hand zweier Mitarbeiter Franckes beigefügt.

Für den Historiker und auch den Francke-Biographen ist das materialreiche Werk eine, wie ich finde, noch ganz unausgeschöpfte Quelle. Die Lektüre ist immer wieder belehrend und ermutigend zugleich. Und traten wir nicht, wenn wir Franckes Anstalten erst nach und nach in ihrer erstaunlichen Vielfalt im Detail kennenlernten und als großes kulturelles Vermächtnis betrachteten, wiederum in diesen Aufbaujahren in seine Fußstapfen? Manchmal hatte ich das Gefühl, daß er unsere Schritte billigend oder mißbilligend beobachtete.

## *Aufbau Ost*

Das Schlagwort vom Aufbau Ost hat sich seit langem als Programm für die Hilfen des Westens für Ostdeutschland eingebürgert. Es bezeichnet in den zwei Wörtern kurz und bündig die harte Arbeit derer, die diesen Aufbau zu leisten haben. Es ist ja nicht nur der Straßenbau oder das Verkehrsprogramm Deutsche Einheit gemeint, es geht um die Sanierung der Städte, die Erneuerung der Wirtschaft, den Umbau der Verwaltungen, und es geht auch um die Kultur, um die Förderung kultureller Einrichtungen, Theater, Bibliotheken, Museen, historischer Stätten.

Unsere Bilanz in Halle war niederschmetternd. Waren wir als Laien zuerst von 60 Mio. Mark ausgegangen, die nötig seien, um die Bausubstanz der Stiftungen wiederherzustellen, so lagen die ersten Kostenschätzungen bei 180–200 Mio. DM. Heute wissen wir, daß die aufwendige Beseitigung der Schäden unter der Erde, im Fachwerk und auch im Mauerwerk eine Viertel Milliarde, also 250 Mio., kosten wird. Es war und ist zugegebenermaßen eine erschreckend hohe Summe. Wie sollten wir sie aufbringen, zumal uns die profitablen Betriebe und Güter nicht zurückgegeben wurden? So waren wir mittellos. Aber waren wir schuld an diesen Schäden und Einbußen? War es nicht Pflicht des Staates, eine unabhängige Stiftung zu entschädigen und wiederherzustellen?

So dachten wir und sahen uns im Einigungsvertrag bestätigt. Im ersten Absatz des Artikels 35 wird zum erstenmal auf Bundesebene die Bedeutung der Kultur festgeschrieben, die »fortbestehende Einheit der deutschen Nation« genannt und der Begriff des »Kulturstaates« verwendet, den man im Grundgesetz vermißt:

»In den Jahren der Teilung waren Kunst und Kultur – trotz unterschiedlicher Entwicklung der beiden Staaten in Deutschland – eine Grundlage der fortbestehenden Einheit der deutschen Nation. Sie leisten im Prozeß der staatlichen Einheit der Deutschen auf dem Weg zur europäischen Einigung einen eigenständigen und unverzichtbaren Beitrag. Stellung und Ansehen eines vereinten Deutschland in der Welt hängen außer von seinem politischen Gewicht und seiner wirtschaftlichen Leistungskraft ebenso von seiner Bedeutung als Kulturstaat ab.«

Aus diesem Bekenntnis werden in den nächsten Sätzen dieses Artikels konkrete Konsequenzen gezogen: »Die kulturelle Substanz darf keinen Schaden nehmen. – Die Erfüllung der kulturellen Aufgaben einschließlich ihrer Finanzierung ist zu sichern, wobei Schutz und Förderung von Kultur und Kunst den neuen Ländern und Kommunen entsprechend der Zuständigkeitsverteilung des Grundgesetzes obliegen. – Die bisher zentral geleiteten kulturellen Einrichtungen gehen in die Trägerschaft der Länder oder Kommunen über, in denen sie gelegen sind. Eine Mitfinanzierung durch den Bund wird in Ausnahmefällen, insbesondere im Land Berlin, nicht ausgeschlossen ... – Zum Ausgleich der Auswirkungen der Teilung Deutschlands kann der Bund übergangsweise zur Förderung der kulturellen Infrastruktur einzelne kulturelle Maßnahmen und Einrichtungen mitfinanzieren.«

Diesen Aussagen, auf die sich die Kultureinrichtungen in den Neuen Ländern auch heute noch berufen, lagen Empfehlungen einer Gemeinsamen Kulturkommission und ihrer Expertengruppen zugrunde, die zwischen der Bundesrepublik und der DDR schon im Dezember 1989 beschlossen worden war. Sie wurde von der Bundesministerin für innerdeutsche Beziehungen und der Präsidentin der Kultusministerkonferenz der Länder auf der einen und dem Minister für Kultur auf der anderen Seite geleitet.

Im Rückblick ist dankbar anzuerkennen, daß der Bund und das Land Sachsen-Anhalt unsere Forderungen im Rahmen des Möglichen erfüllten. Allerdings sollte erwartet werden können, daß die öffentliche Hand auch künftig zu den Festlegungen des Einigungsvertrages steht. Ehe nicht die Bausubstanz wiederhergestellt ist, werden die Stiftungen nicht sicher in die Zukunft blicken können. Noch sind am Ende meiner Tätigkeit gut 100 Mio. Mark zu decken.

Beamte der Kulturabteilung des Bundesinnenministeriums hatten mich schon im November 1991, kurz nach Veröffentlichung der Bekanntgabe zum Fortbestand der Franckeschen Stiftungen, zu einem Gespräch nach Bonn eingeladen. Die Engländerin begleitete mich. Dr. Waldemar Ritter, der das Wort führte, betonte, daß in Bonn die Bedeutung der Franckeschen Stiftungen als deutsches und europäisches Kulturdenkmal unbestritten sei. Auf dieser Grundlage könnten sie im Rahmen des anlaufenden Substanzerhaltungsprogramms Kultur mit Mitteln in Höhe von 2 Mio. Mark jährlich rechnen, wenn ein Nutzungskonzept vorgelegt und das Land sich mit der gleichen Summe beteiligen würde. Die Zusage bestätigte unsere Vorstellung: Die Stiftungen sind im Blick auf ihre bedeutende Vergangenheit und angesichts der überlieferten historischen Bauten insgesamt ein Kulturinstitut und ein überregionales Kulturdenkmal, das an eine große geschichtliche Persönlichkeit, an August Hermann Francke, sein Lebenswerk und seine weltweite Wirkung erinnert.

Von Anfang an unterstützte auch die Deutsche Stiftung Denkmalschutz, die sich um die Sicherung der historischen Bausubstanz in Ostdeutschland große Verdienste erworben hat, die Stiftungen, indem sie ausgewählte Objekte und bestimmte abgrenzbare Bauabschnitte finanzierte, beispielsweise die Wiedererrichtung der zerstörten Steintreppe des Hauptgebäudes und seines Treppenturms.

Da mit der Wiederherstellung der Stiftungen im Sommer 1992 die Arbeiten an dem Gebäude des vorderen Lindenhofes zur Hochstraße hin eingestellt worden waren, wurde nur noch am Hauptgebäude ein wenig gearbeitet. Doch es zeichnete sich ab, daß der Fachbereich Erziehungswissenschaften der Martin-Luther-Universität auf Dauer in den Stiftungen angesiedelt werden könnte. Dafür standen 1993/94 die ersten Hochschulbauförderungsmittel zur Verfügung, die zur Hälfte vom Land, zur Hälfte vom Bund aufgebracht wurden. Damals hatte ich zum erstenmal mit dem jungen Dekan der Erziehungswissenschaften zu tun. Er war der einzige Professor, der im Gegensatz zu seinen Lehrern nicht »abgewickelt« worden war. So lernte ich Jan Hendrik Olbertz als einen sympathischen, zupackenden, vorausdenkenden Partner kennen: Er ist heute mein Nachfolger als Direktor der Franckeschen Stiftungen. Damals haben wir gemeinsam mit unserem Architekten das Institut für Pädagogik aus den genannten Mitteln geplant.

Angesichts der vielen Verzögerungen in der endgültigen Rückgabe unseres Vermögens und der verlorengegangenen Betriebe und Güter waren diese Mittel aus der Hochschulbauförderung für die Restaurierung einiger historischer Gebäude ein weiterer hoffnungsvoller Lichtblick. Um so enttäuschender und entmutigender war der Verlauf einer Antragstellung an die Stadt. Wir versuchten, gemeinsam mit dem zuständigen städtischen Amt in das Programm der Altstadtsanierung »Städtebaulicher Denkmalschutz« aufgenommen zu werden. Wir stellten für einen geplanten zweiten Schwerpunkt in der Stadt Halle ein Programm in Höhe von 40 Mio. Mark zusammen. Zusätzlich zu den genannten Finanzierungsquellen sollten uns die Mittel die Wiederherstellung der Gebäude ermöglichen, die sich nicht in die Kultur- und in die Hochschulbauförderung einpassen ließen. Die Enttäuschung war groß, als die politisch Verantwortlichen ein anderes Gebiet in der Stadt auswiesen. Wäre das Programm zu unseren Gunsten entschieden worden, wären die Schandflecken in den Stiftungen längst beseitigt worden, die bis heute nicht zu finanzieren sind: das Gebäude des Pädagogiums, die Druckerei, das Franckesche Wohnhaus, die Häuser am Franckeplatz.

## *Der Architekt*

Seit 1992 habe ich immer wieder Memoranden und Denkschriften abgefaßt, die wir im Direktorium berieten, ehe wir sie dem Kuratorium vorlegten. Nutzungskonzepte und Planungsziele wurden beschlossen, Finanzierungspläne aufgestellt, Berechnungen beigefügt, die Kosten für die notwendigen Baumaßnahmen zur Restaurierung des historischen Ensembles zusammengestellt. Wir hatten diese Zahlenwerke unserem Architekten zu verdanken, der für die Wiederherstellung der Franckeschen Stiftungen seither eine Schlüsselstellung hat.

Ich kannte Wilfried Ziegemeier aus Wolfenbüttel. Wir hatten zusammen ein »Haus des Buches« geplant und umgeplant, das allerdings nie gebaut wurde. Dabei lernte ich zum erstenmal den phantasievollen und auf die Wünsche des Bauherrn eingehenden Hannoverschen Architekten kennen. Es war ein Vergnügen, ihm über die Schulter zu blicken, wenn er seine Ideen aufs Papier warf. Daß er aber auch sehr exakte Kostenschätzungen vorlegen konnte, hatte ich festgestellt, als er in den achtziger Jahren das erste Gästehaus der Herzog August Bibliothek einrichtete. Da ich mit den mir anvertrauten öffentlichen Mitteln über viele Jahrzehnte nie große Sprünge habe machen können, war ich überzeugt, daß künftig, sollte ich noch einmal wieder bauen können, nur Wilfried Ziegemeier für mich in Frage käme.

Aber nicht nur die Entwürfe und die Kunst der verläßlichen Kostenschätzung waren es, weshalb für mich von der ersten Stunde an feststand, der Wiederaufbau der Stiftungen würde nur mit Wilfried Ziegemeier möglich sein. In Hannover hatte er aus den Trümmern des zerstörten Leibnizhauses die eindrucksvolle Fassade des Patrizierhauses mit dem reichen Schmuck barocker Steinmetzarbeiten wiederaufgebaut, eine mutige und Aufsehen erregende Entscheidung, zugleich eine bautechnische Glanzleistung. Hinter der Fassade war ein funktionaler und ansprechender Neubau entstanden. Die Leistung hatte mich sehr beeindruckt. Im Grunde würde die Aufgabe in Halle nicht anders sein: die originalgetreue Restaurierung einer maroden Bausubstanz in Verbindung mit einer Nutzung, die heutigen Bedürfnissen und Ansprüchen genügen mußte.

Wir sind fast gleichaltrig: der Architekt und, wie er zu sagen pflegt, sein »Bauherr«, mit den gleichen Kriegserfahrungen, Nachkriegshungerjahren und Aufbauzeiten. Wir waren glücklich, davongekommen zu sein, er zwar mit Granatsplittern im Körper, aber als robuster Norddeutscher aus altem niedersächsischen Holz geschnitzt, ein unschlagbarer Arbeiter, der morgens um drei oder vier Uhr aufzustehen pflegt, ins Büro fährt oder nach Halle, und schon da ist, ehe unsere Mitarbeiterinnen in aller Herrgottsfrühe ihre Arbeit beginnen. Das ist typisch für unseren Architekten, der keinen Urlaub kennt, der selbst an Festtagen, wie man munkelt, in seinem Büro sitzt und sich seiner Arbeit widmet. Er ist pausenlos mit seinen Ideen und Plänen beschäftigt, ein großartiger Könner, ein genialer Entwurfsgestalter und zugleich ein konsequenter Tüftler im Detail, ein wortmächtiger Architekt, der als Staatsbürger kompromißlos soziale Gerechtigkeit vertritt.

Ziegemeier ist, um es kurz zu sagen, mit allen Gaben ausgerüstet, die nötig sind, um als Architekt und Fachmann eine demolierte Gebäudelandschaft, wie es die Stiftungen waren, wiederherzustellen. Dazu gehört nicht nur eine lebenslange berufliche Erfahrung, sondern es sind all jene Eigenschaften, die wir an unserem Architekten bewundern: analytisches Denken, klare Konzepte, wissenschaftliche Gründlichkeit, hohes technisches Können, musterhafte Ordnung, zupackendes Handeln. Hinzu kommt eine unübertreffliche und geistreiche Sprachmeisterschaft mit einer umwerfenden Metaphorik. Er kann sich nicht nur selbst leidenschaftlich für seine Aufgabe begeistern, sondern auch seine Partner mitreißen und überzeugen. Er ist ein Meister der Überredungskunst, vor dem man meistens die Segel streicht und sich eingestehen muß: Er hat ja recht. Hinter seiner häufigen Grantigkeit verbirgt sich eine warme Menschlichkeit, hinter der harten Schale ein offenes Herz. Er kann von großem Charme und einer entwaffnenden Liebenswürdigkeit sein.

Als unser Architekt im Sommer 1992 die ersten Skizzen und Kostenschätzungen für das Historische Waisenhaus, die Bibliothek und das Nachbargebäude vorlegte, stand für ihn innerlich schon fest, daß er sich fortan ausschließlich mit seiner ungewöhnlichen Schaffenskraft dem Wiederaufbau von Franckes Lebenswerk widmen würde. Und es wurde sein überzeugendes Alterswerk.

Was mag den angesehenen Architekten, der seine berufliche Laufbahn in anderthalb Zimmern eines Dachateliers begonnen hatte, der viele Jahre an der Werkkunstschule in Hildesheim unterrichtete und dann Jahrzehnte hindurch in seinem Bürogebäude am Platanenhof in Hannover 30 Mitarbeiter beschäftigte, bewogen haben, in Halle an der Saale vor Anker zu gehen? Es war die von unserer Generation als einzigartiger Glücksfall der Geschichte erlebte politische Wende in der DDR und die Faszination der damit verbundenen Herausforderung. Wilfried Ziegemeier wollte und will seinen persönlichen Beitrag zum Wiederaufbau der Neuen Länder für unsere gemeinsame Zukunft in einem äußerlich und innerlich eines Tages geeinten Deutschland leisten. Er entdeckte in den von uns gleichermaßen bewunderten Bauherren des 18. Jahrhunderts, die in dürftigen Zeiten lebten, Vorgänger, deren historische Leistungen wieder sichtbar zu machen eine große Aufgabe vor der Geschichte für ihn geworden ist.

In einer Zeit, als die Franckeschen Stiftungen noch nicht über Planungskosten, geschweige denn über Baumittel verfügten, hat Ziegemeier mit uns erste Überlegungen angestellt, Pläne entwickelt, Voruntersuchungen durchgeführt, Bauaufnahmen gemacht, Entwürfe gezeichnet, Kostenpläne aufgestellt. Der Architekt hat mehrere Jahre im Vertrauen in die Zukunft auf eigene Kosten gearbeitet, er ist in Vorleistung getreten und hat manchen Verlust in Kauf genommen in dem Bewußtsein, daß sich dieser Einsatz für die Stiftungen lohnen würde. So konnten wir dann, als die Stiftungen 1994 endlich wieder Eigentümer der zentralen Liegenschaften geworden waren, von diesem Vorlauf profitieren, die entwickelten Pläne vorlegen, die Architektenverträge endlich abschließen und dann Zug um Zug, Haus für Haus sanieren, eine beglückende, oft auch belastende Aufgabe, auf die ich nun mit wachsender Distanz in großer Dankbarkeit zurückblicke.

## *Eine Familie feiert ihre Vorfahren*

Zu den vielen glücklichen Begegnungen meiner ersten Jahre in Halle gehört das Treffen mit der weitverzweigten Niemeyer-Familie. Der Senior August Hermann Niemeyer, ein pensionierter Pastor aus Hamburg, der leider wenige Jahre später starb, hatte seine Verwandtschaft mobilisiert. So fanden an einem Wochenende im September 1994 Niemeyer-Tage im Kreise von fast hundert Nachkommen in Halle statt. Sie alle führen sich auf August Hermann Niemeyer, den Kanzler der Universität und Direktor der Franckeschen Stiftungen in der Zeit um 1800, zurück, der noch heute zu Recht als Retter von Franckes Lebenswerk verehrt wird. Er war außerdem der Urenkel unseres Gründers und Stifters.

Im Gegensatz zu den zahlreichen Kindern, die im Waisenhaus und in den Schulen unter seinen Augen heranwuchsen, hatte Francke selbst nur zwei Kinder, den Sohn Gotthilf August und die Tochter Johanna Sophia. Da ersterer in zwei Ehen kinderlos blieb, gibt es von ihm keine direkten Nachkommen Franckes. Die Träger dieses Namens, wenn sie sich auf ihn beziehen, können nur Nachkommen von Franckes Brüdern oder von seines Vaters Brüdern sein. Die Nachkommenschaft leitet sich von Tochter und Enkeln her. Johanna Sophia heiratete ihren Patenonkel Johann Anastasius Freylinghausen, den engsten Mitarbeiter ihres Vaters. Sie hatten mehrere Kinder. Die älteste Tochter Auguste Sophie heiratete den Theologen Johann Konrad Philipp Niemeyer, der zugleich Inspektor der Schulen in den Stiftungen war. Ihr Sohn war der eingangs genannte August Hermann Niemeyer, der am 1. September 1754 in Halle geboren wurde.

Als klassischer Philologe und Theologe machte Niemeyer eine glänzende Karriere. Er war als Professor zugleich Direktor der Stiftungen, stieg zum mächtigen Kanzler der berühmten Halleschen Universität auf, und, mit allen Großen der Zeit bekannt oder befreundet, brachte er in der schwierigen Zeit zwischen 1800 und 1815 das bewundernswerte Kunststück fertig, sowohl mit dem preußischen König wie auch mit der französischen Besatzungsmacht auf so gutem Fuße zu stehen, daß die Stiftungen über alle Finanzkrisen hinweg gerettet wurden.

August Hermann Niemeyer war, wie auf dem von Caroline Bardua gemalten Porträt zu sehen, eine imposante Persönlichkeit. Er war ein politischer Kopf, ein aufgeklärter Theologe, ein hervorragender Organisator. Er setzte seinem Urgroßvater ein Denkmal: Auf der Ballonwiese gegenüber dem Pädagogium, das Niemeyer damals seit ein paar Jahren leitete, wurde 1788 zur 125. Wiederkehr von Franckes Geburtstag ein eindrucksvolles Monument im Stil des Klassizismus aufgestellt. Auf einem Sandsteinsokkel ruht die kunstvoll gestaltete Vase als Sinnbild der Ewigkeit. In einem Medaillon liest man die Worte: »Francken, dem Stifter / Dank und Verehrung« und links und rechts: »Er hat Gutes gethan und ist nicht ermüdet« und »Er erndtet ohne Aufhören«. Das schon erwähnte zerstörte Denkmal – inzwischen in einer Replik im Zentrum der Stiftungen wieder aufgestellt – war ein Zeichen der Verehrung, die die Aufklärung dem Gründer und Stifter entgegenbrachte.

August Hermann Niemeyer war einer der Hauptvertreter dieser Reformbewegung, die die »Erziehung des Menschengeschlechts« (Lessing) als Emanzipation des Bürgertums von Bevormundung und Vorurteilen verstand und den Glauben an Gott mit der praktischen Vernunft verband. Er bezog das Lebenswerk Franckes, das er über vier Jahrzehnte mit zwei Kollegen verwaltete, in diese bürgerliche Aufklärung ein und würdigte es als ein vorbildliches pädagogisches Reformwerk. Er widmete ihm eine eigene Zeitschrift, *Frankens Stiftungen*, die im letzten Jahrzehnt des 18. Jahrhunderts erschien und in der er und seine Freunde die Lebens- und Wirkungsgeschichte Franckes in Aufsätzen, Schilderungen und Abbildungen den Zeitgenossen nahebrachten. So wurde Niemeyer der erste Geschichtsschreiber der Franckeschen Stiftungen. Mit ihm bürgerte sich die Bezeichnung für die Glauchaer Anstalten ein.

Für den Aufklärer Niemeyer war das Werk Franckes ein lebendiges Vermächtnis, das er dank seines organisatorischen und diplomatischen Geschicks über die Krisenjahre hinwegrettete. Er sicherte nicht nur den Fortbestand des Waisenhauses und der erwerbenden Betriebe, sondern er widmete sich als Aufklärungspädagoge dem Ausbau des Schulwesens in den Stiftungen. Die beiden städtischen Gymnasien wurden mit den Schulen der Stiftungen vereinigt, eine eigene Realschule gegründet, und der bedeutende Stadtsingechor auf Dauer in den Stiftungen untergebracht.

Dem Pädagogium galt zeit seines Lebens sein leidenschaftliches Interesse: Neben den klassischen Sprachen widmete er dem Deutschunterricht seine ganze Aufmerksamkeit. Die zeitgenössische Dichtung wurde durch Rezitationen und Interpretationen, auch durch die Anlage einer eigenen – übrigens sehr interessanten – »oratorischen Bibliothek«, gepflegt.

So war über August Hermann Niemeyer viel Rühmenswertes zu erzählen, als die Nachkommenschaft uns besuchte. Im Englischen Haus hatten wir eine erste Niemeyer-Ausstellung aufgebaut, die trotz der Enge der Räumlichkeiten einen Einblick in das Leben und Wirken des berühmten Ahnen ermöglichte. Im Historischen Hörsaal des Hauptgebäudes der Universität – dieses Bauwerk von 1833 geht auf Niemeyer zurück – fand ein öffentliches Rundgespräch, in der Marktkirche ein festlicher Gottesdienst statt.

Doch der Höhepunkt dieses Familienbesuchs war die Enthüllung eines August Hermann Niemeyer-Denkmals. Die Familie hatte einen Bronzeabguß der berühmten Büste von Friedrich Tieck angefertigt und auf einen Sockel gestellt. Da wir noch keinen endgültigen Standort festlegen konnten, versammelte sich die Familie in dem kleinen Garten hinter dem Niederlagegebäude, in dem inzwischen Archiv und Bibliothek untergebracht worden waren. Der schon genannte Senior, Pastor August Hermann Niemeyer, sprach bewegend über seinen Ahnen: Wir waren ein kleiner Kreis von Unentwegten und damals noch gar nicht so sicher, ob die Stiftungen wirklich eine Zukunft haben würden. Aber diese Stunde war für uns eine der vielen dankbar angenommenen Ermutigungen.

Heute hat die Niemeyer-Büste einen bleibenden Standort vor dem gläsernen Zwischenbau von Bibliothek und Cansteinhaus erhalten. So ist der Erneuerer der Franckeschen Stiftungen selbst Zeuge der heutigen Neugestaltung geworden. Ich wünschte mir, daß auch Hermann Agathon

Niemeyer, dem Sohn des damals Geehrten, eines Tages in den Stiftungen ein Denkmal gesetzt würde. Die geschichtliche Präsenz an diesem Ort regt immer erneut dazu an, durch sichtbare Zeichen Andenken zu stiften. Er steht zu Unrecht allzusehr im Schatten seines Vaters, der als Vertreter des Rationalismus eine Gestalt des 18. Jahrhunderts war. Hermann Agathon mußte sich mit den Folgen der preußischen Bildungsreform unter Freiherr vom Stein und Fürst Hardenberg auseinandersetzen. Sie führte 1832 dazu, daß die Stiftungen durch das neue Reglement in die Strukturen des preußischen Erziehungswesens eingegliedert wurden. Doch Niemeyer war ein liberaler Geist, der wie seine Lehrerschaft die geistigen Auseinandersetzungen des Vormärz verfolgte und nach der Revolution von 1848 Hallescher Delegierter der preußischen Nationalversammlung war und für politische Reformen eintrat. Der preußischen Regierung mißfiel Hermann Agathon Niemeyers freiheitliche Gesinnung, und so statuierte sie nach seinem frühen Tod am 6. Dezember 1851 ein Exempel. Anstelle des von Niemeyer zu seinem Nachfolger vorgeschlagenen engsten Kollegen Friedrich August Eckstein wurde ein preußischer Schulmann von Berlin aus eingesetzt, und so endete eine 150jährige Familiengeschichte in den Stiftungen.

Heute können wir in Halle wieder an diese Tradition anknüpfen. Damit hat es folgende Bewandtnis: Unter den Gästen des Familientreffens war auch der Verleger Robert Harsch-Niemeyer, der dem Vorstand des Freundeskreises angehörte. Er schenkte uns die silberne Krone, die die Stadt Halle August Hermann Niemeyer aus Anlaß seines 50jährigen Doktorjubiläums 1827 gestiftet hatte, und einen Silberbecher, der aus gleichem Anlaß dem Jubilar von mecklenburgischen Verehrern überreicht worden war. So wie Hermann Agathon Niemeyer der Ururenkel Franckes war, so ist Robert Harsch-Niemeyer der Urenkel von Hermann Agathon. Sein Großvater gründete 1870 den Max Niemeyer Verlag in Halle, den sein Onkel Hermann Niemeyer 1949 nach Tübingen verlegte. Da er das Verlagsprogramm des Familienunternehmens seit 1964 beträchtlich und sehr effizient hat ausbauen können, ist der Verlag in seiner neuen Heimat so verwurzelt, daß nach der Wende an eine Rückkehr nach Halle nicht gedacht wurde. Ich habe das natürlich einsehen müssen, so sehr ich auch den Niedergang des Verlagswesens in Ostdeutschland bedauern muß.

Doch wir haben eine Brücke geschlagen. Für die neuen Veröffentlichungen der Stiftungen gründeten wir 1995 den Verlag der Franckeschen Stiftungen zu Halle, nicht als Firma, sondern als Adresse. Er wurde ein sogenannter Imprintverlag, der vom Max Niemeyer Verlag in Tübingen betreut wird. So erscheinen also heute die Bücher unseres Veröffentlichungsprogramms in einer Firma, die einem Nachkommen August Hermann Franckes in der siebten Generation gehört. Eine solche Beziehung ist keine Arabeske, sondern ein Beispiel dafür, wie wir das Erbe der Franckeschen Stiftungen zu bewahren suchen.

## *Das Historische Waisenhaus setzt ein Zeichen*

In dem Pfarrhaus an der Mittelwache in Glaucha, das leider wie das ganze Viertel noch 1986 abgerissen worden ist, hatte August Hermann Francke 1695 die ersten Waisenkinder aufgenommen und sie mit weiteren Kindern aus der Stadt unterwiesen. Da er viel Zulauf erhielt, mußte er bald die benachbarten Häuser für die Schule und die Unterbringung der Kinder einbeziehen und dabei bedenken, wie der Raumnot auf Dauer zu begegnen sei. So kam er in kurzer Zeit zu dem Schluß, ein neues Haus zu errichten.

In seinen *Fußstapffen* hat Francke 1701 erzählt, wie es zur Grundsteinlegung am Ortsrand von Glaucha unmittelbar dem Rannischen Stadttor gegenüber gekommen ist: »Derweil in diesen Landen noch keine Waysen-Häuser waren, von denen man ein Modell hätte nehmen können, bin ich schlüßig worden, mich nach andern dergleichen guten Anstalten umzusehen; und ferner, da die gedruckten und schriftlichen Beschreibungen mir keine Satisfaction gegeben, Georg Heinrich Neubauern nach Holland, als den Sitz guter und löblicher Armen-Anstalten zu senden; Welcher auch den 2. Junii Anno 1697 dahin abgereiset, mit der Intention, die Waysenhäuser, deren Gebäu, Ordnungen und Anstalten daselbst zu sehen, und daraus zu observiren, was bey Erbauung und guter Ordnung unsers Waysen-Hauses zu wissen nöthig seyn möchte.

Zwar schiene es inzwischen, man würde des Baues noch eine Zeitlang überhoben seyn können, als Anno 1698, den 6. April der güldene Adler vor dem Rannischen Thor gelegen, nebst dem darzu gehörigen Garten, um 1950 Thaler erhandelt worden, und man gesuchet die gantze Anstalt des Waysen-Hauses dahinein zu bringen. Aber man wurde gar bald innen, daß dieses Haus, wie es zu einem Wirths-Hause, und nicht zu einem Waysenhause, erbauet worden, die verlangte Gelegenheit bey weitem nicht habe, zu geschweigen, daß die Zahl so wohl der Kinder, als der armen Studiosorum so lange zunahm, als es nur möglich war, einige zu accomodiren.

Gleichwie nun das gantze Werck vom Anfange her nicht auf einigen in Händen habenden Vorrath, sondern im Vertrauen und Glauben auf den lebendigen Gott angefangen worden: Also, ob ich zwar so wenig in Händen hatte, daß ich kein kleines, geschweige ein grosses und publiques Haus, davon unter das Dach zu bringen hätte unternehmen mögen, gab mir doch der getreue Gott die Freudigkeit (dafür ich ihn hertzlich preise), daß ich einen festen Schluß fassete, den Bau auf dem erhandelten Platze ohne Verzug anzufangen.

In welcher Absicht ich dann mehr erwähnten Georg Heinrich Neubauer aus Holland zurück berief, und ward Anno 1698, den 5. Julii der Platz abgemessen, und in folgenden Tagen hernach, nemlich auf Margarethen Tag oder den 13. Julii, der Grund-Stein zum Waysen-Haus im Namen Gottes geleget.

So viel hatte Gott bereits vorhin bescheret, daß eine ziemlich (wiewol noch nicht zulängliche) Quantität Bau-Holtz konnte angeschaffet werden; aber zu den übrigen Materialien und Arbeiter-Lohne muste ich nun von Wochen zu Wochen von der guten Hand GOTTES erwarten, was dieselbige darreichen würde, den Bau fortzusetzen.«

Francke hat die Schwierigkeiten sehr anschaulich geschildert, unter denen aus Mangel an Kapital der Bau errichtet wurde, der – dessen war er sicher – nur seinem getreuen Gott zu verdanken war.

Das 1700 fertiggestellte und weitgehend aus Geld- und Sachspenden errichtete Waisenhaus erregte mit seiner beeindruckenden Fassade Bewunderung und Neid zugleich. Über einem Sockelgeschoß waren drei Stockwerke entstanden, unter dem Walmdach ein viertes. Das Haus nahm zuerst Schulräume, einen Versammlungs- und einen Speisesaal, unterm Dach den Schlafsaal auf. Rechts und links vom Eingang, über die Steintreppe zu erreichen, wurden Buchladen und Apotheke eingerichtet, darunter wenige

Jahre später die Buchdruckerei. An der Rückfront wurde im Laufe der nächsten Jahrzehnte noch eine Folge von weiteren Häusern um den langgestreckten Hof gebaut.

Das Waisenhaus war der Anfang von Franckes Bautätigkeit und ist der Kern seines Lebenswerks. Es lag für uns nahe, mit der Restaurierung ein sichtbares Zeichen zur Wiederherstellung des historischen Ensembles zu setzen. Studenten der MLU, wie man die Martin-Luther-Universität zu DDR-Zeiten abkürzte, hatten schon einige Jahre vor der Wende angefangen, das Sockelgeschoß für einen Studentenclub herzurichten. Doch mit der Auflösungsphase stellten die Studenten ihren Einsatz auf der Baustelle ein. Als später der Architekt und der Denkmalpfleger die Lage inspizierten, machte der zu Rate gezogene Statiker wegen der freigelegten Fundamente ein bedenkliches Gesicht. Gefahr war im Verzuge. Die fachgerechte Sanierung wurde so die erste komplizierte Arbeit, die Ziegemeier mit seinen Mitarbeiten durchführte. Das war im Frühjahr 1993.

Die Universität hatte aus Mitteln, die die Regierung Modrow aus ehemaligem SED-Vermögen an Kultureinrichtungen verteilt hatte, und aus Geldern der Hochschulbauförderung 1990 bis 1992 angefangen, die Dächer der historischen Gebäude neu zu decken. Mit dieser allerdings unzureichenden Arbeit sollte verhindert werden, daß die bestehenden Schäden innerhalb der Häuser noch größer wurden. Mit besonderem Eifer wurden der Altan auf dem Historischen Waisenhaus wiederhergestellt und eine neue Wetterfahne mit der Jahreszahl 1698 geschmiedet und aufgebracht.

Bei der Restaurierung dieses Hauptgebäudes erwies es sich als unabdingbar, daß Architektenplanung und Bauleitung in einer Hand liegen mußten. Angesichts der Schwierigkeiten und der Überraschungen, die während der Sanierungsarbeiten täglich auftraten, war sofortige Rücksprache mit der die Sanierung begleitenden Denkmalpflege ebenso notwendig wie die Beratung mit Statikern und Sonderingenieuren. So wurde in dem Verwaltungsgebäude der Stiftungen das Baubüro eingerichtet, so daß die Handwerker ständig Kontakt mit dem Architekten aufnehmen können.

Das Hochparterre des Waisenhauses sollte museal, das erste Obergeschoß für Veranstaltungen genutzt werden. Die großzügigen Räume darüber sahen wir für die Stiftungsverwaltung vor, der große Dachboden bot sich als Lagerfläche an, denn im Keller planten wir ein Restaurant, über das unser »General«, wie wir den Geschäftsführer Armin von Wietersheim nannten, mit Firmen und Brauereien verhandelte. Erst als das große Gebäude entrümpelt und von allen nachträglichen Einbauten befreit war, sahen wir die Chancen und Möglichkeiten dieses geräumigen Hauses. Die Idee, daß wir im zweiten Obergeschoß residieren wollten, gaben wir zugunsten wunderbar zu nutzender Ausstellungsflächen auf. Und was das Dachgeschoß betraf, überraschte uns eines Tages unser neuer Archivar mit der Nachricht, er habe bei dem Studium der alten Pläne und Fotos festgestellt, daß sich dort das sogenannte Naturalienkabinett befunden habe.

So verlangten wir in dieser Bauphase zur anfänglichen Verärgerung unseres Architekten eine Umplanung und kamen zu einer klaren Aufteilung der Stockwerke: das Eingangsgeschoß mit Vestibül und zu beiden Seiten historische Kabinette, eines für Francke, eines für Cansteins Bibeln, darüber, wie vorgesehen, fünf größere und kleinere Räume für Veranstaltungen und Beratungen, im zweiten Obergeschoß eine Folge von Ausstellungsräumen, die einen Durchblick wie die Zimmerfluchten im Weimarer Goethehaus erlauben, und schließlich im Dachgeschoß am historischen Ort die Kunst- und Naturalienkammer.

Der Innenausbau ging zügig voran, immer wieder waren wir von der Noblesse der Räume zur Straßenseite und den breiten Fluren zum Lindenhof beeindruckt. Die in einem Anbau durch alle Stockwerke nach oben führende Treppe wurde durch eine neue Eichentreppe ersetzt. Überhaupt gab das Holz der Türen, der Fußböden und Fenster dem Ganzen einen sehr schlichten, dem Ort angemessenen Ausdruck. Die Fassade war aufwendig restauriert, das Relief mit Adlern und Spruchband am Tympanon wieder ausgemalt und schließlich die Außentreppe mit roten Sandsteinplatten neu belegt worden.

Als im Oktober 1995 das restaurierte Historische Waisenhaus in einer Festwoche mit einem Festakt in Anwesenheit des Bundespräsidenten Roman Herzog eingeweiht wurde, war uns klar, daß mit dieser Umnutzung von Franckes Waisenhaus zu einem kulturellen Zentrum in den erneuerten Franckeschen Stiftungen die Zukunft begonnen hatte. Wir würdigen seither das Andenken an August Hermann Francke und sein Lebenswerk in seiner historischen Bedeutung durch kulturelle Veranstaltungen und museale Erinnerungsräume. Das Historische Waisenhaus und später auch das ganze von ihm und seinen Nachfolgern geschaffene Ensemble soll sich als ein Beitrag zur Gedächtniskultur in unserem Land verstehen, in der ein religiöser Stifter einen singulären Platz einnimmt. So ist es verständlich, daß Fragen der Gegenwart vor diesem geschichtlichen Hintergrund diskutiert werden. Die Stiftungen sind dank der Wiederherstellung ihres Historischen Waisenhauses zu einem weltoffenen anregenden Erlebnisort in einer ostdeutschen Großstadt geworden.

Die Veranstaltungen richten sich nicht nur an Erwachsene und Jugendliche. Auch Kinder sollen in einem kulturell anregenden Umfeld frühe Erfahrungen sammeln können. Nachdem sich über Jahre hin das gedachte Restaurant im Sockelgeschoß des Hauses nicht realisieren ließ, wurde es in unserem »Jahr des Kindes« 2000 zu einem originellen Kinderkulturzentrum ausgebaut. Dieses Krokoseum, benannt nach dem Krokodil, dem eindrucksvollsten Exponat der Kunst- und Naturalienkammer, zieht Tausende von Kindern an: Hier können sie spielen, basteln, malen, kochen, lesen, sich in Ecken zurückziehen, Theater spielen, Sport treiben, am Computer üben, Filme sehen und bei Führungen und in Projekten Franckes Lebenswelt nacherleben. Das Krokoseum ist ein vielseitiger, begehrter Aufenthaltsort der Kinder von heute geworden.

## *Das klingende Waisenhaus*

Zwei Türen führen vom Flur der Konferenzetage im Historischen Waisenhaus in den heutigen Freylinghausensaal. Auf Anregung und unter Leitung von Gudrun Busch und Wolfgang Miersemann veranstalteten wir im Oktober 1994 ein Symposium über das pietistische Lied, das durch ein ungewöhnliches Konzert in dem noch nicht fertiggestellten Saal eröffnet wurde. Die »Lauten Compagney« aus Berlin, eine kleine Gruppe von Lautenschlägern mit einem Gambisten und einer Sopranistin, einer Mezzosopranistin und einem Tenor, von einem Cembalo begleitet, hatte ihrem Programm den ansprechenden Titel *Das singende Waysen-Haus zu Halle* gegeben und bezauberte das überraschte Publikum mit einem Konzert, das einen bleibenden Eindruck von der pietistischen Liedkultur hinterließ. Sie war in diesem Saal seit 250 Jahren nicht mehr gepflegt worden. Vorgetragen wurden Lieder aus dem *Geistreichen Gesang-Buch*, das Freylinghausen in den Stiftungen zuerst 1704 veröffentlicht hatte.

Zu Beginn des Abends wurde die Aria wiederholt, die zur Einweihung des Saales am 5. August 1711 gesungen wurde. Die erste Strophe lautet:

> HERR, hebe an zu segnen dieses Haus,
> Das Denckmahl deiner Gütigkeit,
> Und Zeugniß deiner großen Wercke,
> Das noch zu dieser letzten Zeit
> Beweist deine Kraft und Stärke
> Herr, hebe an zu segnen dieses Haus!

Das Konzert nahm die Eröffnung des Gebäudes vorweg und gab dem Veranstaltungsort den Namen: Der Freylinghausensaal wird seither nach dem pietistischen Musiker Johann Anastasius Freylinghausen benannt, der zeitlebens im Schatten seines berühmten Schwiegervaters gestanden und der oft in diesem Saal mit seinen Kindern das Lob Gottes angestimmt hatte. Damals wurde er der Singesaal, im 19. Jahrhundert der Conferenzsaal, dann der große Versammlungssaal genannt. August Hermann Francke selbst bezeichnete den im oberen Stockwerk gelegenen Raum als großen Saal. An dem schon erwähnten Einweihungstag versammelte er hier seine 1300 Kinder und hielt eine später oft gedruckte Rede unter dem anschaulichen Titel: *Die Güte Gottes und die Sicherheit unter dem Schatten seiner Flügel.*

Der langgestreckte Saal mit den hohen Fensterreihen zu beiden Seiten, durch die mittags das helle Sonnenlicht fällt, wird an den beiden Enden durch zwei Emporen begrenzt. Zu Franckes Zeiten und darüber hinaus stand in der Mitte des Raumes vor der nördlichen Wand das Katheder, um das die Kinder im Karree auf Holzbänken saßen. An den Sonn- und Feiertagen wurde hier vor- und nachmittags Bibelunterricht für die Schuljugend erteilt, der Stoff wurde in Frage und Antwort wiederholt. Viermal im Jahr nahm Francke selbst die Examina ab, donnerstags hielt er an diesem Ort bis zu seinem Tode seine paränetischen Vorlesungen, in denen er seine Studenten zu christlichem Lebenswandel ermahnte. Über die Jahrhunderte fanden hier die Schulfeiern statt. In der DDR-Zeit wurde der Saal, wie schon erwähnt, von der Arbeiter- und Bauernfakultät als Turnhalle genutzt.

Nachdem die Absicht, hier das Aufklärungsforschungszentrum einzurichten, aufgegeben worden war, wurde festgelegt, daß dieser halbzerstörte Saal – eine Empore war nicht mehr vorhanden und die Orgel ausgebaut – der Festsaal der Stiftungen werden müsse. Von Anfang an war eine vielseitige Nutzung vorgesehen. Hier sollten Konzerte, Konferenzen, Vorträge, Tagungen stattfinden können. Der Architekt war von der Aufgabe angetan: Alle Schäden wurden beseitigt, die Fenster erneuert, der Holzfußboden blieb erhalten, indem die alten Dielen gewendet wurden, die zweite Empore wurde nachgebaut, die Rühlmann-Orgel von der Firma Schuke aus Spenden des Freundeskreises repariert, ein Podest für Orchester und Sänger eingebaut, die bestmögliche Akustik erreicht.

Die Frage der Beleuchtung wurde lange diskutiert. Sollten wir historische Kronleuchter nachbauen oder moderne Beleuchtungskörper entwickeln? Wir entschieden uns für Ziegemeiers eigenen Entwurf. Als Meister geometrischer Formen hatte er drei raffinierte Leuchter entwickelt, so groß wie Wagenräder, die aus mehreren Glasflächen übereinander geschichtet bestehen, mit zahlreichen Lampen versehen sind und durch Seile gehalten werden. Diese drei Leuchter geben dem großen Saal in der Korrespondenz mit den modernen Stühlen einen modernen Akzent. Anfänglich war das Befremden der Besucher groß. Inzwischen sind die Leuchter ein prägendes Merkmal der Stiftungen, deren Restaurierung an einigen Stellen auch moderne Zugaben verlangt.

Der Freylinghausensaal ist sparsam ausgestattet. An den Wänden hängen wieder die Porträts von 16 Direktoren der Stiftungen, von August Hermann Francke bis Walther Michaelis und Max Dorn, letzteres von Ullrich Bewersdorff neu gemalt. Die schönsten und kostbarsten Bilder schuf 1816 Goethes schon erwähnte Schülerin Caroline Bardua: Sie stellen August Hermann Niemeyer und seinen Kollegen Christian Georg Knapp dar. Die Büsten von Luther und Melanchthon wurden an einer Empore angebracht. Im Hintergrund steht auf einem Podest die Büste des preußischen Königs Friedrich Wilhelm III., der einer der fürstlichen Beschützer der Stiftungen war. Die Bibelsprüche, die früher zwischen den Fenstern in großer Höhe angebracht waren, wurden auf Tafeln gedruckt, die vor dem Saal hängen. Sie beziehen sich auf die von Francke gegründeten Anstalten.

Den großen Konzertflügel im Saal verdanken wir der Firma Steinway in Hamburg, die meine Frau und ich besuchten. Wir konnten einen günstigen Preis aushandeln, und unser russischer Freund, der Pianist Andrej Hoteev, der uns beraten hatte, stellte ihn mit seiner Frau an einem russischen Klavierabend Ende 1995 vor.

Nach der Einweihung des Hauptgebäudes gab der Trompeter Ludwig Güttler mit seinem Dresdner Bläserensemble das erste Konzert im Freylinghausensaal, der bis auf den letzten Platz besetzt war. Er gratulierte uns spontan zu der hervorragenden Akustik. Seither finden im Saal viele Kammerkonzerte statt, der traditionsreiche Kammermusikverein Halle hat hier eine neue Heimat gefunden, der Stadtsingechor nutzt ihn für seine Konzerte und Oratorien, und er wird auch in die Händel-Festspiele einbezogen.

Auch für andere Veranstaltungen bietet der Saal seither ein vielgelobtes Ambiente. Kurz vor der Eröffnung fand die Kultusministerkonferenz hier statt. Prominente Politiker waren zu Gast: Gerhard Schröder, Kurt Biedenkopf, Reinhard Höppner, Bernhard Vogel und viele andere. Aber immer wieder sind es die Musiker, die in diesem Freylinghausensaal anregende Konzerte geben. So wurde aus dem singenden auch ein klingendes Waisenhaus.

## *Eine Wiederentdeckung*

In dem Historischen Waisenhaus, das wie ein Museum geöffnet ist, kann der Besucher auf den Spuren Franckes Vergessenes und Unbekanntes entdecken. Uns selbst erging es ja nicht viel anders, als wir anfingen, das früheste Stiftungsgebäude zu gestalten. Dabei war das im Verborgenen erhaltene Naturalienkabinett ein Geheimtip für Kenner. Nach der Wende erbat Gerd Biegel, der Direktor des Braunschweigischen Landesmuseums, einen der zwölf bemalten Sammlungsschränke für eine Ausstellung und ließ ihn auf Kosten seines Hauses von einem seiner Museumsrestauratoren, Horst-Dieter Jach, restaurieren. Die Farbigkeit kam wieder zum Vorschein und begeisterte uns so sehr, daß wir beschlossen, alle elf weiteren Schränke in Braunschweig restaurieren zu lassen. Zu diesem Zweck hatte Jach eine große Werkstatt angemietet, einige Restauratoren eingestellt und machte sich ans Werk. Wir konnten unseren Freundeskreis und die Lotto-Gesellschaft Sachsen-Anhalt zur Finanzierung gewinnen. Inzwischen hatten unser Archivar und der Restaurator den ursprünglichen Standort dieser Kunst- und Naturalienkammer und auch die Aufstellung der Schränke im Dachgeschoß des Historischen Waisenhauses ermitteln können. Diese Entdeckung beflügelte uns, den Raum möglichst originalgetreu wiederherzustellen. Er mußte wegen technischer Einbauten zwar an den beiden Enden etwas verkürzt werden, aber das beeinträchtigte nicht die rekonstruierte Wiederaufstellung des Mobiliars und die Unterbringung der anderthalb tausend wiedergefundenen Objekte, die in der Zwischenzeit von einem Restaurator Stück für Stück fotografiert, mit dem Katalog verglichen, gereinigt und – wenn notwendig – repariert worden waren.

Seit Oktober 1995 ist die Kunst- und Naturalienkammer wieder zu besichtigen: Sie ist merkwürdigerweise trotz des steigenden wissenschaftlichen Interesses an Kunstkammern bisher viel zuwenig gewürdigt worden, denn sie ist in Deutschland das früheste komplett erhaltene, am originalen Ort wiederaufgestellte bürgerliche Kabinett, also für die Museumsgeschichte ein einzigartiger Raum.

August Hermann Francke hatte sich 1699, als er das Waisenhaus baute, an den brandenburgischen Kurfürsten gewandt, ihm Doppelstücke aus dem Dublettenbestand der Fürstlichen Raritätenkammer zu überlassen. In wenigen Jahrzehnten wuchs die Sammlung auf 3000 Nummern an, wie aus dem handschriftlich überlieferten Katalog von 1741 hervorgeht. Er wurde von dem Kupferstecher Gottfried August Gründler angelegt. Franckes Nachfolger hatten ihn 1735 beauftragt, eine Kammer für die überall verstreut aufbewahrten Bestände an Mineralien, ausgestopften Tieren, getrockneten Pflanzen, Modellen, Kuriositäten, Preziosen und Raritäten einzurichten. Dafür bot sich unter dem Dach der bisherige Schlafsaal der Waisenkinder an, denn endlich konnten sie den Neubau an der Nordseite hinter dem Waisenhaus beziehen.

Die damalige Arbeit Gründlers ist heute wieder zu bewundern: Er ließ 16 Holzschränke, zweitürig, teils auch drei- und viertürig, anfertigen. Im unteren Teil befinden sich Schubladen und Schubfächer, hinter den Glastüren sind die auf Borden liegenden Stücke zu betrachten. Gründler hatte die Sammlungen, die Francke von vielen Seiten verehrt wurden oder die er von den Missionaren und Reisenden erbeten hatte, gesichtet und zwei Hauptabteilungen zugeordnet: den Naturalien und den Kunstsachen, d. h. den von Hand angefertigten Objekten. Er stellte jeweils sechs Schränke an den Stirnseiten des Saales auf. Die Aufsätze sind mit farbenprächtigen und phantasievollen Bemalungen verziert, die sich jeweils auf den Inhalt beziehen, also mit Muscheln, Pflanzen, Steinen, Tieren auf der einen, mit Schreibutensilien, Kleidungsstücken, Gegenständen des täglichen Lebens auf der anderen Seite versehen. Der Künstler hatte sich mit der Arbeit Zeit gelassen, zumal ihm im Monat 10 Taler gezahlt wurden. Doch als er nach fünf Jahren immer noch nicht fertig war, wurde er entlassen. So ist es wohl zu verstehen, daß vier Schränke unbemalt geblieben sind.

Wenngleich die Anzahl der Stücke im Laufe der Jahrhunderte dezimiert wurde, so ist der Eindruck der wiederhergestellten Kunst- und Naturalienkammer durch die Fülle und die Anordnung der Objekte überwältigend. Während das Waisenhaus insgesamt eher karg und streng gehalten ist, betritt der Besucher hier eine wirkliche Wunderkammer mit der den Raum dominierenden Armillarsphäre in der Mitte, den farbenreichen Schränken an den Enden, dem reizvollen Pappmachémodell des Waisenhauses, dem Schiffsmodell, dem Globus, dem großen Apothekertisch. Von der Decke hängt nicht nur das imposante Krokodil, auch andere Reptilien und Schlangenhäute sind zu sehen. Einzigartig ist der mehr als sechs Meter lange Unterkieferknochen eines Wales, interessant sind die Gemälde, Kupferstiche und Zeichnungen an den Wänden, ganz abgesehen von all den kuriosen Gegenständen in den Schränken, deren Besonderheiten der Betrachter nicht ohne weiteres erkennt. Die einzelnen Stücke der Sammlung hat Thomas Müller-Bahlke in einem reich illustrierten Buch beschrieben, das 1998 erschien.

Was sich heute als faszinierender Museumsraum präsentiert, war von Francke selbst zuerst wohl so nicht gedacht. Gewiß, er erhielt manche wunderliche Rarität, die heute verschwunden ist: »eine Uhr, da an dem perpendicul Lutherus und Calvinus hangen. Mitten auf der Uhrscheibe ist der Papst gemahlet, welcher bewegliche Augen hat, und mit demselben hin und wiedersieht. Um ihn herum sind Cardinäle und andere Geistliche gemahlt«, oder »ein Gemählde von einem jungen Knaben so im Spiele ein Meßer unversehens verschluckt hat, welches hernach aus dem Magen wieder herausgeschweren ist«, und vieles andere. Solche Kuriositäten, auch die erhalten gebliebenen Geschenke aus Indien wie der kleine Wischnuschrein, die Büßerpantoffeln mit den spitzen Nägeln, das Modell einer malabarischen Sänfte oder die Figuren und Totenmasken, beeindruckten sicher die Besucher, die schon zu Franckes Lebzeiten in der Kammer herumgeführt wurden. Sie waren Attraktionen in einer Zeit, als es noch keine Museen gab.

Ursprünglich sollten die Stücke jedoch im Schulunterricht zur Veranschaulichung des alltäglichen Lebens dienen: die Modelle der Druckerpresse, des Rammbocks, der Fischerboote, der Häuser und technischen Anlagen, daneben die Gegenstände der Natur, auch die Föten in Spiritus, dann die Schreibgeräte aus aller Welt, die Textilien, Schuhe, Gläser. Francke selbst unterrichtete als erster seine Kinder anhand dieser Objekte und wurde so zum Begründer des Realienunterrichts, der auf die Glauchaer Anstalten zurückgeht und etwas über die dortigen Unterrichtsmethoden aussagt.

## *Cansteins Bibeln*

Die Franckeschen Stiftungen sind nicht nur die Wiege der kulturhistorischen Museen, sondern auch der Ort, an dem die älteste Bibelanstalt der Welt gegründet wurde. An dieses denkwürdige Ereignis erinnert das Cansteinsche Bibelkabinett, das im Erdgeschoß des Historischen Waisenhauses in drei Räumen ebenfalls 1995 eingerichtet wurde. Ich erinnere mich noch an die beeindruckende, bis an die Decke reichende Bücherwand in einem der Räume, die Jürgen Storz für sein Naturalienkabinett requiriert hatte. Dort standen in langen Reihen die etwa 1200 Belegexemplare der Bibeldrucke aus der Cansteinschen Bibelanstalt, nach Formaten und Jahreszahlen geordnet, in braunes Leder gebunden, eine ungewöhnliche Kollektion, die leider dem Sonnenlicht über Jahre ausgesetzt war. Es stand für uns von Anfang an fest, daß wir sie in die Ausstellungen des Hauptgebäudes einbeziehen sollten. Es war auch eine Chance, die Bedeutung der Bibel in der Geschichte unserer Kultur darzustellen.

Nicht zufällig sind Bibeldrucke in so großer Zahl in Halle überliefert. August Hermann Francke ist im nachreformatorischen Deutschland der wichtigste Zeuge für die Verbreitung der Heiligen Schrift. Er erfüllte Martin Luthers Forderung, die Bibel »in des gemeinen Mannes Hand« zu geben. Luthers Übersetzung hatte zwar die Lektüre einem größeren Kreis ermöglicht, sofern sie im 16. und 17. Jahrhundert des Lesens kundig waren. Doch zu einem Volksbuch konnte die Bibel wegen des hohen Kaufpreises nicht werden. Für die Pietisten war sie aber die Grundlage ihrer Frömmigkeit:

»Die Bibel war für Francke Grundlage und Kern des Christentums, Quelle des lebendigen, mensch- und weltverändernden Glaubens. Ihr tägliches Studium betrachtete er als die unverzichtbare Kraftquelle christlichen Lebens. Im bloß formalen Umgang mit der Bibel sah er die wichtigste Ursache für ein veräußerlichtes Christentum, für den Mangel an bekehrten und wiedergeborenen Christen, die durch den Glauben für den Dienst am Nächsten befreit wurden.

Seit seiner Bekehrung im Jahr 1689 stand das Ziel, die Bibel wieder zum Herzstück des theologischen Studiums und zur Lebensmitte jedes Christen werden zu lassen, im Zentrum der vielfältigen Reformbemühungen August Hermann Franckes. Entscheidend sei, nicht bei der Betrachtung der Schale der Bibel stehen zu bleiben, sondern zu ihrem Kern vorzudringen. Die Bibel entfaltet ihre Kraft erst dann richtig, wenn sie mit ihrer Botschaft den Leser im Herzen und Willen ganz persönlich erreicht.«

Dies schreibt der Theologe Helmut Obst, mein Kollege in Halle, in seinem Nachwort zu Franckes kurzgefaßter Schrift *Einfältiger Unterricht wie man die Heilige Schrift zu seiner wahren Erbauung lesen solle.* Wir publizierten den Traktat erneut 1995 in unserer Reihe *Kleine Texte der Franckeschen Stiftungen.* Franckes am weitesten verbreitete Schrift – seit 200 Jahren millionenfach als Vorrede zu sehr vielen Bibelausgaben gedruckt – läßt sich als fromme Volksaufklärung vor der Aufklärung verstehen.

Einer der vielen Gönner und Förderer Franckes in Brandenburg-Preußen war der nur vier Jahre jüngere Carl Hildebrand Freiherr von Canstein, ein pietistischer Adliger in Berlin und Freund Philipp Jakob Speners. Der einflußreiche Privatmann, der das Aufbauwerk in Halle finanziell und ideell unterstützte, hatte erfahren, daß man in Holland die englische Bibel vom stehenden Satz druckte. Nach dem Druck wurden die Lettern nicht, wie es üblich und wirtschaftlich war, wieder abgelegt, sondern als geschlossene Formen aufbewahrt, die für weitere Drucke ohne Neusatz wiederverwendet werden konnten. So ließ sich auch die Bibel in billigen Ausgaben herstellen. Canstein warb für diese geniale Idee in einer Flugschrift *Ohnmaßgeblicher Vorschlag wie Gottes Wort den Armen zur Erbauung um einen geringen Preis in die Hände zu bringen.* Die Schrift, die wir auch als Faksimile in den genannten *Kleinen Texten* 1995 herausgaben, wurde die Geburtsurkunde der ältesten deutschen Bibelanstalt, die in den Franckeschen Stiftungen gegründet wurde, denn Canstein gab das Kapital für die Beschaffung der Lettern.

Bereits im Sommer 1712 erschien das *Neue Testament* zum Spottpreis von zwei Groschen und ein Jahr später die Hausbibel in Groß-Oktav für zehn Groschen. Damit nahm ein ebenso erfolgreiches wie denkwürdiges Werk seinen Anfang. Jahr für Jahr wurden über Jahrhunderte hin Tausende von Bibeln in verschiedenen Formaten in der Cansteinschen Bibelanstalt unter Leitung des Direktors der Stiftungen gedruckt. Das Unglaubliche ist, daß der Text der Bibel in den vier verschiedenen Formaten auf jeder Seite vom ersten Wort der ersten bis zum letzten der letzten Zeile buchstabengenau übereinstimmt. Ich habe diese Leistung des 18. Jahrhunderts immer bewundert: Heute ist diese Kunst in der Technik der Vergrößerung oder Verkleinerung einer Seite längst kein Problem mehr.

Man nimmt an, daß etwa sieben bis acht Millionen Bibeln in deutscher Sprache in den Stiftungen gedruckt worden sind. Seit dem frühen 19. Jahrhundert erhielt die Cansteinsche Bibelanstalt Konkurrenz durch neue Bibelgesellschaften in einzelnen Landeskirchen. Doch die Cansteinsche Bibelanstalt blieb für die Revision der Lutherbibel, die 1850 in der Evangelischen Kirchenkonferenz beschlossen wurde, federführend. Der seit langem absehbare Niedergang war aber nicht aufzuhalten. So wurde sie schließlich 1938 in die damalige Preußische Haupt-Bibelgesellschaft in Berlin eingegliedert. Diese über die DDR-Zeit hinaus fortbestehende Evangelische Haupt-Bibelgesellschaft führt den Namen der von Cansteinschen Bibelanstalt mit, nachdem die Rechte und auch die Bestände an Berlin übergegangen sind. Doch die beiden Gebäude, das Cansteinhaus und das Niederlagegebäude, blieben im Stiftungseigentum, sehr zum Unwillen der Berliner Nachfolgegesellschaft, die Ansprüche an die Häuser angemeldet hatte.

Das Cansteinsche Bibelkabinett in den Stiftungen knüpft an die Dauerausstellung eines Bibelmuseums an, das bis 1945 in einem Raum des Hauptgebäudes existierte. In drei Räumen werden jetzt 1200 Bibeldrucke zwischen 1712 und 1934 in chronologischer Folge auf 230 Bücherbrettern präsentiert. Die Ausstellungsarchitektur veranschaulicht die Bedeutung der Bibel, ihre Geschichte und ihren Druck in der Cansteinschen Bibelanstalt. Die Simulation des Salomonischen Tempels mit den beiden Wächtern im ersten Raum ist Kulisse der Auslagen mit 30 Bibeln in zeitlicher Folge und der 20 auf Stoff gedruckten Bibeltexte an den Wänden.

Einige bedeutende Bibeldrucke im zweiten Raum, dessen Gestaltung an das Innere einer Kirche erinnern soll, erläutern die Geschichte der Lutherbibel, und Bibelübersetzungen in orientalische und ostasiatische Sprachen deuten die weltweite Verbreitung der Heiligen Schrift an. Erst im dritten Raum, der in der Andeutung der Häuserflucht einer Stadt die christliche Gemeinde symbolisiert, wird die Geschichte der Cansteinschen Bibelanstalt erzählt und Cansteins Porträt neben den Riesenholzschnitten mit den Bildnissen Luthers und Melanchthons am Ende des Raumes gezeigt. Dort hängt auch die über hundert Jahre alte schwarze Tafel mit vergoldeter Schrift, die aufs schönste Cansteins Werk mit seinem Wunsch verbindet, daß die Menschen auch heute die Bibel als Lebensbegleiter begreifen sollen: »Vest, wie an ihrem sichern Ort hier Cansteins Lettern stehn; / viel vester noch steht Gottes Wort und wird nicht untergehn!«

In den Jahren nach der Wende, als die Evangelische Kirche der Union Forderungen an die Stiftungen stellte, fanden wir gemeinsam mit der Berliner Haupt-Bibelgesellschaft einen Ausweg: In den Stiftungen wurde ein Canstein Bibelzentrum unter Leitung eines engagierten Pfarrers, Walter Martin Rehahn, gegründet, das in den Räumen des Cansteinhauses die Bibel dem Menschen heute durch Vorträge, Seminare und Projekte nahebringt. Die Erinnerung an das fromme Werk Cansteins und Franckes verbindet sich so aufs glücklichste mit lebendiger Bibelarbeit in den Franckeschen Stiftungen.

## *Ein kultureller Leuchtturm*

Die Eröffnung des Historischen Waisenhauses als kulturelles Zentrum im Oktober 1995 signalisierte den inneren Wandel der Stiftungen. Durch den Verlust der Schulen und Betriebe mußten sie sich auf das beschränken, was geblieben war. Dabei wurde uns der anspruchsvolle, aber weitgehend verschüttete und vergessene kulturelle und historische Fundus dieser Überlieferung immer mehr bewußt. Daß ein vollwertiger Museumsraum, die Kunst- und Naturalienkammer, plötzlich wieder komplett zu besichtigen war, löste ebenso Verblüffung und Bewunderung aus wie die Präsentation des Cansteinschen Bibelkabinetts. Die Rekonstruktion der Bibliothek ein paar Jahre später sollte eine vergleichbare Überraschung werden.

Diese greifbare Überlieferung ist aber nur ein Aspekt der kulturellen Bedeutung der Franckeschen Stiftungen. Die Restaurierung des Waisenhauses zeigte zum erstenmal Franckes Bauweise: die Schlichtheit der Räume und zugleich ihre Großzügigkeit. Das zum Hof hin vorgebaute Treppenhaus ermöglicht einen breiten Flur und gibt so den einzelnen Stockwerken eine einladende Freundlichkeit, die sich auch im Saal fortsetzt. Die hohen Fenster zu beiden Seiten tragen zu einer natürlichen Eleganz bei, die durch die beiden Emporen noch erhöht wird. Das überall verwandte Holz unterstreicht außerdem die Sparsamkeit pietistischer Lebensweise.

Was im Waisenhaus zum erstenmal wieder vor Augen trat, setzte sich in der Restaurierung der weiteren Gebäude im Laufe der nächsten Jahre fort. Die langen und hohen Fassaden, die Einfachheit des Zuschnitts der Häuser und der Treppen, die Regelmäßigkeit der Geschosse, von deren Fluren rechts und links die Zimmer abgehen, sind Elemente eines Baustils, der zusammengefaßt als pietistische Architektur bezeichnet werden kann. Sie ist ungewöhnlich und einzigartig, das Werk von Bauleuten unter der Anleitung von Francke und seinem Bauvogt Georg Heinrich Neubauer, seinem tüchtigsten Mitarbeiter. Das ganze Ensemble um den Lindenhof trägt *eine* Handschrift, auch wenn die Errichtung der Bauten unter Franckes Nachfolgern fortgeführt und zu Ende gebracht wurde. Diese pietistische Architektur, die in den Bauten der Brüdergemeine in Herrnhut, Neudietendorf und an anderen Orten Nachahmung fand, gibt den Stiftungen heute ihren herausragenden Rang unter den Baudenkmälern des 18. Jahrhunderts weit über Halle hinaus.

Außergewöhnlich ist auch die zeitgenössische Überlieferung der Pläne, Risse, Zeichnungen und Modelle, die in dem inzwischen erschlossenen Planarchiv der Stiftungen aufbewahrt sind und die Gestaltung jedes architektonischen Details der Gebäude in den damaligen Glauchaer Anstalten beschreibt. Anhand dieser Dokumente kann man den Handwerkern des 18. Jahrhunderts gewissermaßen über die Schulter blicken. Außerdem hat Francke selbst die Entwicklung und den Fortgang seines Bauens in seinen *Fußstapfen* beschrieben.

Die Stiche von der Fassade des Waisenhauses, dessen jetzige Gestalt sich von den Kupferstichen nicht unterscheidet, und die hinzugesetzten Beschreibungen nehmen heutige Bemühungen, die Stiftungen der Öffentlichkeit näherzubringen, vorweg. Der Prospekt des Ensembles zwischen Waisenhaus und Pädagogium aus der ersten Hälfte des 18. Jahrhunderts wurde noch hundert Jahre später nachgestochen. Wenn man ihn heute betrachtet, so sieht man, daß alle wesentlichen Bauten erhalten sind. Das macht auch Gottfried August Gründlers *Prospect des innersten Waysenhauses* von 1750 so anrührend. Dieser Kupferstich zeigt die Gebäude an den beiden Seiten des damals noch baumlosen Innenhofes der Stiftungen in fast unveränderter Form. Nur das Quergebäude des Pädagogiums, auf das die Fassaden der Häuser perspektivisch hinführen, wurde im 19. Jahrhundert ersetzt. Auf die von Akanthusblättern umrahmte Ansicht fallen die Strahlen der Sonne, zu der zwei Adler auffliegen, wie sie auch im Tympanon des Waisenhauses zu sehen sind.

Diese pietistische Architektur also ist das sichtbare Denkmal für das Lebenswerk von August Hermann Francke. In seiner Glaubensstärke und Tatkraft war er eine der großen religiösen Gestalten unserer Geschichte, ein christliches Vorbild wie Martin Luther und Nikolaus Ludwig Graf Zinzendorf, ein pädagogischer Reformer in der Nachfolge von Johann Amos Comenius, der Stifter eines sozialpädagogischen Reformwerks, das die Aufklärer nach ihm aufgriffen, und eine weltweit wirkende, in Indien wie in Amerika noch heute verehrte universale Persönlichkeit.

Vor diesem Hintergrund, der in Halle durch Ausstellungen und Aktivitäten von Anfang an unterstrichen wurde, ist es verständlich, daß das damalige Bundesinnenministerium in Abstimmung mit dem Land Sachsen-Anhalt die Franckeschen Stiftungen in ein Förderungsprogramm einbezog, das als kulturelles Leuchtturm-Programm in den neuen Bundesländern bezeichnet wird. Schon im Rahmen einer Übergangsfinanzierung hatte sich der Bund um national bedeutende Kultureinrichtungen wie die Schlösser und Gärten in Berlin-Brandenburg, das Bauhaus in Dessau, das Wörlitzer Gartenreich, die Weimarer Klassikerstätten, das Bach-Archiv in Leipzig und eine Anzahl weiterer Institutionen gekümmert. Sie alle waren nach der

Wende in ihrer Weiterfinanzierung gefährdet. Der Bund unterstützte sie im Blick auf den Einigungsvertrag, damit die »kulturelle Substanz keinen Schaden nehme«.

Nach dem Auslaufen des Substanzerhaltungsprogramms des Bundes 1994 stellte sich besonders für diese Institutionen die Frage, wie es weitergehen sollte, denn es war klar, daß die Neuen Länder mit einer zusätzlichen Finanzierung überfordert waren. So beschloß der Bund für sie eine Aufnahme in das schon erwähnte kulturelle Leuchtturm-Programm, das seit 1995 die Zukunft der »Kultureinrichtungen von gesamtstaatlicher Bedeutung«, wie es heißt, hoffentlich auf Dauer sichert. Es sollen Kulturstätten von nationaler Bedeutung und internationaler Ausstrahlung gefördert werden.

Der zutreffende Begriff der »kulturellen Leuchttürme« geht auf Dr. Manfred Ackermann, einen kreativen Mitstreiter des damaligen Bundesinnenministers, zurück, der für die Förderung kultureller Einrichtungen in den Neuen Länden zuständig ist. Er hatte Ende 1993 die erste Leuchtturm-Liste der ostdeutschen Institutionen von nationaler und kultureller Bedeutung zusammengestellt. Manfred Ackermann hat über Nietzsche promoviert, war jahrelang in der Ständigen Vertretung der Bundesrepublik in Ost-Berlin tätig, kennt also den Osten aus DDR-Zeiten, und so versteht man, daß ihm die Zukunft der Kultur in Ostdeutschland eine Herzensangelegenheit ist, um die er sich die allergrößten Verdienste in der Zusammenarbeit mit den Ministerien in den Neuen Ländern erworben hat. Seine Redegewandtheit und kritische Intelligenz wie auch sein klarer Blick für die Probleme zeichnen ihn aus. Er wirkt durchaus fremdartig im Rahmen des Bundeskanzleramts, zu dem heute »Der Beauftragte der Bundesregierung für Angelegenheiten der Kultur und der Medien«

gehört. Wenn er in Pension gehen sollte, wird dies für die Kulturarbeit in Ostdeutschland ein schwerer Verlust sein.

Gemeinsam mit Dr. Ackermann bereitete ich 1995 das erste Leuchtturm-Treffen in Halle vor. Diese Gesprächsrunde der 12 beteiligten Institutionen hat sich als sehr fruchtbar erwiesen, sie wurde in zweijährigem Turnus in Berlin, Stralsund und Potsdam fortgeführt.

Im Auftrag des Bundes habe ich nach meiner Zeit in Halle ein Verzeichnis überregional bedeutender Kultureinrichtungen in Ostdeutschland in einem sogenannten *Blaubuch* zusammengestellt und dabei bestätigt gesehen, wie glücklich sich die Leuchtturm-Metapher auf diese Institutionen beziehen läßt. Leuchttürme sind für die Schiffahrt weithin sichtbare Orientierungspunkte in der Dunkelheit. Sie geben Licht, leuchten ständig. Sie sind verläßlich durch den Wechsel von Hell und Dunkel. Sie sind hohe und auffallende und zugleich technische, funktionale Bauwerke, von denen Signale ausgehen. In diesem Bild heben sich kulturelle Leuchttürme aus der Vielzahl der Kultureinrichtungen durch die Einmaligkeit oder Besonderheit ihrer Bauten, Bestände, Sammlungen, Aktivitäten heraus. Sie sind hervorragende Zeugnisse und Zeugen der Geschichte, sie strahlen über den lokalen Standort weit hinaus und werden national und international wahrgenommen.

Unter dieser Perspektive werden die Franckeschen Stiftungen auch im *Blaubuch* als einer der kulturellen Leuchttürme Ostdeutschlands beschrieben. Um die Singularität dieser Einrichtungen in den Neuen Länden zu begreifen, wäre es wünschenswert, wenn auch die weiteren Kulturinstitute in Berlin und Norddeutschland, in Westdeutschland und Süddeutschland zusammengestellt würden. Ein solches deutsches Blaubuch könnte sich dann als Prototyp eines europäischen Blaubuchs verstehen, das den Standort der deutschen kulturellen Leuchttürme im Kontext Europas verständlich machen würde.

## *Enttäuschte Altschüler und ein glücklicher Präsident*

Die seit ihrer Enteignung 1946 total veränderten Franckeschen Stiftungen als großes kulturelles Vermächtnis zu verstehen wurde zwar von der Bevölkerung in Halle, den auswärtigen und durchreisenden Besuchern, vor allem von der Presse, dem Rundfunk und dem Fernsehen begrüßt. Doch diese Entwicklung, die sich auch aus der Mitfinanzierung von Bund und Land zwangsläufig ergeben hatte, fand keineswegs allseitige Zustimmung.

Viele Mitglieder des Freundeskreises verfolgten den Prozeß mit Spannung und Zustimmung, doch manche äußerten Vorbehalte. Die ehemaligen Schüler, insbesondere der Latina, kamen aus dem Westen und sahen seit ihrer Schulzeit nach einem halben Jahrhundert ihre Stiftungen wieder, heruntergewirtschaftet, durch Hochstraße und Hochhäuser beeinträchtigt, durch Garagen und Schuppen verschandelt, durch den Bau der Arbeiter- und Bauernfakultät in ihrem Charakter verändert. Und in den nächsten Jahren erlebten sie, wenn sie zu den Franckefeiern und zu den Mitgliederversammlungen wiederkamen, nicht nur erfreuliche Fortschritte, sondern auch Fakten, die sie mißbilligten. Diese Franckianer, meist mit mir gleichaltrig, hatten die Latina oder auch die Oberrealschule in der Nazizeit besucht und im Kriege Abitur gemacht, viele von ihnen waren, wie auch ich, als Luftwaffenhelfer im Einsatz gewesen, hatten aber trotzdem eine geordnete Schulausbildung genossen. Sie fühlten sich mit den Stiftungen aufs engste verbunden, denn viele von ihnen waren in der Waisenanstalt oder der Pensionsanstalt aufgewachsen und erzogen worden. Diese Internatsjahre, so hart sie auch gewesen sein mögen, hatten ihre Jugend geprägt, sie waren ihnen unvergessen.

Da viele Ehemalige nach dem Kriege mit ihren Eltern die Sowjetische Besatzungszone oder auch später die DDR verlassen hatten, lebte in ihnen ein verklärtes Bild der Franckeschen Stiftungen weiter. Sie hatten in einem ehemaligen Lehrer, Dr. Karl Aley, einen geliebten und verehrten Freund gefunden. Er hatte 1987 ein sehr schönes Erinnerungsbuch, *Vom Waisenknaben zum Waisenvater der Franckeschen Stiftungen in Halle/Saale 1916–1946*, veröffentlicht, das nach der Wende 1990 im Mitteldeutschen Verlag in Halle neu erschien. Aley hatte mit seinen Freunden und Schülern in Westdeutschland die Erinnerungen an die Stiftungen jahrzehntelang hochgehalten. Sein Stuttgarter Freundeskreis unterhielt Verbindungen zu anderen Kreisen in Köln und Saarbrücken. Ich lernte manche ihrer Mitglieder in Halle kennen. Sie mußten in mir verständlicherweise einen Fremden sehen, nicht einen der Ihren, begegneten mir dennoch mit Respekt. Doch die Vorbehalte waren offenkundig. Da ich ihre Welt nicht gekannt hatte, konnte ich mich auch nicht in ihre Lage und in ihre Wünsche versetzen.

In der Versammlung des Freundeskreises traten einige Ehemalige von Jahr zu Jahr fordernder auf. Sie verlangten die Wiederherstellung der Waisenanstalt für Jungen und auch für Mädchen. Sie erwarteten überhaupt die Rückkehr zu den Schulformen und Strukturen der Vorkriegszeit. Vergeblich versuchte ich, den Kritikern die veränderte Situation zu erklären, ihnen darzulegen, daß es nicht nur finanziell ausgeschlossen sei, eine Sozialeinrichtung wie eine Waisenanstalt unter den heutigen Gegebenheiten neu aufzubauen. Ich verwies auf die Fortführung der Pensionsanstalt, in der die auswärtigen Schüler der auch wiedererstandenen Latina nach wie vor lebten. Seltsamerweise zählte das ebensowenig wie der Hinweis auf die Kindertagesstätte in den Stiftungen.

Der Vorstand des Freundeskreises befaßte sich mit den Wünschen und Erwartungen der Mitglieder. Dr. Rolf Osterwald, pensionierter Lehrer der Stiftungen und Sohn eines Schulleiters, der nach 1946 für kurze Zeit Direktor der Stiftungen war, machte sich als Geschäftsführer zum Anwalt der Altschüler. Er gibt die *Francke-Blätter* heraus, in denen er die Erinnerung an die Stiftungen vor und nach dem Kriege in vielen Beiträgen und Dokumenten wachzuhalten versteht. Eine Arbeitsgruppe wurde, wie es in der Politik üblich ist, eingesetzt. Doch da ich selbst auch räumlich keine Möglichkeit zum Aufbau einer Waisenanstalt sah – das ehemalige Gebäude war längst an die Universität vergeben und hätte auch den modernen Anforderungen an eine solche Einrichtung gar nicht mehr entsprochen –, kamen die Gespräche nicht voran und hörten eines Tages auf. Vermutlich ist der Groll einiger Ehemaliger über diesen Mangel an Verständnis ihrer Wünsche geblieben. Das ist um so bedauerlicher, als sich die Stiftungen, wie noch zu berichten sein wird, intensiv um die Vorschulkinder bemühen.

Daß es im Freundeskreis nicht zu einem Bruch oder zu Austritten wegen dieser Auseinandersetzungen gekommen ist, haben wir der Besonnenheit eines Mannes zu verdanken, dem ich in diesem Erinnerungsbuch auch ein Denkmal aus großer Dankbarkeit setzen möchte: Dr. Heinz-Bernhard Most.

Nach der Wiederherstellung der Stiftungen und nach meiner Wahl zum Direktor war es selbstverständlich, mein Amt als Präsident des Freundeskreises im Frühjahr 1993 abzugeben. Als meinen Nachfolger hatte ich Dr. Most, einen ehemaligen Schüler der Latina, Sproß der berühmten Halleschen Schokoladenfirma, gewonnen. Die Eltern mußten nach dem Kriege in den Westen fliehen, sie bauten das Unternehmen neu auf, das Dr. Most dann über Jahrzehnte bis zu seiner Pensionierung 1992 erfolgreich führte.

Heinz-Bernhard Most verstand es, seine enttäuschten Mitschüler und Altersgenossen zu beschwichtigen und ihnen das Gefühl zu geben, daß die Stiftungen auch in ihrem Sinne im Andenken an August Hermann Francke und sein Lebenswerk fortgeführt werden. Er baute Brücken, diskutierte mit seinen ehemaligen Schulkameraden und erwirkte ihr Vertrauen. Er machte ihnen klar, daß sie alle viel von dem, was wieder sichtbar wurde – das Naturalienkabinett, die Bibliothek, das Archiv –, nie gesehen, daß sie auch nur einmal den Festsaal in der Schulzeit betreten hatten. So warb er für die neuen Franckeschen Stiftungen, und er tat es mit Erfolg.

Da wir der gleiche Jahrgang waren, verstanden wir uns sehr gut. Der Freundeskreis warb Mittel ein, die dem Ausbau der Stiftungen zugute kamen. Die Restaurierung der Schränke und Gegenstände der Kunst- und Naturalienkammer, die Wiederherstellung der Rühlmann-Orgel im Freylinghausensaal und auch die Restaurierung der Direktorenporträts wurden so finanziert. Auch die Wiederherstellung der Franckegruft auf dem Stadtgottesacker geht auf den Freundeskreis zurück. Die noch erhaltenen

Medaillons wurden in Kopien wieder angebracht, die Bibelsprüche erneuert und der Schwibbogen aufgefrischt. Die festliche Versammlung auf dem Stadtgottesacker war für Dr. Most eine besondere Freude.

Die Wanderausstellung »Rettet die Franckeschen Stiftungen« lag dem Präsidenten sehr am Herzen, sein ehemaliger Grafiker hatte sie gestaltet. Es war ihm eine Genugtuung, daß auf diese Weise in verschiedenen Städten, in Hamburg und Berlin, Hildesheim, Bonn und München, für die Idee der Stiftungen geworben wurde. Daß zum Jubiläumsjahr 1998 eine Briefmarke der Bundespost herauskommen konnte, war auch ihm, wie Dr. Keitel, zu verdanken.

Heinz-Bernhard Most stand sechs Jahre an der Spitze des Freundeskreises, stets hilfreich unterstützt von Dr. Osterwald. Er tat dies im Dienst einer guten Sache, selbstlos, bescheiden, aber zugleich bestimmt und weitblickend. Er stand über den Dingen, denn ihn zeichneten Gelassenheit und Umsicht aus. Es war die Weisheit des Alters, die von ihm ausging, wenn man mit ihm zu tun hatte. Er war in dem, was er tat, präzise, pünktlich, zuverlässig. Das alles habe ich nie als selbstverständlich hingenommen, denn hätte er nicht Grund genug gehabt, seiner alten Halleschen Heimat, aus der die Fabrikantenfamilie Most nach dem Kriege vertrieben worden war, für immer den Rücken zu kehren? Er tat es nicht. Als er 1990 seine Franckeschen Stiftungen wiedersah, die sein Leben mit ihren humanistischen Ansprüchen geprägt hatten, sollen ihm die Tränen in den Augen gestanden haben angesichts des trostlosen Zustandes der Gebäude, in denen er zur Schule gegangen war. Wie oft hat er dies mir gegenüber wiederholt: Alles, was ich geworden bin, habe ich meiner Schulzeit in den Franckeschen Stiftungen zu verdanken.

Dr. Most blieb meist im Hintergrund: Er genoß die Jahre, die Besuche in den neu aufblühenden Stiftungen, er freute sich mit uns über den Wiederaufbau der Häuser und über das neue Leben, das die Stiftungen immer stärker prägte. Er war stolz auf das, was vor aller Augen lag. Es war auch sein Werk: Er hat es von Anfang an mit ganzem Herzen mitgetragen.

Wir waren vier fast gleichaltrige Männer, die sich noch einmal den Herausforderungen der Zeit stellten. In unserem Alter trennten uns zwölf Monate: zwei ehemalige Hallenser, ein Hannoveraner und ein Wolfenbüttler oder, konkreter gesagt, ein Bonner und drei Niedersachsen: Heinz-Bernhard Most als Präsident des Freundeskreises, Hans-Dietrich Genscher als Kuratoriumsvorsitzender, Wilfried Ziegemeier, unser Stiftungsarchitekt, und ich als Verantwortlicher für das Ganze. Wir waren erfüllt von der Vision, in unserem Land eine unvergleichliche Stätte der Erziehung und Bildung der Jugend und zugleich einen Ort kulturellen Lebens neuzugestalten. Es hat mich immer mit großer Freude erfüllt, wie wir als Quartett für Halle wirkten.

Das 300jährige Bestehen der Franckeschen Stiftungen im Jubiläumsjahr 1998 haben wir noch mit Dr. Most gemeinsam feiern können. Doch seine Krankheit, die er mit großer Gelassenheit und Geduld trug, hatte ihn schon gezeichnet. Er war stiller als sonst, als wir im September die Erinnerungstage begingen. Er hatte mit Bravour die Mitgliederversammlung geleitet und im Rahmen der Veranstaltungen eine Führung durch die Stiftungen aus seiner Sicht angekündigt. Vielleicht hatte er mit 20 Teilnehmern gerechnet, aber es kamen weit über 100. Alle wollten von Dr. Most durch die Stiftungen geführt werden. Er hat diese Stunde tapfer durchgestanden, wenngleich es ihm physisch nicht leichtfiel, aber es mag ihm auch eine große Genugtuung gewesen sein. Wenig später, am 17. Februar 1999, starb Heinz-Bernhard Most. Es war auch für die Stiftungen ein großer Verlust. Seinen Nachfolger an der Spitze des Freundeskreises, Albrecht Koch, hat er noch selbst bestimmen können.

## *Ein Neubau für Kinder*

Ich bin Bibliothekar, ich habe meine Laufbahn als Vertreter des Hausmeisters in der Landesbibliothek Oldenburg begonnen, habe also meinen Beruf von der Pike auf erlernt. In Marbach am Neckar, meiner ersten beruflichen Lebensstation, konnte ich die Bibliothek des Deutschen Literaturarchivs im Schiller-Nationalmuseum aufbauen. In meiner langen Dienstzeit in Wolfenbüttel gehörte das Bauen zu meinen Hauptaufgaben: die Vollendung des Umbaus der Bibliotheca Augusta, die Sanierung des Lessinghauses, des Anna-Vorwerk-Hauses, des Zeughauses, der Gästehäuser, des Meißnerhauses, der Neubau des Leibnizhauses. Alle Gebäude dienen wissenschaftlichen und kulturellen Zwecken.

In Halle waren die Herausforderungen anderer Art. Hier mußte ein noch viel größeres Ensemble historischer Bauten aus dem 18. Jahrhundert, aber auch aus späteren Zeiten, gesichert, neu überplant und restauriert werden. Die Aufgaben waren gigantisch gegenüber denen in Wolfenbüttel. Auch die Inhalte waren mir zuerst fremd. So war es mir nicht in meine bibliothekarische Wiege gelegt worden, daß ich eines Tages den Neubau eines Kindergartens beantragen, begutachten und begleiten sollte.

Aber es war so, und die Aufgabe hat mir besonders große Freude gemacht.

Wie es dazu kam, ist schnell erzählt. Im Schulgebäude der Latina waren 1991 zwei Universitätseinrichtungen zusammengeführt worden: Der Kindergarten, schon 1946 gegründet, hatte seit geraumer Zeit sein Domizil in dem im Kriege teilweise zerstörten Gebäude. Die Kinderkrippe, über Jahre im Vordergebäude des ehemaligen Pädagogiums untergebracht, hatte die Unterkunft räumen müssen, um der neu gegründeten Montessori-Grundschule Platz zu machen. Das Studentenwerk als neuer Träger legte sie mit dem Kindergarten in der Latina zusammen. Doch mir war die Situation von Anfang an ein Dorn im Auge. Schließlich ist ein altes Schulgebäude mit hohen Räumen und Fenstern für die Betreuung von Säuglingen und Kleinkindern denkbar ungeeignet. Außerdem zeichnete sich ab, daß die aus der ehemaligen Oberrealschule entstandene, ebenfalls neue Latina über kurz oder lang Eigenbedarf anmelden und ihr Schulgebäude zurückverlangen würde.

Wir waren mit dem Landesjugendamt und der Verwaltung der Stadt über dieses Problem im ständigen Gespräch, und es zeichnete sich ab, daß sie den Neubau einer Kindertagesstätte aus Mitteln des Sozialministeriums finanziell unterstützen würde. Schließlich war man an der Fortführung dieser Einrichtung lebhaft interessiert. Wir hatten Glück. Aus Restmitteln könnte gebaut werden, hieß es kurz vor Weihnachten 1992. In großer Eile wurden die Antragsunterlagen unter Einschaltung unseres Architekten zusammengestellt und am Heiligen Abend nach Magdeburg weitergeleitet. Zwischen den Jahren entschied das Ministerium zu unseren Gunsten, und ein Jahr danach wurde auf dem verwilderten Gelände hinter dem Grundschulgebäude und vor der Latina der Grundstein an einem kalten Wintertag gelegt.

Wieder hatte unser Architekt Wilfried Ziegemeier die Vorbereitungen getroffen, einen originellen Bau entwickelt, und schon im Frühjahr 1994 konnte in Anwesenheit der damaligen Bundesfamilienministerin Angela Merkel das Richtfest gefeiert werden. Als dann im Januar 1995 die neue »Kita« mit vielen Gästen eingeweiht wurde, war die Überraschung groß. Eine solche ungewöhnlich gestaltete Kindereinrichtung hatte man noch nicht gesehen. Im Herzen der Stiftungen war ein außerordentlich kinderfreundliches und kindgerechtes Haus mit liebevoll gestalteten Räumen und einer anheimelnden Atmosphäre entstanden. Der dreiflügelige Holzbau mit dem heruntergezogenen Dach ließ von außen nicht erkennen, daß sich die Kinder über zwei Etagen bewegen können, daß alles bis ins letzte durchgestaltet worden war. Die sechs Gruppenräume mit jeweils eigener Garderobe und Sanitäranlage und einem Zugang zum oberen Geschoß über reizvolle schmale Treppen sind hell und freundlich und jeweils zum Garten geöffnet, der inzwischen längst als Außenbereich in das Leben der Kindereinrichtung einbezogen worden ist. Die Durchlässigkeit der Räume wurde von vornherein geplant. Ein in der Mitte gelegener Mehrzweckraum ermöglicht gemeinsame Spiele und musikalische Veranstaltungen. Er wird für Feiern und Ausstellungen genutzt. Am Rand befindet sich der Krippenraum mit benachbarten Schlafstellen, gegenüber davon der Küchenbereich, auch mit einer Kinderküche. Im oberen Geschoß hat sich der Turn- und Gymnastikraum mit Oberlicht sehr bewährt.

Die mehr als 120 Kinder und 18 Erzieherinnen fühlen sich in dieser schönen, phantasievoll geschaffenen Atmosphäre wohl. Viele gemeinsame, gruppenübergreifende

Aktivitäten bestimmen das Leben der Kinder. Sie sollen nicht nur betreut, sondern auch im Vorschulalter erzogen werden, so wie es sich der Architekt in seiner sozialpädagogischen Konzeption vorstellte: »Kinder unterschiedlichen Alters und unterschiedlicher sozialer Herkunft, behinderte und nichtbehinderte, sollen befähigt werden, in möglichst vielen kritischen Situationen ihres gegenwärtigen und zukünftigen Lebens autonom und kompetent zu handeln. Das setzt voraus: wenig Reglementierung, in erster Linie Erziehung zur Umsichtigkeit, Selbstbestimmung, Selbständigkeit und besonders zur Entwicklung von Flexibilität, Eigeninitiative und Eigenverantwortung sowie Förderung von Phantasie und Kreativität.«

Die Stiftungen hatten die »Kindertagesstätte August Hermann Francke« – so der offizielle Name – für das Studentenwerk errichtet. Nach einigen Jahren wurde sie in eigene Regie übernommen, gewissermaßen als Annexum der Kultureinrichtungen der Stiftungen. An dieser Sichtweise hat sich auch dann nichts geändert, als vor einigen Jahren die beiden Kindereinrichtungen in dem Plattenbau an der Voßstraße im Komplex der Hochhäuser übernommen wurden, und mit Unterstützung von Land und Stadt verfügen die Stiftungen nun über drei benachbarte Kindertagesstätten.

Kinder gehören zum Bild der Stiftungen. Doch der Unterschied zu Franckes Zeiten besteht darin, daß damals nur Kinder von zehn Jahren an aufgenommen wurden. Erst Professor Peter Petersen hat diese Beschränkung 1946 durch die Gründung des ersten Kindergartens in den Stiftungen aufgehoben. Diese Nachkriegssituation haben wir den Altschülern, die eine Fortführung der Waisenanstalt forderten, oft entgegengehalten. Den veränderten Zeiten kann nur eine veränderte Struktur entsprechen.

Was allerdings den Bauplatz der Kindestagesstätte August Hermann Francke angeht, so wußten wir damals, als wir planten, nicht, daß nach den Bestimmungen des Einigungsvertrages der Bund dieses Brachland beanspruchte. So mußten wir, wie schon erwähnt, nach langen Verhandlungen einen Preis von 500 000 DM für den Rückkauf unseres Grundstücks zahlen. Da wir inzwischen eine soziale Einrichtung auf diesem unserem Brachland gebaut hatten, war die Summe auf ein Drittel herabgesetzt worden. Es war immer noch ein sehr hoher Preis für unser Engagement für Kinder.

## *Luther bei uns*

Das erste kulturelle Jahresprogramm in dem fertiggestellten Historischen Waisenhaus stand im ersten Halbjahr 1996 im Zeichen Martin Luthers. Im Vorfeld hatte ich vergebens versucht, ein landesweites Luther-Programm in Sachsen-Anhalt aus Anlaß des 450. Todestages des Reformators auf den Weg zu bringen. Ich ahnte nicht, daß die ehemalige preußische Provinz Sachsen als Kirchenprovinz der EKU, der Evangelischen Kirche der Union, kein dezidiertes Interesse daran hatte, Luthers Andenken zu feiern. Das war, wie ich aus eigener Erfahrung wußte, in den evangelisch-lutherischen Landeskirchen anders. Im Lutherjahr 1983 hatte ich ein umfangreiches Luther-Programm für Niedersachsen mit zahlreichen Veranstaltungen von Wolfenbüttel aus mit Hilfe eines jungen Vikars organisiert, eine in 30 000 Exemplaren verbreitete Zeitschrift *Luther 83* herausgebracht. Eine Niedersachsen-Karte war beigefügt, auf der mehr als hundert Stätten der Reformation und des kirchlichen Lebens im 16. Jahrhundert markiert waren. Wir wollten den Lutherfeiern des staatlichen Lutherkomitees der DDR unsere Sicht auf Luther entgegensetzen und taten es mit Erfolg.

So war ich, was sicherlich verständlich ist, von dem Desinteresse des »Lutherlandes Sachsen-Anhalt« enttäuscht. Als ich zu einem Vorgespräch den uns sehr wohlgesonnenen und eng verbundenen Bischof in Magdeburg aufgesucht und ihm meine Vorstellung von einem Luther-Programm mit Wittenberg und Eisleben als Zentren des Luthergedenkens seit Jahrhunderten dargelegt hatte, war er ein wenig verlegen und gestand, daß er gerade eine Einladung zu einem Vorgespräch in den Papierkorb geworfen hatte. Das Lutherjahr 1996 war für die Kirchenprovinz und so für Sachsen-Anhalt kein Thema: Vielmehr bereitete man sich auf die Melanchthon-Feiern aus Anlaß von dessen 500. Geburtstag 1997 vor.

Ich fand diese Einstellung bedauerlich, denn gerade Martin Luther hatte seine Wurzeln in Mitteldeutschland. Dies in der errungenen Vereinigung und Freiheit der Bevölkerung wieder bewußtzumachen, war in meinen Augen eine große kulturelle Aufgabe, ganz abgesehen von der religiösen Botschaft, die von Luther ausgegangen war. Ehe Melanchthons gedacht würde, müßte doch gerade in Ostdeutschland an Luther erinnert werden. So faßte ich meine Vorstellungen in *Zwölf Sätzen zum Luthergedenkjahr 1996* zusammen:

1. Das historische Mitteldeutschland war in der Neuzeit die Wiege der Reformation, das Zentrum der Musik des Barock und der Dichtung der Klassik und Romantik.

2. Martin Luther und Philipp Melanchthon, Heinrich Schütz und Johann Sebastian Bach, Georg Friedrich Händel und Georg Philipp Telemann, Goethe und Schiller,

Novalis und Tieck haben die deutsche Kultur bis heute geprägt. Sie wirkten in Erfurt und Wittenberg, Dresden und Leipzig, Magdeburg und Halle, Weimar und Jena. Diese Städte gehören zu den kulturellen Hauptstädten unseres Landes.

3. Auch an der Moderne hat Mitteldeutschland entscheidenden Anteil: durch die expressionistischen Maler der »Brücke« in Dresden, durch das Bauhaus in Weimar und Dessau als Geburtsstätten der modernen Architektur und durch Berlin als kulturelle Weltmetropole der Zwanziger Jahre in der Blüte von Theater und Film.

4. Vierzig Jahre Teilung Deutschlands haben bewirkt, daß im Westen die historische Verwurzelung dieses großen kulturellen Erbes in Vergessenheit geriet und im Osten infolge der politischen Fixierung auf eine sozialistische Utopie als bürgerliche Kultur letzten Endes mißachtet wurde.

5. Die Wiedervereinigung der beiden deutschen Staaten 1990 steht noch immer unter dem Schock der Schwierigkeiten eines wirtschaftlichen und sozialen Ausgleichs zwischen Ost und West. Darüber vergessen die Westdeutschen die unverdiente Rückgewinnung der einzigartigen Werte deutscher Kultur mit der historischen Überlieferung in Mitteldeutschland. Die Ostdeutschen aber haben vielfach das Vertrauen in diese Werte verloren, die sie in die Wiedervereinigung einbringen.

6. Das Lutherjahr 1996, das Melanchthonjahr 1997, das Goethejahr 1999 und das Nietzschejahr 2000 bieten in den nächsten fünf Jahren in den neuen Bundesländern die Chance, das kulturelle Erbe in Mitteldeutschland erneut als nationales Kulturgut kennenzulernen, zu verstehen und sich mit ihm unter den veränderten Bedingungen der Gegenwart auseinanderzusetzen.

7. Das Luthergedenkjahr 1996 ist in diesem Rahmen für die Bundesländer, in denen Martin Luther wirkte, eine gesamtstaatlich bedeutende Aufgabe. Das gilt vor allem für Sachsen-Anhalt, aber auch für Thüringen und Sachsen.

8. Das Luthergedenkjahr sollte vor allem in Sachsen-Anhalt, Thüringen und Sachsen über Leben und Werk Martin Luthers vor Ort aufklären und zugleich die Bedeutung des Protestantismus und des christlichen Glaubens für die in einer säkularisierten Gesellschaft lebenden Menschen vermitteln.

9. Das Luthergedenkjahr ist auch eine kulturpolitische Aufgabe. Es soll die Auseinandersetzung mit Martin Luther als Reformator der Kirche, als Schöpfer der deutschen Sprache und als Begründer des weltweiten Luthertums befördern.

10. Ein wichtiges Ziel des Luthergedenkjahres ist es, die Menschen im Westen und im Ausland, denen über Jahrzehnte der Zugang zur DDR verwehrt war, mit dem kulturellen Erbe in Sachsen-Anhalt, auch in Thüringen und Sachsen wieder vertraut zu machen. Diese Länder sind unter dem Blickwinkel der Lutherzeit eine vielfach vergessene historische Kulturlandschaft in Deutschland.

11. Das Luthergedenkjahr 1996 kann so zur inneren Wiedervereinigung der Deutschen in Ost und West beitragen. Deshalb sind die Bundesrepublik, die Bundesländer, die beteiligten Städte und vor allem auch die in Not geratenen Kirchen in Mitteldeutschland aufgerufen, die Chance dieses Jahres durch Veranstaltungen, Kulturreisen, Ausstellungen und Diskussionen zu nutzen.

12. Die Bundesrepublik Deutschland ist als Kulturstaat ein Teil des künftigen Europas, das durch die Vielfalt seiner Kultur geprägt sein wird. Darin hat Martin Luther sei-

nen historischen Ort. Das Luthergedenkjahr zu nutzen, dient so auch der Verwirklichung der Idee Europas.

Da landesweit kein gemeinsames Luther-Programm zustande kam, haben wir uns auf die Franckeschen Stiftungen beschränkt und gaben dem Programm den Titel: *Luther bei uns.* Auch wenn Halle nur ein Ort unter vielen Lutherorten war – Luther hatte ein paarmal in der Marktkirche gepredigt, und der tote Reformator war hier bei der Überführung von Eisleben nach Wittenberg eine Nacht aufgebahrt worden –, so konnten wir uns besonders auf August Hermann Francke berufen, der einen lutherischen Pietismus vertreten und die Reformation durch die große Verbreitung der Bibel in gewissem Sinne vollendet hatte. Daher wurde Luthers Rolle im Halleschen Pietismus in Vorträgen abgehandelt und sein Leben in Lichtbildern nacherzählt. Wir hatten Bischöfe zu Vorträgen über das Luthertum eingeladen. Besonders beeindruckte uns Landesbischof Dr. Christian Krause aus Wolfenbüttel, dem wir freundschaftlich verbunden sind, mit seinen Ausführungen über das weltweite Luthertum. Als Präsident des Lutherischen Weltbundes stellte er die absurde Situation dar, daß man Martin Luther weltweit verehrt, nur nicht im eigenen Land. Er sprach mir aus dem Herzen, denn uns beschäftigte die Rolle der lutherischen Kirchen in Rußland, Ungarn, Indien und Amerika, also in den Ländern, zu denen schon Francke Beziehungen angeknüpft hatte.

Die zwölf Halleschen Professoren der Theologie lasen und interpretierten Luthertexte, und im Freylinghausensaal wurden Bachkantaten aufgeführt. Gemeinsam mit der Marienbibliothek stellten wir eine Ausstellung über Luther und Halle zusammen, in der kostbare Lutherreliquien gezeigt wurden, so die Autographen aus der Bibliothek von Felicitas von Selmenitz, einer glühenden Lutherverehrerin. Das Historische Waisenhaus bewährte sich zum erstenmal als idealer Ort für diese Veranstaltungen, die von einem noch kleinen, aber um so interessierteren Kreis von Gästen dankbar besucht wurden.

Auf dem Umschlag des Programms hatten wir unser Lutherporträt von 1528 aus der Werkstatt von Lukas Cranach abgebildet. Es war 1910 an die Galerie Moritzburg ausgeliehen worden, dort ist es seit 1945 verschollen. Die Hoffnung, es im Lutherjahr wiederzufinden, erfüllte sich nicht. Dennoch kann der Besucher dem Andenken an Luther im Historischen Waisenhaus mehrfach begegnen: Im Freylinghausensaal ist eine Büste, in der Kunst- und Naturalienkammer ein Relief und im Cansteinschen Bibelkabinett ein Riesenholzschnitt ausgestellt, die Luther darstellen, und am gleichen Ort wird der Besucher ermahnt: »Es sollte des Schreibens weniger und des Studierens und Lernens der [Heiligen] Schrift mehr werden.«

So sind die Franckeschen Stiftungen auch ein Ort der Lutherverehrung geworden. Im Land hat sich seither in dieser Hinsicht manches verändert: 1997 wurde die Stiftung Luthergedenkstätten in Sachsen-Anhalt gegründet, die die Lutherhalle und das Melanchthonhaus in Wittenberg und die Lutherhäuser in Eisleben zusammenfaßt. Auf Initiative des Verlegers Alfred Neven DuMont und mit Unterstützung von Hans-Dietrich Genscher und Ministerpräsident Dr. Reinhard Höppner wurde 1999 unter Beteiligung der Kirchen und der Federführung des Oberbürgermeisters Eckhard Naumann in Wittenberg das Lutherzentrum Wittenberg e. V. gegründet mit dem Ziel, die Stadt der Reformation zu einem Zentrum der weltweiten Lutherverehrung zu machen. Als Direktor der Franckeschen Stiftungen habe ich die Satzung entworfen. So trugen unsere Bemühungen in Halle doch noch Früchte.

## *Die erste große Ausstellung*

Es kommt im Leben selten vor, daß man sich wie ein Hochstapler fühlt, der Dinge verspricht, die jenseits der Realität liegen, und Hoffnungen weckt, die eigentlich nur enttäuscht werden können. Aber es war so, als mich im Sommer 1992 – wir standen gerade am Anfang – drei Hallenser in meinem kleinen Büro aufsuchten: Dr. Wieland Hintzsche, damals Mitarbeiter am Karl-Sudhoff-Institut der Universität Leipzig, sein Kollege Dr. Thomas Nickol und der Grafiker Lutz Grumbach. Die Herren machten mir den Vorschlag, im Hauptgebäude der Franckeschen Stiftungen eine Ausstellung über den aus den Stiftungen stammenden Naturforscher Georg Wilhelm Steller zu veranstalten, der als Arzt den dänischen Entdeckungsreisenden Vitus Bering auf der berühmten Großen Nordischen Expedition nach Sibirien und Kamtschatka begleitete und 1741 als erster Westeuropäer seinen Fuß auf den Boden Alaskas vom Westen her gesetzt hat. Dieser Steller sei ein ebenso unbekannter wie bedeutender Forscher gewesen, dem weitgehend unsere Kenntnis der Verhältnisse auf der Halbinsel Kamtschatka zu verdanken sei und der auch bedeutende Entdeckungen in Sibirien gemacht habe. In St. Petersburg lägen im Archiv der Akademie der Wissenschaften unbekannte Handschriften, und die russischen Kollegen seien bereit, eine Ausstellung zum 250. Geburtstag Stellers 1996 zu unterstützen. Für eine solche Ausstellung kämen nach ihrer Meinung nur die Franckeschen Stiftungen in Frage, sie sähen ja, so schloß Wieland Hintzsche seine langatmigen Darlegungen, daß dort gebaut würde. Eine Steller-Ausstellung in Halle müsse sich wundervoll realisieren lassen.

Ich fand die Idee durchaus interessant, zumal Lutz Grumbach mit dem unschuldigsten Gesicht der Welt die Konzeption in dem Gebäude skizzierte. Ich versuchte, Einwände vorzubringen, daß ja noch nicht abzusehen sei, ob die Restaurierung des Hauses überhaupt vorankomme, daß die finanzielle Lage schwierig sei und daß ich überhaupt gar nichts versprechen könne. Doch die drei Hallenser überhörten offensichtlich solche Argumente und erwiesen sich als äußerst hartnäckig. In regelmäßigen Abständen kamen sie wieder, erkundigten sich höflich nach den Baufortschritten, über die sie sich sicherlich schon selbst vor Ort ein Bild gemacht hatten. Doch die Herren gefielen mir, und so versprach ich ihnen tatsächlich zu einem Zeitpunkt, als noch alles offen war und keine Schauräume geplant waren, die Ausstellung zu realisieren, was der Engländerin wiederum ziemliches Kopfzerbrechen machte, denn sie war ja für die Durchführung dieses abenteuerlichen Unternehmens zuständig.

Mich hat es durchaus beeindruckt, wie die Troika generalstabsmäßig über mehrere Jahre alle Vorbereitungen traf, mit den russischen Museen, Archiven und Instituten die Leihgaben aushandelte und wie, als dann im Frühjahr 1996 in der Tat die Ausstellungsräume zur Verfügung standen, wirklich die Kisten aus St. Petersburg, aber auch aus dänischen und deutschen Sammlungen, nach und nach eintrafen. Im Herbst 1995 hatten wir die Ausstellungsetage im Historischen Waisenhaus mit einer Ausstellung über die weltweiten Beziehungen der Stiftungen eingeweiht. Da unsere Ausstellungsmacher Bodo Baumunk und Stefan Haslbeck im Sommer 1995 im ganzen Haus mit der Ausstattung voll beschäftigt waren, hatte ich es übernehmen müssen, die Räume mit einer Ausstellung aus eigenen Beständen und teilweise durch Nachkäufe zu füllen, denn eine Stelle für einen Kustos gab es erst Jahre später. *Pietas hallensis universalis* war der Titel dieser ersten Sonderausstellung über die unbekannten Verbindungen der Stiftungen zu europäischen und außereuropäischen Ländern.

Aber das war nur ein Potpourri gewesen. Die Steller-Ausstellung, die Hintzsche, Nickol und Grumbach mit Unterstützung vieler Freunde und Helfer in den sieben Räumen aufgebaut hatten und die im Mai 1996 eröffnet wurde, war für Kenner eine Sensation. Ein bis dahin wenig bekannter deutscher Forscher im Jahrhundert der Aufklärung als Begleiter einer ehrgeizigen Expedition mit 2000 Leuten trat mit seinen meist noch unveröffentlichten Dokumenten, seinen Niederschriften und Zeichnungen aus dem Dunkel der Geschichte. Wieland Hintzsche hatte sich nach der Wende aufgemacht, im Archiv der Akademie der Wissenschaften in St. Petersburg, wie die Stadt inzwischen wieder hieß, nach den Quellen zu suchen, und brachte Stöße von Kopien aus Rußland zurück. Bis in alle Einzelheiten wurde in der Ausstellung anhand vieler unbekannter Zeugnisse Stellers Reise durch Sibirien über Jenisseisk und Irkutsk nach Ochotsk durch Stiche, Texte, Karten, Instrumente, Pflanzen, Tiere, Kleidung und weitere Gegenstände belegt. Der Aufenthalt auf Kamtschatka, das Steller als erster gründlich und umfassend geologisch, naturkundlich und ethnologisch untersucht und dokumentiert hat, wurde ebenso anschaulich dargestellt wie schließlich die abenteuerliche Seereise bis Alaska, auf deren Rückfahrt Bering starb. Auch Steller selbst hat seine Heimat nicht wiedergesehen. Der 37jährige starb auf dem Rückweg 1746 in Tjumen in Sibirien, nicht weit von Tobolsk, dem Ort, von dem noch die Rede sein wird.

Viele prächtige Ausstellungsstücke waren zu sehen: ein Schamanenzelt, vor dem man die Gesänge der Schamanen hören konnte, Berings wiederentdecktes, rekonstruiertes Grab und vor allem die Stellersche Seekuh, das fast sieben Meter lange, vollständig erhaltene Skelett dieses im 18. Jahrhundert überjagten und so ausgestorbenen Säugetieres, das Steller entdeckt, beschrieben und auch gezeichnet hat. Wir erhielten das seltene Exemplar aus dem Zoologischen Institut der Russischen Akademie der Wissenschaften in St. Petersburg.

Wieland Hintzsche und Thomas Nickol hatten einen umfangreichen Katalog zusammengestellt, dessen Gestaltung und Drucklegung in den Händen von Lutz Grumbach lag. Er hatte auch die Ausstellung sehr phantasievoll inszeniert. Unter Mitarbeit vieler Fachleute ist so ein grundlegendes Quellenwerk entstanden, das alle Ausstellungsstücke beschreibt und Stellers Lebensweg ausführlich kommentiert. Das Ganze firmierte unter *Große Nordische Expedition.* Gern hätte ich Ausstellung und Katalog den Titel gegeben: *Ein Lutheraner in Sibirien.* Doch diese Formulierung im Lutherjahr war den drei Ausstellungsmachern vielleicht zu christlich.

Interessant waren die beiden Kulturprogramme, die die Ausstellung begleiteten. Wir feierten vom Mai bis Juli 1996 einen »Sibirischen Sommer« mit eindrucksvollen Rahmenausstellungen, mit Bildern und Collagen von Ulrich Wannhoff aus Dresden zur fernöstlichen Tundra, in der er Jahr für Jahr forscht und arbeitet, und mit Gemälden fernöstlicher Künstler. Beeindruckend war die Fotoausstellung zum heutigen Leben der Itelmenen, die anhand der Aufzeichnungen Stellers ihre historische Festkultur wiederentdecken und die der Ethnologe Dr. Erich Kasten seit Jahren unterstützt. Auch der baumlange Jan Oelker aus Dresden bereist den Fernen Osten und bringt traumhafte Fotos von der Beringstraße und von Kamtschatka zurück. Er studiert das Leben eines anderen Volkes, das der Tschuktschen, und auch das der Eskimos.

Es war sehr ungewöhnlich, das Engagement dieser drei deutschen Künstler und Forscher mitzuerleben, die ohne viel Aufhebens auf eigene Faust die vergessene, einst sowjetische Welt im Fernen Osten unter großen Strapazen und Entbehrungen bereisen, erkunden und den kleinen gefährdeten Völkern auf der Suche nach ihrer kulturellen Identität selbstlos helfen.

Das Lindenblütenfest, das ganz im Zeichen des »Sibirischen Sommers« stand, fand in den Tänzen und Gesängen einer Gruppe von Itelmenen einen unvergleichlichen Höhepunkt. Die zahlreichen Besucher waren hingerissen von der Ausdruckskunst, der Mimik und der Theatralik dieser Tänzerinnen und Tänzer eines vom Untergang bedrohten Volkes. Es waren anrührende Begegnungen mit den jungen Leuten, die zum erstenmal die westliche Welt sahen und sich doch ganz unbefangen bewegten. Sie führten den Hundeschlittenbau und die Korbflechterei ihrer Heimat vor und boten kulinarische Spezialitäten aus Kamtschatka an. Sie blieben zwei Tage in Halle.

Dem »Sibirischen Sommer« folgte dann ein »Russischer Herbst«, der mit einem Vortrag von Hans-Dietrich Genscher, dem Schirmherrn unserer Steller-Ausstellung, eingeleitet wurde. Das Programm spannte mit Vorträgen, Diskussionen und Ausstellungen den Bogen zum europäischen Teil Rußlands und seinen ökonomischen und politischen Problemen nach dem Zusammenbruch der Sowjetunion. Zum Abschluß der Ausstellung fand eine viertägige internationale Konferenz über Georg Wilhelm Steller und die Erforschung von Sibirien und Alaska statt, an der 150 Wissenschaftler aus aller Welt, vor allem auch aus Rußland und Alaska, teilnahmen. Sie rundete das Stellerjahr ab.

An dieser Stelle sei eine kurze Abschweifung erlaubt: In meinem Leben haben Ausstellungen eine große Rolle gespielt. Als Zehnjähriger habe ich Steine gesammelt. Auf dem Tisch im Wohnzimmer veranstaltete ich meine erste Ausstellung: Ich ordnete die Granite und Porphyre, die Marmorbrocken, die Schieferstücke und Sandsteine nach der Zugehörigkeit zu den vulkanischen Gesteinen, den Schichtgesteinen und so weiter. Für jeden Stein hatte ich ein Kästchen gebastelt, eine Beschriftung hinzugefügt, und so lagen nun meine Schätze wie in einem Museum ausgebreitet. Zur Eröffnung der Ausstellung hatte ich meinen Freund Horst Rakelmann eingeladen, er mußte meine Sammlung bewundern. Er war mein einziger Ausstellungsbesucher. Vermutlich fand er das alles nicht so aufregend wie ich, der ich ihm jeden Fund mit großem Eifer erklärte.

Zwar bin ich weder Petrograph noch Mineraloge geworden, wie ich in meiner Kindheit erträumt hatte. Doch Ausstellungen haben mich immer begleitet. Sie sollten nie Selbstzweck sein, sondern der wissenschaftlichen Forschung Anstöße geben. So führte meine erste Ausstellung über den Expressionismus in Marbach 1960 dazu, daß die Erforschung des literarischen Expressionismus, an der ich mich selbst viele Jahre beteiligte, einen großen Aufschwung nahm. In Wolfenbüttel breitete ich 1972 im Schloß die Schätze der Herzog August Bibliothek zum 17. Jahrhundert zum erstenmal aus. Diese Ausstellung *Barocke Bücherlust* ist mit ihrem Katalog die Geburtsstunde der institutionalisierten Barockforschung in Wolfenbüttel, die zum Kern der Forschungsbibliothek geworden ist. Mit meinen Göttinger Studenten stellte ich 1977 eine Ausstellung über den Aufklärungsschriftsteller Adolph Freiherr Knigge zusammen, die der Forschung neue Impulse gab und viele Veröffentlichungen zur Folge hatte. Die Reihe ließe sich fortführen. Sie begründen meine Schwäche für das Abenteuer der Steller-Ausstellung. Auch sie steht am Anfang des Versuchs, in Halle an historische Bezüge anzuknüpfen.

## *Russische Perspektiven*

Georg Wilhelm Steller war ein Glied in der langen Kette der Beziehungen Halles und der Franckeschen Stiftungen zu Rußland. Ich gestehe freimütig, daß mir diese spannenden Verbindungen nicht bewußt waren, als uns Wieland Hintzsche mit seinen Kollegen 1992 den Vorschlag der Steller-Ausstellung unterbreitete. So wurde der Wiederaufbau der Stiftungen für uns zugleich zu einer Wiederentdeckung, der Freilegung einstiger weltweiter kultureller Beziehungen Franckes. Es ist ein erstaunliches und faszinierendes Phänomen, daß ein Privatmann abseits der protokollarischen politischen und dynastischen Konstellationen ein solches Netzwerk internationaler *cultural relations* vor 300 Jahren aufbauen konnte.

Der aus Österreich stammende, in Halle und Berlin unterrichtende DDR-Historiker Eduard Winter hat 1953 in seinem umfangreichen, aber schwer lesbaren Buch *Halle als Ausgangspunkt der deutschen Rußlandkunde* die russischen Beziehungen zu den Stiftungen aufgrund der Forschungen in unserem Archiv zum erstenmal eingehend untersucht und dargestellt. Das Thema – der Buchtitel ist etwas irreführend – ist bei weitem nicht erschöpft. Das zeigte unsere Steller-Ausstellung.

Der erste, der Francke auf die zeitgleichen Reformbemühungen des jungen russischen Zaren Peter I. im Herbst

1695 auf seiner Rückreise aus Osteuropa hinwies, war Heinrich Wilhelm Ludolf, ein Geheimsekretär des mit der britischen Königin Anne vermählten Prinzen Georg von Dänemark. Er war eine höchst interessante, noch wenig erforschte, schillernde Persönlichkeit. Zeitlebens – er starb 1712 mit 67 Jahren – versuchte er, eine Versöhnung aller christlichen Kirchen im Geist einer *Ecclesia universa* zu erwirken. Deshalb führte ihn, der zugleich in holländischen Diensten stand, seine zweite große Reise 1698 bis 1700 in den Vorderen Orient, auf der er 1699 das Heilige Grab in Jerusalem besuchte. Das offensichtlich nach der Rückkehr gemalte Porträt ist das ungewöhnlichste der leider sehr kleinen Gemäldesammlung der Stiftungen. Es stellt den Diplomaten in einem Pilgergewand mit offenem Kragen und einer Perücke dar. Das Sonderbare aber ist die Tätowierung auf dem nackten rechten Unterarm: Über der Jahreszahl 1699 sind zwei Jerusalemer Pilgerzeichen eingepunzt, das Heilige Grab und die Himmelfahrt Christi, und darüber ein Kruzifix auf einem Totenschädel. In der Hand hat der Dargestellte ein kleines eiförmiges Gefäß für Jordanwasser. Die Identifizierung und Zuweisung war einem israelischen Wissenschaftler, Mordechay Lewy, gelungen, der Generalkonsul seines Landes in Berlin war. Er veranstaltete 1994 im Stadtmuseum Halle eine Ausstellung *Von Halle nach Jerusalem* über Halle als Zentrum der Palästinakunde im 18. und 19. Jahrhundert, die die Stiftungen mit vielen Leihgaben unterstützte.

Heinrich Wilhelm Ludolf also war es, der Francke veranlaßte, Schüler und Mitarbeiter nach Rußland zu schicken, die am Reformwerk des Zaren als Pastoren, Lehrer, Ärzte und Beamte mitwirkten. Sie unterrichteten an den deutschen Schulen in Moskau und dem entstehenden St. Petersburg, unterhielten Handelsniederlassungen in Archangelsk am Eismeer und in Astrachan am Kaspischen Meer, wirkten an der Vorbereitung der Kaiserlichen Akademie der Wissenschaften in St. Petersburg mit und unterstützten schließlich die schwedischen Gefangenen in Tobolsk in Sibirien bei dem Bau und der Unterhaltung eines Waisenhauses nach Halleschem Vorbild. Francke betrieb dort zwischen 1713 und 1721 eine einzigartige Gefangenenfürsorge, wie man solche Hilfen später nannte. In vielen Texten und Gebeten dankten die Kinder der Gefangenen dem Beschützer im fernen Halle. Auch bestanden Kontakte zu Theophanes Prokopovič, dem Bischof von Pskow, der Peter I. bei der Kirchenreform beriet. Sein Nachfolger Simeon Todorsky hatte sogar in Halle studiert und übersetzte Johann Arnds *Vier Bücher vom wahren Christentum* ins Russische. Das Werk wurde mit kyrillischen Lettern in der Buchdruckerei des Waisenhauses hergestellt.

Das reiche historische Beziehungsgeflecht zwischen Rußland und Halle forderte uns heraus, diesen Spuren nachzugehen und neue Verbindungen aufzunehmen. Dazu hatte Wieland Hintzsche, der Jahr für Jahr nach St. Petersburg reiste, um im Archiv der Akademie zu arbeiten, die ersten Schritte getan. Als wir die Steller-Ausstellung 1996 eröffneten, lernte ich unter den Gästen, die aus St. Petersburg angereist waren, Dr. Vladimir Sobolev näher kennen. Er ist der Direktor des Archivs, das Hintzsches Forschungen unterstützte, ein untersetzter Mann mit einem gewaltigen Bart und freundlichen Augen, der gebrochen Deutsch sprach. Als meine Frau und ich ihn mit Wieland Hintzsche ein paar Jahre später in seinem Archiv besuchten, wurden wir mit Wodka und Brot empfangen. Er lebt mit seiner Familie sehr einfach, aber er bewirtete uns zu Hause mit typisch russischer Gastfreundschaft. In dem engen Wohnzimmer war die lange Tafel reich gedeckt. In großer Runde wurde nach dem Abendessen viel getrunken, und schließlich griff Vladimir nach seiner Gitarre und sang mit seiner schönen Stimme, die gar nicht zu seinem robusten Äußeren paßte, so melancholische Lieder, daß uns fast die Tränen kamen.

Wir hatten einen Kooperationsvertrag zwischen der Russischen Akademie der Wissenschaften und den Franckeschen Stiftungen geschlossen, der seither durch Arbeitspläne festgeschrieben wird. Der Hauptgegenstand ist die gemeinsame Herausgabe der *Quellen zur Geschichte Sibiriens und Alaskas aus russischen Archiven.* In dieser Reihe veröffentlicht Wieland Hintzsche, gefördert durch die Deutsche Forschungsgemeinschaft und seit 1996 Mitarbeiter der Stiftungen, die Schriften, Briefe und Dokumente Georg Wilhelm Stellers, akribisch bearbeitete, ausführlich kommentierte und umfangreiche Quellenwerke aufgrund der Petersburger Handschriften. Bisher liegen drei Bände vor. Gleichzeitig erscheint eine russische Übersetzung in Moskau.

So führte eine Ausstellung zu einer Zusammenarbeit mit russischen Wissenschaftlern. Der erste, der in Halle arbeitete, war Dr. Michail Fundaminski, der mit seiner Familie aus Petersburg ausgereist ist. Er ist Bibliothekar und beschrieb als erster Stipendiat der Stiftungen die russischen Bücher und Handschriften, die in der Bibliothek und dem Archiv der Stiftungen noch zu entdecken waren. Ich bedauere, daß wir ihm seinen Wunsch, in den Stiftungen als Wissenschaftler angestellt zu werden, nicht erfüllen konnten. Doch auf lange Sicht sollte die Erforschung der geschichtlichen Beziehungen zwischen Rußland und Halle in den Stiftungen gefördert werden. Auch auf diese Weise treten wir heute in Franckes Fußstapfen. Daß aber seine Stiftungen in Rußland präsent sind, dafür sorgte eine

Wanderausstellung, die die Ausstellungsmacher auf 40 Tafeln zusammengestellt hatten und die die Engländerin in Zusammenarbeit mit dem Auswärtigen Amt und dem Goethe-Institut in Moskau auf den Weg brachte. Sie wurde in Novosibirsk aus Anlaß der Deutsch-Sibirischen Kulturtage der Bundesrepublik Deutschland im Sommer 1999 eröffnet und wanderte danach durch ein Dutzend Städte Sibiriens und Rußlands.

## *Indische Hoffnungen*

Im Historischen Waisenhaus tragen die fünf größeren und kleineren Veranstaltungsräume in der Konferenzetage die Namen der Länder, mit denen August Hermann Francke und seine Nachfolger in Verbindung standen: Rußland, Ungarn, Amerika, Holland und Indien. Wir statteten sie mit Bildern von Kirchen und kirchlichem Leben dieser Länder aus, um den Besuchern, die das Haus betreten, die historischen internationalen kulturellen Beziehungen der Stiftungen vor Augen zu führen.

Die Fotos im Indienzimmer zeigen Missionsstätten in Südindien, vor allem die Gebäude in Tranquebar, eine Tagesreise südlich von Madras gelegen, und man gewinnt Eindrücke vom täglichen Leben in den Schulen, den Kindergärten, den Kirchen. In diesem Zimmer hatten wir uns im Februar 1996 versammelt, um mit einer kleinen Delegation indischer Wissenschaftler unter Leitung von Dr. K. Rajaratnam, Direktor des Gurukul Lutheran Theological College & Research Institute in Madras, über eine künftige Zusammenarbeit zu verhandeln. Unser Gast, älter als ich, war ein sehr lebhafter, kluger und freundlicher Gesprächspartner, der uns von seinem Lutheran Heritage Project berichtete und seinen Plan ohne lange Umschweife zielgerecht verfolgte. Neben ihm saß Dr. Daniel Jeyaraj, ein stiller, höflicher Mann von schwarzer Hautfarbe, hochgewachsen, ein Hüne neben seinem zartgebauten Chef. Er war im Laufe der Jahre unser Freund geworden. Mit seiner Familie lebte er seit der Wende in dem damaligen Sprachenkonvikt und blieb einige Jahre. Er war der erste ausländische Gast, den wir kennenlernten. Inzwischen hatte er über die Anfänge der Dänisch-Halleschen Mission promoviert und bereitete nun seine Habilitationsschrift vor. Daniel Jeyaraj wurde der beste Botschafter seines Landes und seiner Kirche. Ihm war es zu verdanken, daß seine Kollegen aus Indien gekommen waren. Das Ergebnis unseres Gesprächs war der Abschluß eines Vertrages zur Zusammenarbeit zwischen dem südindischen Forschungsinstitut und den Franckeschen Stiftungen.

Unsere Gäste betraten in gewissem Sinne heiligen Boden, denn die heutigen südindischen lutherischen Kirchen, denen schätzungsweise 20 Millionen Gemeindemitglieder angehören, gehen auf August Hermann Francke und seine Missionare aus Halle zurück. Er wird deshalb von den indischen Lutheranern sehr verehrt.

Auf Wunsch des dänischen Königs Friedrich IV. sollte in der dänischen Kolonie an der Ostküste Südindiens eine Missionsanstalt eingerichtet werden mit dem Ziel, die Einwohner zum Übertritt zum Christentum zu bewegen. Er hatte bei Francke in Halle anfragen lassen, ob er nicht junge, von ihm ausgebildete Pfarrer für diese Aufgabe empfehlen könne. So schickte dieser Bartholomäus Ziegenbalg und Heinrich Plütschau nach Kopenhagen, wo sie sich nach der Ordination am 11. November 1705 in Richtung Tranquebar einschifften. Nach sieben Monaten erreichten sie die dänische Kolonie und landeten dort am 6. Juni 1706. Dieses Datum betrachten die indischen Lutheraner als Gründungsdatum ihrer Kirchen. Die Dänisch-Hallesche Mission, das erste protestantische Unternehmen dieser Art, bestand bis zum Jahr 1837. Die Ostindische Missionsanstalt in Halle war über ein Jahrhundert eine Institution der Franckeschen Stiftungen. In Indien aber bauten die Missionare ihr pietistisches Glaubenswerk auf, gewannen in der Bevölkerung, vor allem der tamilischen, viele Anhänger, und daraus entwickelte sich eine eigene lutherische, vom Pietismus inspirierte Kirche, die also im Jahre 2006 auf ihr 300jähriges Bestehen zurückblicken kann.

Aus diesem Grunde bereiten die indischen Lutheraner, die uns in Halle besuchten, von langer Hand dieses Jubiläum vor, das ihnen auch deshalb so wichtig ist, weil sie in ihrem Land religiösen Anfeindungen ausgesetzt sind. Das auch mit amerikanischer Hilfe unterstützte Lutheran Heritage Project soll zur Selbstbehauptung der indischen Lutheraner beitragen. Eine der wichtigsten historischen Quellen für die Frühzeit ihrer Kirche aber sind die Archiv- und Bibliotheksbestände der Franckeschen Stiftungen.

Die aus Halle kommenden Missionare setzten sich im Gegensatz zu den spanischen und portugiesischen Conquistadoren in Amerika mit den Einheimischen auseinander, studierten ihre Lebensformen, lernten ihre Sprachen – Ziegenbalg verfaßte die erste tamilische Grammatik –, beschäftigten sich mit der fremden Götterwelt und erforschten Land und Leute. In den Berichten und Briefen an Francke und seine Nachfolger erzählten sie von ihren Abenteuern und Auseinandersetzungen mit den rivalisierenden Gouverneuren und den Schwierigkeiten mit den Europäern, die in Indien lebten und Handel trieben. Vor allem aber schilderten sie ihre Erlebnisse und Eindrücke im Umgang mit der indischen Bevölkerung. Diese Nachrichten, Aufzeichnungen und Dokumente sind im Missionsarchiv innerhalb des Archivs der Stiftungen überliefert. Außerdem sind 300 Palmblatthandschriften mit Texten, die in Tamil und Telugu in die Blätter eingeritzt wurden, erhalten. Die Sammlung ist eine der größten in Europa. Seit 1711 wurde in Tranquebar gedruckt: Auch diese seltenen, meist christlichen Texte sind in Halle gesammelt worden. In der Kunst- und Naturalienkammer werden viele Erinnerungsstücke aufbewahrt, die die Missionare aus Indien mitbrachten: Korallen und Palmblätter, Muscheln und Kokosnüsse, Kleidungsstücke, Schuhe, Fächer, religiöse Gerätschaften, kleine Götterfiguren und manches andere.

Diese Quellen stellen nicht nur die bedeutendste Überlieferung für die Kirchengeschichte Südindiens dar, sondern sie sind zugleich einzigartige Dokumente für die Kenntnis des politischen, wirtschaftlichen und kulturellen Lebens, auch der Pflanzen- und Tierwelt dieses geographischen Raumes. Ihre Sichtung, Beschreibung, Untersuchung und Veröffentlichung soll Gegenstand der Zusammenarbeit der Wissenschaftler in Madras und Halle sein.

Eine der verdienstvollsten Leistungen der Franckeschen Stiftungen im 18. Jahrhundert war die Veröffentlichung der Berichte der Dänisch-Halleschen Mission seit 1710. In der ersten Reihe dieser sogenannten *Halleschen Berichte* folgten dem ersten Sendschreiben Ziegenbalgs 101 Fortsetzungen bis 1767, zusammengefaßt in zehn dicken Quartbänden, weitere 77 Stücke erschienen bis 1830. Diese wichtigste Informationsquelle zur Geographie und Gegenwart des südindischen Kontinents fand eine sehr weite Verbreitung. Auch Goethe gehörte zu den regelmäßigen Lesern. Die Stiftungen eröffneten deshalb 1997 die mit Gurukul vereinbarten gemeinsamen Tagungen mit einem Symposium über die *Missionsberichte aus Indien im 18. Jahrhundert* und ihre Bedeutung für die europäische Geistesgeschichte und ihren Quellenwert für die Indienkunde. Mit der Veröffentlichung der Referate wurde eine eigene Schriftenreihe, *Neue Hallesche Berichte*, begründet.

Der Motor der neu angeknüpften Indienbeziehungen wurde Dr. Michael Bergunder, ein Hallescher Privatdozent und Schüler von Helmut Obst, der alljährlich einige Zeit in Südindien forscht, das Tamilische beherrscht und so die Brücke zwischen Halle und Indien schlägt. Der andere ist Daniel Jeyaraj, der inzwischen die tamilischen Palmblatthandschriften beschrieben und transkribiert hat. Mit der Edition einer so gut wie unbekannten umfangreichen Handschrift Bartholomäus Ziegenbalgs über die Götterwelt der Malabaren hat er sich inzwischen in Halle habilitiert.

So hat sich eine fruchtbare Zusammenarbeit entwickelt, jährliche Tagungen finden in Halle und in Madras statt. Biographien der wichtigsten Missionare werden erarbeitet. Mein Wunsch, die *Halleschen Berichte* im Internet zu präsentieren und zu erschließen, ist noch nicht in Erfüllung gegangen. Es sind noch viele technische und logistische Hürden zu überwinden. Doch die Möglichkeiten der Telekommunikation erleichtern die Kooperation mit den indischen Kollegen.

Sehr gern wäre ich kurz nach meinem Abschied im Herbst 2000 einer Einladung von Dr. Rajaratnam zu einer Vorlesung nach Madras gefolgt. Aber ich wollte mir dies nicht mehr zumuten. Dafür reiste mein Nachfolger, Professor Olbertz, nach Indien, lernte die Wissenschaftler und Kollegen kennen, mit denen wir zusammenarbeiten, und besichtigte die Stätten des lutherischen kirchlichen Lebens. Er wurde überall mit großer Wärme aufgenommen, denn er war der erste Direktor der Franckeschen Stiftungen, der die indischen Christen in ihrem Land nach fast 300 Jahren besuchte.

## *Amerikanische Reminiszenzen*

Auch die Beziehungen der Stiftungen zu Nordamerika sind ein spannendes Kapitel ihrer Geschichte. August Hermann Francke interessierte sich sehr, wie aus überlieferten Fragekatalogen bekannt ist, für die Entwicklung der Neuen Welt. Er selbst korrespondierte mit dem Bischof Cotton Mather in Boston, dem er in einer langen lateinischen *Narratio de Orphanotropheo Glauchensi* von seinem Werk erzählte. Ungewöhnlich ist es auch, daß 1733 Franckes Lebenslauf ebenfalls in lateinischer Sprache in Boston veröffentlicht wurde. Inzwischen waren Salzburger Emigranten, die wegen ihres protestantischen Glaubens aus den Österreichischen Erblanden vertrieben und teilweise über Halle gezogen waren, auf dem beschwerlichen Weg nach Amerika. Sie wurden von zwei Hallenser Pfarrern begleitet und landeten am 13. März 1734 in Georgia. Nach harten Anfangsjahren errichteten sie in Ebenezer am Savannah ihre Siedlung nach Halleschem Vorbild. Einige Jahre später traf, von Gotthilf August Francke ausgesandt, Heinrich Melchior Mühlenberg in Philadelphia ein. Dieser tatkräftige pietistische Pfarrer wurde der Organisator der lutherischen Kirchen in Nordamerika. Bis heute wird er als »Vater des amerikanischen Luthertums«, als »Patriarch der Lutherischen Kirche Nordamerikas« verehrt. Sein Denkmal steht vor dem nach ihm benannten Muhlenberg College in Pennsylvania.

Die *Kirchengründung der deutschen Lutheraner in Pennsylvania* und die damit verbundene Obrigkeitsproblematik war der Gegenstand von Thomas Müllers Göttinger Doktorarbeit von 1991, die drei Jahre später in einer von dem Deutschen Historischen Institut in Washington herausgegebenen Schriftenreihe, *Transatlantische Historische Studien*, erschien. Der Verfasser, den wir inzwischen als Archivar eingestellt hatten, widmete dem Thema im Frühjahr 1993 eine Kabinettausstellung im Englischen Haus, die dann zwei Jahre später in veränderter Form im Rahmen der ersten Ausstellung *Pietatis hallensis universalis* im Historischen Waisenhaus zu sehen war.

Dank dieser persönlichen Verbindungen wurde die Brücke zwischen den Stiftungen und den USA wieder geschlagen. Einladungen nach Amerika folgten, gemeinsame Pläne zur Erschließung der Archivalien in den Stiftungen wurden entwickelt. Amerikanische Wissenschaftler arbeiten regelmäßig an den Beständen, die sich auf Georgia und Pennsylvania beziehen und eine beachtliche Quelle zur Geschichte Nordamerikas im 18. Jahrhundert sind. An der Universität Münster hatte schon Professor Kurt Aland, der aus Halle in den fünfziger Jahren vertriebene Kirchenhistoriker, begonnen, die Korrespondenz Heinrich Melchior Mühlenbergs, die im wesentlichen in unserem Archiv überliefert ist, herauszugeben.

Bei einem der Aufenthalte von Thomas Müller-Bahlke in Amerika wurde zunächst mit der Georgia Salzburger Society in Philadelphia die gemeinsame Herausgabe aller Dokumente beschlossen, die sich im Missionsarchiv der Stiftungen auf die Kontakte zwischen Halle und den nach Georgia ausgewanderten Salzburger Glaubensflüchtlingen beziehen. So entstand ein Find- und Lesebuch, das mehr als 1000 Schriftstücke inhaltlich beschreibt und diese Quellensammlung zur amerikanischen Geschichte zweisprachig erschließt.

Die Präsentation des umfangreichen Buches im November 1999 war ein besonderes Ereignis. Eine Delegation der Georgia Salzburger Society mit ihrem Präsidenten und Vizepräsidenten an der Spitze war nach Halle gereist, Nachkommen jener Flüchtlinge, die Gotthilf August Francke im September 1732 an diesem Ort versorgt hatte. Für sie ist das Georgia-Findbuch zugleich eine familiengeschichtliche Quelle, denn das Register verzeichnet mehr als 2000 Namen. Mit amerikanischem Humor und liebenswürdiger Nonchalance wurde die Übergabe des ersten Exemplars mit Reden und Urkunden gefeiert. Die beiden Bearbeiter, Thomas Müller-Bahlke und sein Mitarbeiter Jürgen Gröschl, wurden zu Ehrenmitgliedern der Georgia Salzburger Society ernannt, eine Auszeichnung, die auch mir, der ich das schwierige transatlantische Unternehmen nur mit meinen guten Wünschen begleitet hatte, zuteil wurde. Für diese Veranstaltung, die die Bemühungen der Stiftungen um eine Zusammenarbeit mit den USA zeigt, hatten wir das Amerikazimmer im Historischen Waisenhaus gewählt. Wir konnten, wie auch im Indienzimmer, belegen, daß diese Bezeichnungen nach den Ländern keine Äußerlichkeiten sind, sondern in der wissenschaftlichen Zusammenarbeit ihre Legitimation finden.

## *Eine pädagogische Provinz?*

Die Franckeschen Stiftungen waren ein Mikrokosmos, in dem sich die große Welt im kleinen spiegelte. Christliche Frömmigkeit, pädagogisches Wirken, soziales Engagement, wissenschaftliche Arbeit, wirtschaftliches Denken und kultureller Hintergrund kennzeichnen die eindrucksvollen Taten August Hermann Franckes, seiner Mitarbeiter und Nachfolger, die uns immer wieder mit Staunen erfüllen. Gewiß, wir streben in gewissem Sinne diesem Vorbild nach. Doch aus den Trümmern, die das letzte Jahrhundert uns hinterlassen hat, können wir erst nach und nach Überliefertes bergen und unserer Zeit nahebringen. Da diese Vergangenheit in den pietistischen Architekturbauten ihren sichtbaren Ausdruck gefunden hat, stand in all den Jahren, in denen ich die Geschicke der Stiftungen zu verantworten hatte, die Restaurierung und Sanierung dieses architektonischen Erbes und seine Vermittlung durch kulturelle Aktivitäten im Vordergrund. Aber vieles, was wir nicht tun können, mußten und müssen wir den anderen Institutionen überlassen, die in den Stiftungen beheimatet sind, die uns entweder verlorengingen oder die im Laufe des letzten Jahrhunderts hinzugekommen waren. Ich meine die Schulen und die Universität. Wir haben ihnen das pädagogische Feld überlassen. Sie sind unsere Partner, mit denen wir zusammenarbeiten, die unabhängig von uns ihre Ziele verfolgen, die aber in der Außenwahrnehmung das Bild der Stiftungen heute wesentlich mitbestimmen. Deshalb widme ich ihnen dieses Kapitel.

Zwei städtische Schulen – eine Grundschule und eine Sekundarschule – in den Franckeschen Stiftungen führen den Namen August Hermann Francke und fühlen sich mehr oder weniger den Stiftungen verbunden. Insbesondere nimmt die Sekundarschule am stiftischen Leben teil. Beide Gebäude – eines ein Plattenbau – werden nach und nach von der Stadt saniert. Eine Integration in die Stiftungen wird auf lange Sicht angestrebt. Das gilt auch für die private Grundschule Maria Montessori, eine sehr kreative und fortschrittliche Schule, die leider immer noch in unzulänglichen Räumen im Vordergebäude des ehemaligen Pädagogiums untergebracht ist.

Die Stiftungen haben besonders die Entwicklung der Latina, der von Francke 1697 gegründeten Lateinschule, mit unterstützt und auch gefördert. Das altsprachliche Gymnasium wurde zu einer Europaschule, in der neben Griechisch und Latein fünf neuere Fremdsprachen unterrichtet werden: Englisch, Französisch, Russisch, Italienisch und Spanisch. Evangelischer und katholischer Religionsunterricht werden erteilt. Der Kirchenkreis wollte dies anfänglich mit dem Argument, daß die Christenlehre zur DDR-Zeit staatsunabhängig erteilt wurde, verhindern.

An der Auswahl des neuen Direktors im Jahre 1992 haben die Stiftungen mitgewirkt. Doch die Stimmung war damals unerfreulich: Erst nach längeren Diskussionen in der vorangegangenen Schulkonferenz konnte ich an der Auswahlsitzung teilnehmen. Inzwischen hat sich die Situation geändert. Es gibt viele gemeinsame Aufgaben, und mit dem Schulleiter, Hans Wolfgang Halstenberg, bestand von Anfang an ein Vertrauensverhältnis. Die Stiftungen versuchen, die äußeren Arbeitsbedingungen der Schule zu verbessern. So wurde nach dem Auszug der Kindertagesstätte die alte Latina als zweites Schulgebäude renoviert. Naturwissenschaftliche Kabinette wurden erneuert. Allerdings steht eine Generalsanierung beider Häuser aus, deren Pläne unser Architekt jedoch in vielen Besprechungen schon vorbereitet hat.

Dagegen wurde der unbenutzbar gewordene Sportplatz hinter den beiden Schulgebäuden mit Hilfe einer Spende der Zuckerfabrik Pfeiffer und Langen in Köln, die eine moderne Fabrikanlage in Könnern bei Halle gebaut hat, wiederhergestellt. Die drei Spielfelder stehen allen Schulen in den Stiftungen zur Verfügung. Gern erinnere ich mich an das fröhliche Sportfest zur Einweihung dieser sehr schönen, großzügigen Anlage im Sommer 1996: Armin von Wietersheim, unser Geschäftsführer, hatte die Sache ganz zu seiner Herzensangelegenheit gemacht und die Kölner Firma zur Mitfinanzierung gewonnen. Seit 1998 finden auf dem Sportplatz auch die alljährlichen Mitteldeutschen Schülerwettkämpfe wieder statt, die es schon während der Weimarer Republik gegeben hat und um die sich die Altschüler im Rahmen des Freundeskreises sehr bemühten. Für sie war dieses Fest eine nostalgische Erinnerung.

Die Fremdsprachen, der Sport und die Musik sind Schwerpunkte der Latina. Daß die Musikerziehung hinzugekommen ist, ergab sich aus der Gefährdung des in der DDR-Zeit gegründeten Musikgymnasiums Halle-Leipzig, das wegen der kleinen Schülerzahl von weniger als 200 Kindern in Gefahr war, aufgegeben zu werden. Durch die Integration in die Latina wurde es gerettet. Für uns bedeutete dies, die Unterbringung in den Stiftungen auf Dauer zu sichern.

Seit vielen Jahren war das Musikgymnasium auf drei Villen verteilt in einem Stadtviertel unweit der Burg Giebichenstein untergebracht. In einem dieser ungastlich wirkenden Häuser fand eine Elternversammlung statt, zu der ich gebeten worden war. Ich erzählte von unseren Plänen, daß der mittlere Teil des Langen Hauses am hinteren Lindenhof für den Musikzweig restauriert werden solle. Unser Architekt hatte die Pläne erstellt: 40 Übungsräume und 56 Betten für die Pensionsanstalt, vor allem den Musikschülern vorbehalten, könnten, wenn die Mittel zur Verfügung stünden, gebaut werden. Ungläubig verfolgten die Eltern meine Vorstellung, manche schüttelten den Kopf. Gewiß: Es hat dann noch vier Jahre gedauert, bis endlich im März 2001 das Musikzentrum eingeweiht werden konnte. Doch unsere Beharrlichkeit hatte sich wieder einmal ausgezahlt.

Ich bin der Entwicklung weit vorausgeeilt. Die Zusammenarbeit zwischen der Latina und den Stiftungen ist eng und erfreulich. Der Schule steht der Freylinghausensaal für Theateraufführungen an den Europatagen, für Konzerte des Musikzweiges, für Einschulungen und Abiturfeiern zur Verfügung. Die Schulabschlußfeier ist ein besonderes Ereignis: Nach der Aushändigung der Zeugnisse ziehen die mit Lorbeerkränzen geschmückten Abiturienten zum Denkmal August Hermann Franckes. Dort findet, wie seit mehr als hundert Jahren, eine Nachfeier statt. Selbst in der DDR-Zeit ließ sich dieser Brauch nicht unterbinden, der auf eine sympathische Weise die schulische Tradition verkörpert.

Im Saal werden auch die Preise an Schülerinnen und Schüler der Latina und der Sekundarschule vergeben, die sich im Schuljahr sozial besonders engagiert haben. Sie werden von der Firma Pfeiffer und Langen und einer Fürsprecherin, Frau Hannelore Götte, gestiftet. Auch die Schlußveranstaltung des *Certamen Franckianum*, eines landesweit ausgeschriebenen Wettbewerbs für die besten Leistungen in Griechisch und Latein, gehört seit 1997 zu den erfreulichen Ereignissen eines Jahres in den Stiftungen.

Die ersten Preisträger erhalten ein Stipendium der Studienstiftung des Deutschen Volkes. Fast jedes Jahr sind Schülerinnen oder Schüler der Latina unter den Gewinnern dieses anspruchsvollen Wettbewerbs, der die im Westen oft verbreitete irrige Meinung widerlegt, daß in Ostdeutschland die alten Sprachen nicht mehr unterrichtet würden.

Als die Latina 1997 ihr 300jähriges Jubiläum beging, beteiligten sich die Stiftungen nicht nur an dem umfangreichen Veranstaltungsprogramm, sondern nahmen das Ereignis zum Anlaß einer Jahresausstellung im Historischen Waisenhaus: *Schulen machen Geschichte*. Sie zeigte in Dokumenten und Büchern, Plänen und Bildern, Objekten und Modellen, daß sich ein breites Spektrum der Geschichte der Pädagogik und des Schulwesens aus den Stiftungen herleiten läßt: pietistische Erziehung und Realienunterricht, Mädchenbildung und gymnasialer Unterricht, Lehrerbildung und selbst die sozialistische Erziehung.

Die Stiftungen wurden als pietistische Erziehungsanstalt gegründet. Für dieses pädagogische Reformwerk in einer Zeit, als in Deutschland das Schulwesen sehr im argen lag, bedurfte es nicht nur eines frommen Glaubens, sondern auch eines klaren organisatorischen Konzepts. Es genügte nicht, Schulklassen einzurichten und die Kinder im Religionsunterricht zu unterweisen, sondern es mußten die schulischen Voraussetzungen geschaffen werden. Francke brauchte Lehrer. So gründete er nicht nur Schulen, sondern auch ein *Seminarium praeceptorum*. Ein solches Seminar zur Ausbildung der Lehrer gab es damals im Deutschen Reich noch nicht. Francke sorgte auf diese Weise für den Lehrernachwuchs, und er zog seine Lehrkräfte selbst heran, die sich gegen freie Kost ein paar Jahre verpflichten mußten, in seinen Schulen zu unterrichten.

Nach den frühen Anfängen der Lehrerausbildung begründete Otto Frick als Direktor der Franckeschen Stiftungen 150 Jahre später die Lehrerfortbildung für Gymnasiallehrer am gleichen Ort. Dieses Fortbildungsseminar bestand von 1881 bis 1931. Daran knüpfte man 15 Jahre später an, als nach der Aufhebung der Rechtspersönlichkeit die Stiftungen 1946 als »Pädagogisches Institut der Martin-Luther-Universität« fortgeführt werden sollten. Man kann einem so erfolgreichen Pädagogen wie Professor Peter Petersen idealistische Reformansätze in der Erziehung nach dem Zweiten Weltkrieg unterstellen. Doch er scheiterte schon nach einem halben Jahr als Direktor dieser »anderen Stiftungen« und kehrte nach Jena zurück. Dagegen hat Professor Hans Ahrbeck ein Jahrzehnt hindurch versucht, ein solides pädagogisches Konzept in den Stiftungen zu verwirklichen. Nach seinem Tod aber entwickelte sich in der Zeit der DDR aus der Pädagogischen Fakultät die Sektion Erziehungswissenschaften, die ganz den Vorgaben der Hochschulreformen im sozialistischen Sinne folgte.

Als ich 1991 die Stiftungen näher kennenlernte, war diese Sektion in Auflösung begriffen. Die didaktischen Bereiche im Hauptgebäude und den ehemaligen Waisenanstalten in der nördlichen Häuserzeile waren zugunsten des geplanten Aufklärungsforschungszentrums ausgezogen. Nur einige Professoren arbeiteten in verschiedenen Gebäuden weiter, bis auch sie »abgewickelt« wurden. Dagegen existierte die von Margot Honecker, der Ehefrau des Generalsekretärs der SED, gegründete Pädagogische Hochschule in Kröllwitz, gegenüber der Burgruine Giebichenstein, weiter und war durch Berufung westlicher Professoren auf dem Wege zu einer Erneuerung.

Damals lernte ich einen jungen Vertreter des Fachs

Erziehungswissenschaften, Jan Hendrik Olbertz, kennen. Er war in der DDR-Zeit Oberassistent gewesen, hatte sich nach der Wende im Westen an der Universität Bielefeld umgesehen und war inzwischen, 1992, Gründungsdekan des Fachbereichs Erziehungswissenschaften der Martin-Luther-Universität geworden, der einzige, der die Auflösung seiner Sektion überstanden hatte und nach wie vor sein Dienstzimmer im Erdgeschoß des Bibliotheksgebäudes hatte. Daß Olbertz in den Stiftungen gewissermaßen groß geworden war, sollte sich als unser Glück erweisen. Es bestand die Gefahr, daß der sich neu formierende Fachbereich in den intakten Gebäudekomplex der Pädagogischen Hochschule nach Halle-Kröllwitz verlegt würde, die inzwischen in die Universität integriert worden war.

Dazu durfte es nicht kommen, denn viele vernachlässigte Gebäude der Stiftungen würden auf Dauer leerstehen. So waren wir vordergründig interessiert, auf jeden Fall die Pädagogen als Nutzer in den Stiftungen zu halten. Olbertz dagegen war in Kenntnis der geschichtlichen Zusammenhänge von dem Gedanken erfüllt, daß es für sein Fach keinen besseren Standort geben könne als die Franckeschen Stiftungen, die für ihn eine Keimzelle der pädagogischen Bewegungen waren. Sehr schnell überzeugte er uns von dem Konzept einer langfristigen Zusammenarbeit zwischen der Universität und den Schulen in den Stiftungen zu gegenseitigem Nutzen.

Daß es Olbertz dann in vielen Gesprächen mit seinen Kollegen in Kröllwitz gelang, den Beschluß der Universität herbeizuführen, den neuen Fachbereich Erziehungswissenschaften auf Dauer in den Stiftungen anzusiedeln, ist eines der Wunder, die ich in Halle erlebt habe, denn wir konnten in der damaligen Situation nur vage Versprechungen abgeben, nur unsere feste Entschlossenheit immer wieder zum Ausdruck bringen, alles Erdenkliche zu tun, daß dieser Plan verwirklicht würde.

Wir hatten eine lange gemeinsame Durststrecke vor uns. Die geplante Sanierung war 1992 zum Erliegen gekommen. Doch es war uns gelungen, Mittel der Hochschulbauförderung von Land und Bund für die Stiftungen einzuwerben, und so wurde gemeinsam mit der Mannschaft von Olbertz und dem Architekten der Ausbau des nördlichen Vordergebäudes, nach den Eingängen als die Häuser 2–7 bezeichnet, geplant und umgesetzt. Olbertz entwickelte für die konkreten Belange der Pädagogen Raumeinheiten, die er Module nannte. Eine große Überraschung war der großzügige Zuschnitt des uns zuvor ganz unbekannten Deutschen Saals im obersten Geschoß von Haus 5–7, der zu einem großen Hörsaal umgebaut wurde. Da er zur Hochstraße hin liegt, deren Beseitigung ein nicht zu erfüllender Wunsch geblieben ist, mußten hier und an der ganzen Häuserfront die mehr als 300 neuen Fenster so konstruiert werden, daß sie den Verkehrslärm vollständig abhalten. Auch in dieser Hinsicht ist unserem Architekten Wilfried Ziegemeier, wie bereits erwähnt, eine bewundernswürdige Höchstleistung gelungen. Im April 1997 übergab er der Dekanin, Frau Professor Rabe-Kleberg, den Schlüssel in einer festlichen Stunde. Der moderne Ausbau des großen historischen Gebäudes mit den sechs Eingängen und Treppen, die im Zwischengeschoß horizontal miteinander verbunden sind, war ein Beweis, daß sich Franckes Architektur vorzüglich für die heutige Nutzung eignet.

Mit dem Einzug der Professoren in dieses zentrale Gebäude der Erziehungswissenschaften war ein entscheidender Schritt getan. Zur gleichen Zeit bezog das Institut für Grundschulpädagogik das noch nicht ausgebaute Gebäude der ehemaligen Arbeiter- und Bauernfakultät. Die Entscheidung, das Elisabeth-Gymnasium zugunsten der Erziehungswissenschaftler ziehen zu lassen, war uns nicht leichtgefallen, doch wir mußten uns für die Einheit des Fachbereichs entscheiden. Auch die Lehrkräfte und Studierenden der Grundschulpädagogik trennten sich schwer von Köthen, wo man in idyllischen Verhältnissen gelebt hatte. Nachdem uns die schwierige finanzielle Operation nach langen Verhandlungen gelungen war, konnte die Sanierung auch dieses geräumigen Gebäudes in Angriff genommen werden. Die Erweiterungsbauten, der Bibliothekstrakt und der Hörsaal, sind im Entstehen. So ist abzusehen, daß alle Institute des Fachbereichs unter Einschluß der Rehabilitationspädagogik in absehbarer Zeit in den Stiftungen untergebracht sein werden.

Mit großem Engagement beteiligen sich die Lehrenden und Studierenden der Universität wie die Lehrer und Schülerinnen und Schüler der Schulen an dem Kulturprogramm der Stiftungen. Der Fachbereich führte mit wachsendem Erfolg anspruchsvolle pädagogische Wochen, Vortragsreihen und Tagungen in den Stiftungen durch. Besonders an den Lindenblütenfesten wirken alle gemeinsam mit und vermitteln nach außen den Eindruck einer Einheit aller Institutionen in den Stiftungen.

Noch wichtiger sind langfristige Überlegungen: Die Zusammenarbeit zwischen Schule und Universität kann in den Stiftungen durch Praktika und gemeinsame Projekte im Laufe der Zeit zu einer neuen Symbiose von Lernenden und Lehrenden, von Schülern und Studenten, von Lehrern und Professoren, zur Heranziehung einer neuen Elite in den Stiftungen führen. Wenn das historische Ensemble als Traditionshintergrund und die Erinnerung an August Hermann Francke als christliches Vorbild gesehen werden, kann hier langfristig ein Kristallisationsort einer Bildung entstehen, deren Inhalte – Menschlichkeit, Freiheit, Toleranz, Gerechtigkeit – in der Gegenwart zu verschwinden drohen. Die Präsenz der Geschichte und die Vermittlung eines breiten kulturellen Programms können dazu beitragen, daß eines Tages die Franckeschen Stiftungen in Halle auch eine pädagogische Provinz für junge Menschen unserer Zeit werden. Der Weg ist weit, aber diese Vorstellung sollte keine Utopie, sondern eine Hoffnung für alle sein, die in den Stiftungen ihre ganze Kraft einsetzen.

## *Alltag in den Stiftungen*

Solange ich noch in Wolfenbüttel meinem Dienst nachging und die Stiftungen noch nicht wieder selbständig waren, beschränkten sich meine Aufenthalte in Halle auf Tagesfahrten mit der Engländerin, die im wesentlichen den Kontakt zu Professor Ricken aufrechterhielt. Nachdem wir eine Geschäftsstelle eingerichtet hatten, fuhr ich nun regelmäßig jede Woche nach Halle und zurück. Ich hatte mich nicht entschließen können, von Wolfenbüttel nach Halle umzusiedeln, denn ich sah mein Amt als ein auf wenige Jahre begrenztes Provisorium an. Daß daraus schließlich neun kostbare Pensionsjahre werden würden, hatte ich nicht vorausgesehen. Ich gestehe, daß ich meiner Frau in der langen Zeit viel habe zumuten müssen. In den ersten Jahren waren die wöchentlichen Hin- und Herfahrten in dem alten, nicht gerade komfortablen VW-Golf besonders beschwerlich, denn die Straßen waren bekanntermaßen schlecht, und so gab es immer neue Baustellen und zeitraubende Umleitungen, die nicht selten im Ausweg losen endeten. Das Fahren im Winter war nicht ungefährlich. Bei Glatteis bin ich hin und wieder von der Straße abgekommen, aber alles verlief glimpflich.

Die Lastwagenkolonnen waren nur unter Lebensgefahr zu überholen. Da ich mich dieser im allgemeinen nicht aussetzte, dauerte eine Fahrt manchmal mehr als drei Stunden. Meine Höchstleistung war eine vierstündige strapaziöse Fahrt. Später bin ich nur noch nachts nach getaner Arbeit gefahren, denn die zwei, drei oder vier Wochentage vor Ort reichten nicht aus, um die Aufgaben zu bewältigen. So hatte ich zwei Schreibtische, einen in Halle, den anderen zu Hause.

Die Fortschritte im Wiederaufbau der Stiftungen, von denen die Rede war und noch sein wird, sind das Resultat eines langen Prozesses an Überlegungen, Erwägungen, Beratungen, Untersuchungen, Planungen, die schließlich zu Entscheidungen führen und im Direktorium oder, wenn sie von grundsätzlicher Bedeutung sind, im Kuratorium beraten und beschlossen werden. Das eine Gremium tagt fünf- bis sechsmal, das andere unter der Leitung von Hans-Dietrich Genscher zweimal im Jahr. Doch viele Probleme und Entscheidungen haben wir über all die Jahre hin zu dritt getroffen: meine beiden Geschäftsführer und ich.

Armin von Wietersheim, der schon erwähnte pensionierte hohe Offizier der Bundeswehr, war ein gradliniger, korrekter Geschäftsführer der Verwaltung, die er mit Dr. Ralf Loof aufbaute, außerdem ein anregender Erzähler. Ich habe es sehr bewundert, daß er Woche für Woche die weite Bahnfahrt von Bonn nach Halle und zurück klaglos auf sich genommen hat, um mir zur Seite zu stehen. Auch sein Nachfolger ist ein Pensionär, denn eine ganze Stelle war für diese Aufgabe nicht zu schaffen, geschweige ein Dienstposten für mich. Dr. Udo Hachmann, bisheriger Stadtdirektor aus Uelzen, brachte sehr viel Verwaltungserfahrung mit und wurde der Engländerin und mir seit 1997 ein ebenso lebenserfahrener und angenehmer Partner wie sein Vorgänger.

Zu dritt also wurde in den vielen Jahren alles abgesprochen. Das begann morgens um 7.15 Uhr in der kleinen Küche im Verwaltungsgebäude. Das Frühstück pflegte ich als Frühaufsteher für uns drei vorzubereiten. Ich war am Abend zuvor eingetroffen. Mit der Engländerin wurde schon manches zu später Stunde erörtert. Viele Jahre begnügte ich mich mit einer Schlafstelle, erst in den letzten Jahren stand mir ein kleines Appartement im Hause zur Verfügung, das ich freilich auch nur zum Schlafen benutzte, denn die Arbeitstage waren lang, sie endeten meist erst um Mitternacht.

Gewiß, der Aufenthalt in Halle war im allgemeinen anstrengend. Doch es war eine erfüllte Zeit voller Erlebnisse, Anregungen und Erfahrungen. Das Leben verlief so, wie ich es in diesem Buch schildere: Es war eine spannende Geschichte, deren Fortgang ich nicht nur erlebte, sondern selbst mitgestaltete. Immer wurde ein neues Kapitel aufgeschlagen, nachdem das vorherige noch nicht einmal abgeschlossen war. Alles war gleichzeitig zu bedenken, zu realisieren, zu kontrollieren. Wir waren glücklich, wenn uns wieder ein Kapitel gelungen war, oder verzweifelt wenn es nicht zustande kam. Nie war ich allein: Die Gespräche mit den Geschäftsführern und dem Direktorium mit den Besuchern und den Teilnehmern an den Veranstaltungen waren hilfreich, ja unentbehrlich. Immer spann sich die Geschichte fort, im Bauen, in den kulturellen Ereignissen, in der wissenschaftlichen Arbeit, in den Auseinandersetzungen mit Themen, Projekten, Ideen. Pläne wurden aufgegriffen, diskutiert, umgesetzt oder verworfen und durch bessere ersetzt, oder aber sie blieben liegen, denn oft wurde ich vom Alltag, auch den Sorgen, den Rückschlägen eingeholt. Aber immer ging die Geschichte weiter, und nur einen Ausschnitt kann ich hier wiedergeben.

Ich müßte von den Menschen erzählen, mit denen ich über Jahre in Halle aufs engste verbunden war. Die Mitarbeiterinnen und Mitarbeiter, die ich im Laufe der Zeit einstellte oder habe beschäftigen können, sind mir alle sehr ans Herz gewachsen. Ich lernte ihre so ganz anderen Biographien kennen. Die meisten waren aus der Bahn geworfen und hatten ihren Arbeitsplatz verloren, den sie seit vielen Jahren innegehabt hatten. Viele kamen aus den Chemiebetrieben, von Buna und Leuna, sie hatten eine solide Fachausbildung. Im Laufe der Jahre konnten wir unseren Stab von fünf Mitarbeiterinnen und Mitarbeitern auf 28 für die Verwaltung, die Bauunterhaltung, die Bibliothek, das Archiv und das Historische Waisenhaus erhöhen. Wir konnten uns vorstellen, wie schwer ihnen, nach einer Zeit der Arbeitslosigkeit, die völlig neuen Verhältnisse und Aufgaben fallen mußten. Das galt für die wenigen, denen wir Dauerarbeitsplätze schaffen konnten, wie für die vielen, die nur ein oder zwei, manchmal auch drei Jahre in den Stiftungen, aus Arbeitsbeschaffungsmaßnahmen finanziert, tätig sein konnten. Nach kurzer Zeit wurden die Neuen heimisch, sie fanden sich in den Aufgaben zurecht, und es war bewegend zu sehen, wie sie sich dann mit dem neuen Arbeitsplatz identifizierten und glücklich waren, wieder einer sinnvollen Tätigkeit nachgehen zu können.

Mit einigen habe ich persönlich eng und freundschaftlich zusammengearbeitet. So groß die Erleichterung war, meine Arbeit in jüngere Hände legen zu können, so schmerzlich war mir der Abschied von diesen Mitarbeiterinnen und Mitarbeitern. Jahre des Aufbaus sind Jahre des Zusammenwachsens. Ich habe das in Halle an allen Arbeitsplätzen stark empfunden. So wurde mancher Tag für mich im Umgang mit ihnen zu einem besonderen Erlebnis.

# Fortschritte

Der vordere Lindenhof nach und
während der Restaurierung. 1999
Foto: Thomas Ziegler, Halle

## *Mitten im Aufbruch*

Ein 300jähriges Jubiläum, das noch in weiter Ferne lag, nahmen wir in den Blick, als wir 1990 den Aufbruch probten. Wir setzten uns damals zum Ziel, den Abschluß der Restaurierung der Gebäude in den Franckeschen Stiftungen gemeinsam zu feiern. Aber wir ahnten noch nicht, daß dies eine Illusion sein mußte. Wir hatten uns in dem zeitlichen Aufwand für die Wiederherstellung der historischen Bauten ebenso geirrt wie in der Höhe der finanziellen Mittel, die dazu erforderlich waren. Aber ohne diese Illusion hätte ich mich vermutlich gar nicht getraut, die Erneuerung der Stiftungen überhaupt zu wagen. So mußten wir bald einsehen, daß wir das gesetzte Ziel gar nicht würden erreichen können. Doch das Datum stand unabänderlich fest: Am 13. Juli 1698 hatte August Hermann Francke den Grundstein zur Errichtung seines Waisenhauses gelegt, und daraus wurde ein Werk, das dann 300 Jahre alt sein würde. Schon 1798 hatte August Hermann Niemeyer das Jubiläum festlich begangen, und 100 Jahre später wurde das 200jährige Bestehen mit zwei Festgottesdiensten eröffnet, die in der Georgenkirche und der Ulrichskirche gleichzeitig stattfanden, an den Orten, an denen der Gründer gewirkt hatte. »Am folgenden Tag versammelten sich die Ehrengäste, die Beamten der Stiftungen und Abordnungen der einzelnen Schul- und Erziehungsanstalten im großen Versammlungsraum«, heißt es, der 800 Personen Raum geboten haben soll. In drei Stunden wurden 30 Glückwunschadressen verlesen. Es erschienen Festschriften, und es fanden Festaufführungen statt. Die vielen Gratulationsurkunden, vielfach in Ledermappen kostbar gebunden, sind noch heute im Archiv überliefert. Sogar Kaiser Wilhelm II. schickte ein Glückwunschtelegramm, das folgenden Wortlaut hatte:

»Eingedenk der großen Bedeutung A. H. Franckes für die Entwicklung der evangelischen Kirche und die religiöse Erziehung der deutschen Jugend sende ich den Franckeschen Stiftungen zum heutigen 200jährigen Jubiläum meinen Königlichen Gruß und meine wärmsten Glückwünsche. Möge Gottes Segen auch ferner auf den Schöpfungen des starken Glaubenshelden ruhen und aus seinen Anstalten Männer hervorgehen lassen, die nach seinem Vorbild alle Zeit fest im Gottvertrauen und in der Treue zu König und Vaterland stehen.«

Die markigen Sätze vergegenwärtigen den damaligen Standort der Stiftungen, fest verankert in der evangelischen Kirche und im preußischen Staat. Nach 100 Jahren und zwei Diktaturen war die Situation eine völlig andere. Die damals intakten Stiftungen waren im Verfall begriffen, und was sollten wir 1998 anderes feiern als den Prozeß der Neugestaltung einer Idee unter den Bedingungen der Gegenwart. Wir befanden uns nach wie vor auf einer Großbaustelle, und so wählten wir das Motto »Mitten im Aufbruch«, das unserem Programm die Richtung vorgab. Wir waren noch nicht am Ziel, vielleicht aber war ja der Weg das Ziel.

Wir stellten unser Jubiläum in den großen Zusammenhang des allgemeinen Transformationsprozesses Aufbau Ost. Hans-Dietrich Genscher schrieb damals, 1998, in einem Grußwort: »Der Wiederaufbau der Franckeschen Stiftungen ist in mancher Hinsicht ein Symbol für den Neubeginn in den neuen Bundesländern. Wir alle wissen, daß die Vollendung der inneren Einheit noch nicht abgeschlossen ist. Dazu bedarf es nicht nur finanzieller Mittel – so wichtig sie auch sind. Das vereinte Deutschland ist mehr als eine Wirtschaftsnation, es ist eine europäische Kulturnation mit einer großen Tradition. Diese geistige und kulturelle Tradition gilt es zu pflegen und zu bewahren, wenn Deutschland im Europa des 21. Jahrhunderts auch in diesem Sinne eine ihm gemäße Rolle spielen soll. Sie ist ohne die Franckeschen Stiftungen nicht zu denken. Es besteht deshalb alle Veranlassung, das 300jährige Bestehen der Franckeschen Stiftungen feierlich zu begehen.

Mitten im Aufbruch – das ist Beschreibung und Programm zugleich. Wir können glücklich sein über das, was in den vergangenen Jahren in den Franckeschen Stiftungen erreicht wurde. Immer wieder wird spürbar, daß das Gefühl des Aufbruchs, das die friedliche Freiheitsrevolution in der früheren DDR beflügelte, an diesem traditionsreichen Ort fortlebt. Von Jahr zu Jahr erleben wir mit, wie Gebäude um Gebäude saniert wird und wie dieses einzigartige Ensemble in seiner alten Gestalt wiederersteht.

Alle, die hieran beharrlich mitwirken, verstehen den Wiederaufbau der Franckeschen Stiftungen auch als ein Zeichen der Hoffnung und der Ermutigung weit über Halle hinaus. Die Franckeschen Stiftungen sind ein ›kultureller Leuchtturm‹, ein gutes Symbol für das vereinte Deutschland.« In diesem Sinne hielt Genscher, dem wir so viel Unterstützung verdanken, den Festvortrag über die Stiftungen im vereinten Deutschland zur Eröffnung des Jubiläumsjahres unter der Schirmherrschaft von Bundespräsident Roman Herzog. Zwischen Januar und Dezember 1998 fanden hundert Veranstaltungen statt: eine Festwoche mit dem Höhepunkt eines Historischen Lindenblütenfestes, das die 300jährige Geschichte Tausenden von Besuchern in einem abwechslungsreichen Programm mit Aufführungen, Darbietungen, einer unvergeßlichen Singestunde im Saal, mit Buden und Ständen vermittelte. Es gab Festtage zum gleichzeitigen 300jährigen Doppeljubiläum von Buchhandlung und Apotheke, Vorträge und Konzerte, die Jubiläumsausstellung über August Hermann Francke und Eröffnungs- und Einweihungsveranstaltungen.

Auf Veranlassung des früheren Landtagspräsidenten Dr. Klaus Keitel erschien eine Sonderbriefmarke, von Barbara Dimanski reizvoll gestaltet, in einem Zehnerblock mit dem Bibelspruch: »Die auf den Herrn harren, kriegen neue Kraft, daß sie auffahren mit Flügeln wie Adler.« Außerdem prägte die Münze zu Berlin ein Zehnmarkstück, eine der letzten Münzen in der D-Mark-Währung. Ich hatte in der Jury mitgewirkt, die sich für einen der mehr als zwanzig Entwürfe entscheiden mußte, die auf langen Tischen als Gipsmodelle ausgelegt waren. Man schloß sich meinem Votum für die Bildseite an: Sie zeigt den Blick in den Innenhof nach dem Kupferstich von 1750, darüber das Porträt Franckes mit zwei Adlern in einem Strahlenbündel. Für den Münzrand hatte ich die drei Worte von Franckes Denkmal vorgeschlagen: »Er vertrauete Gott.«

Wir hatten uns mit dem Programm und dem Kranz von Veranstaltungen zum Ziel gesetzt, den Wiederaufbau einer europäischen kulturellen Einrichtung durch die Sanierung ihrer historischen Baudenkmäler zu veranschaulichen, ihre pietistischen Anfänge als Auftrag zur christlichen Erneuerung ihrer Einrichtungen verständlich zu machen, ihre überregionale und europäische historische Bedeutung heute und in Zukunft darzustellen, die historische Rolle in der Erziehung der Jugend als künftige soziale Aufgabe zur Förderung von Kinder- und Jugendeinrichtungen zu vermitteln, so die Aufmerksamkeit auf eine Einrichtung in einem neuen Bundesland zu lenken, die für ihr Aufbauwerk weiterhin auf das Wohlwollen und die

Unterstützung von vielen Seiten, von den öffentlichen Geldgebern, den Stiftungen und den privaten Spendern, angewiesen ist.

So wurde weniger gefeiert, als vielmehr eine Botschaft überbracht. Es war angesichts der wenigen Mitarbeiterinnen und Mitarbeiter eine besonders große Aufgabe, die aber Dr. Kerstin Heldt, verantwortlich für die Öffentlichkeitsarbeit, mit ihrem Charme glänzend meisterte. Die Veranstaltungen wurden mit sehr viel Beifall aufgenommen. Hunderttausend Besucher wurden gezählt. Die Medien berichteten freundlich und ausführlich. Der enorme Einsatz hatte sich gelohnt. Doch die Hoffnung, daß wir durch einen Aufruf zu einem größeren Stiftungskapital kommen würden, hat sich bis heute nicht erfüllt. Wir mußten weiter kämpfen, doch nun in dem schönen Gefühl, von einer breiten Öffentlichkeit mitgetragen zu werden: Mitten im Aufbruch.

## *Ein Feuilleton bringt Ärger*

Unter den vielen Artikeln, die im Jubiläumsjahr über die Stiftungen oder ihren Stifter erschienen – die meisten verständnisvoll und wohlwollend – fiel ein Beitrag in der renommierten *Süddeutschen Zeitung* völlig aus dem Rahmen. Es war ein ungewöhnlicher, provozierender Text, dessen Liebeserklärungen sich hinter einer Überfülle geistreicher Metaphern verborgen hatten und dessen sorgfältige Beobachtungen ältere Leser, die die Stiftungen von ihrer Jugend her kannten, wegen der barocken Sprache und der skurrilen Bilder auf die Barrikaden trieb. Der Verfasser, Claus Heinrich Meyer, ein höchst verdienter Journalist, aus einer reformierten Pastorenfamilie stammend, hatte mich im Laufe der Jahre immer wieder besucht. Trotz der Behinderung durch ein schweres Augenleiden hatte er sich mehrfach auf den Weg gemacht, um die Stiftungen von allen schönen und häßlichen Seiten zu fotografieren und mit uns zu sprechen. Ich war schon ungeduldig geworden, daß er sich zwar ausführlich informierte, aber dennoch kein Artikel erschien. Im nachhinein ist es mir klar: Er hatte lange an dem Text gefeilt und alles, was ihm am Herzen lag, zur Sprache gebracht.

*Jerusalem liegt an der Saale*, lautete die Überschrift unter einem wenig einladenden Bild, das das damals skelettierte Mägdeleinhaus als Baustelle zeigt. C. H. Meyer meinte das himmlische Jerusalem, das dem Erbauer der Stiftungen vor Augen stand und das der Feuilletonist im Untertitel erläuterte: »Die Wunderkammer Franckesche Stiftungen regeneriert sich.«

Um den krausen Stil und die Metaphorik des Schreibers in der Mischung von Übermut und Respekt zu charakterisieren, gebe ich die ersten Absätze wieder:

»Gottesfrohsinn in Ewigkeit Amen. Ja, es ist wahr, Genscher behütet August Hermann Franckes Gemäuer. *Der* Genscher. Das neue Jerusalem liegt dort, mitten in Deutschland, im nachmaligen Zentrum der Agnostik, des Atheismus, des Sozialismus. Einstmals Hoch-Burg der Frommen oder, wie Spötter spöttelten: der Frömmelnden, der Pietisten. In Halle. An der Saale. Liegt wo, dieses Halle? erkundigt sich besorgt der westlich konditionierte Hedonist – wo dieses Halle mit seiner Saale? Und Francke? Bestimmt nicht an der Côte. Und Genscher? Lassen Sie mich raten. Ist er Präsident von Georgien? Gibts ja nicht.

Gibt es aber, die sagenhafte, scheinbar sagenverwobene Geschichte, eine sagenhaft schwierige obendrein, wenn man bloß anfängt, Mitwirkende aufzuzählen: den exotisch gelegenen Ort, immer noch Halle a. d. Saale, sowie Aufklärung und Pietismus. Und jenes Jubeljuwel, genannt ›Franckesche Stiftungen‹. Ein staunenswertes Gesamtkunstwerk, reif für die UNESCO. Enthaltend fabelhafte Biographien. Jene des Gründers, August Hermann Francke, entwickelt sich wie von selbst. Dann aber, hier und jetzt und ›Mitten im Aufbruch‹ wie der selbstgewählte Zwischentitel, tanzt uns was vor der Almosen sammelnde, amtierende Direktor des halbkaputten Riesenzirkus ›Franckesche Stiftungen‹...

Solche Mixturen stürzen Verfasser in Kalamitäten – und zeitgenössische Leser. Die westlichen zeigen kaum Verständnis oder Geduld, wenn sie berührt werden von östlich angehauchten Geschichten, in denen mancherlei zusammenfließt an vermeintlich obsoleten, ausgestorbenen Begriffen. Dabei ist die befremdende Östlichkeit in diesem Fall nichts weniger als die (neue) geographische Mitte des Landes D. Luthers Land notabene, und abenteuerlich konfiguriert, wie die ganze ehemalige DDR. Ein Guckkasten, in welchem Lebendiges und Totes unisono singen, so man wachen Sinnes wäre und neugierig. Aber viele, vielleicht die meisten BRD-mies wollen, als wär's gestern und immer noch die alte Zone – bloß schnell ›durch‹. Und retour. Geht nicht, wenn man aufsuchen will August Hermann Franckes, des Predigers und Pietisten halb vor sich hinkrümelndes, halb prächtig erblühendes, jubilierendes 300jähriges Stiftungswerk, seinen Pflanzgarten des Lehrens und Lernens, des Druckens und Sammelns. Geht nicht, weil der Weg zu diesen Wunderkammern ›durch‹ Halle führt, an der Saale, Genschers, des Kuratoriums-Vorsitzenden Heimat.«

Meyer erzählt von seinem wenig freundlichen Eindruck

eines Rundgangs durch die Stadt und nimmt dann die Hochstraße aufs Korn: »Diese rücksichtslos geführte Betonmasse umschlingt, würgt und nimmt zur Geisel Halles alten Stadtkern, ein Mahnmal sozialistischen Planens. Sie demütigt, die Hochstraße, absichtsvoll auch jenes hochragende, nicht nur metaphorisch fragile Fachwerk, mitsamt seiner klassenfeindlichen, bourgeoisen, idealistisch-christlichen Aura: degradiert, duckt, behindert und mindert Franckes Stiftungen.

Durch jenes Fußgängertünnelchen, Hintertür gleichsam, gelangt man in den Gesamtkorpus.« In der Tat: Kommt man vom Leipziger Turm, so schlüpft man von der Seite in die Stiftungen, das ist sehr richtig gesehen. Daß Meyer das Francke-Denkmal schrecklich »idealistisch« findet, muß man ihm nicht übelnehmen. Doch dann schildert er fasziniert die Architektur: »Am Anfang, spricht sein Fachwerk, war nicht das Wort, sondern das Bauen. Nun, im Aufbruch, Jahrhunderte später, beginnt der Reigen von vorn. Die faszinierende Architektur-Geschichte der Gottesstadt ›Neues Jerusalem‹ in Halle/Saale ist frisch ausgegraben und veröffentlicht worden. Nichts für Durch-Reisende.«

Jawohl: Man muß sich Zeit lassen, um diese pietistische Welt aus der Distanz der Geschichte zu begreifen. Und so beschreibt der Feuilletonist dann das Werk des Stifters: »Ein Konzern der Diakonischen, diese Mischung aus: Wohltätigkeit und Geschäftssinn, pietistischer Frömmigkeit und Tatkraft, Repression und Toleranz, Theorie und Praxis, Bibeldruck (Cansteinsche Anstalt) und Bibel-Distribution; einskommaacht Millionen im 18. Jahrhundert Und Waisenhaus-Buchhandlung und Waisenhaus-Apotheke.«

Er fährt fort, Franckes Verdienste zu loben, und komm

zum Schluß auf mich zu sprechen. »Am Ende taucht auf, metaphorisch, der überragende Kopf der Stiftungen, das Haupt: Prof. Dr. Dr. hc mult. Paul Raabe. Alles an ihm ist Plural. Komplette Lebenswerke liegen hinter ihm. Wiederentdeckung des literarischen Expressionismus am Marbacher Literaturarchiv. Während der folgenden Jahrzehnte als Direktor brachte er die Herzog August Bibliothek in Wolfenbüttel zur Welt-Bedeutung. Nichts Geringeres denn ein Nachfolger von Lessing und Leibniz, krönte er die Institution und sich selbst mit dem 400jährigen Jubiläum. Nun ist Raabe, der Retter, der es stets verstand, Welt anzuziehen und Kultur zu illuminieren, mit aller späten Leidenschaft, Ungeduld und Rastlosigkeit angelangt beim 300jährigen Jubiläum der Stiftungen in Halle, was ohne ihn allenfalls müdes Osterereignis wäre: ist angelangt auf einem weiteren bedeutenden Stuhle, jenem des August Hermann Francke. Die Geschichte paßt, einzigartig.«

Das also war Claus Heinrich Meyers gedrechselter, wohldurchdachter Text. Daß er verständnislose Reaktionen hervorrufen könnte, war zu befürchten. Daß aber so heftige Proteste von einigen ehemaligen Schülern aus der Vorkriegszeit kamen, die alle im Westen als Professoren, Pastoren, Diplomaten in hohem Ansehen standen, war bestürzend. Sie schickten mir Kopien ihrer Leserbriefe zu, denn alle waren Mitglieder des Freundeskreises und unterstützten den Wiederaufbau der Stiftungen. Sie waren empört über die vermeintlichen Angriffe eines arroganten Westdeutschen, der flüchtig auf der Durchreise die Stiftungen betrachtet hatte, ein Hedonist, der Franckes Lebenswerk in den Schmutz ziehen wollte, der sich über Genscher und Raabe lustig zu machen schien. Sie sparten nicht mit ehrverletzenden Wendungen. Sie empfanden das Feuilleton als Pamphlet, als Schmähschrift, als Verunglimpfung und Diffamierung und setzten ihr Bild von Franckes menschenfreundlichem Wesen dagegen, verteidigten die Stadt, die Stiftungen, ihre heutigen Sanierer und waren überzeugt, daß der Artikel, »intellektuell arrogant«, »ein völlig falsches Bild« vermittelte.

Die Redaktion der *Süddeutschen* sah sich bedrängt und brachte vier Wochen später eine Auswahl der Leserbriefe unter dem Titel *Häme der Franckeschen Stiftungen zu dick aufgetragen.* Der Angegriffene wandte sich in einem persönlichen Brief, der an Schärfe nichts zu wünschen übrigließ, an seine Kritiker und schrieb zum Schluß: »Mein Text, Machwerk, Pamphlet etcetera war überdies kein ›Bericht‹, sondern ein Feuilleton, nach allgemeinem Verständnis unter Gebildeten ein subjektives Stück, inhaltlich wie formal, bis an die Grenze des Möglichen. Sollte neugierig machen auf den merkwürdigen, disharmonischen Wunderklang der Anstalten im Halle der Jetztzeit. Fremde neugierig machen, nicht Insider wie Sie mit ihren speziellen Erinnerungen. Dies scheint, entgegen Ihrer verehrten Wut, gelungen.«

Auch ich schrieb an die zwölf Apologeten, die einen kompliziert formulierten Artikel so völlig mißverstanden hatten und sich zur Verteidigung ihres über ein langes Leben hin bewahrten Franckebildes aufgerufen fühlten. Ich konnte den Autor nur in Schutz nehmen. »Zugegeben: Sein Stil ist nicht jedermann sofort eingängig. Für mich, der ich mich viele Jahre mit der Avantgarde des Expressionismus befaßt habe, ist diese geistreiche Darstellungsart dem schwierigen Gegenstand angemessen. Man muß sehr genau lesen, um zu verstehen, was sich hinter der Ironie mancher Gedankengänge verbirgt, die sich nicht gegen uns in Halle, sondern gegen die voreingenommenen und flüchtigen Durchreisenden aus dem Westen richtet

Selten ist so genau beobachtet und so gescheit und witzig über den mühsamen, oft uns verzweifeln lassenden Wiederaufbau der Franckeschen Stiftungen vor dem Hintergrund ihrer dreihundertjährigen komplizierten Geschichte geschrieben worden.«

Die Auseinandersetzung, die mit diesen beschwichtigenden Briefen zu Ende ging, war für uns ein Lehrstück. Einige der Altschüler, mit mir gleichen Alters, sahen den Neuaufbau verständlicherweise mit anderen Augen. Vielleicht hat der eine oder andere auch bedauert, nicht selbst Hand angelegt zu haben. Ich kam – ein Westdeutscher – unbelastet nach Halle, manche der ehemaligen Schüler trugen das Bild von einer Schulstadt als das einer heilen Welt, die doch in der Nazizeit so fatal hintergangen worden war, in ihren Herzen. Sie mögen im Innersten bedauert haben, daß eine andere Stiftung, ein »kultureller Leuchtturm«, das Resultat der Erneuerung wurde und nicht die Wiedereröffnung der Waisenanstalten. Sie mußten mir und auch dem gescholtenen Carl Heinrich Meyer ein falsches Bewußtsein unterstellen. Das war allzu verständlich. Doch mit dieser Diskrepanz mußten wir leben. Sie war mir in all den Jahren meines Wirkens in Halle bewußt. Für mich war und ist die Rettung der Stiftungen mit ihren pädagogischen und sozialen Einrichtungen nur als historisch gewordene kulturelle Institution denkbar. Wir wollten die Erinnerung an Franckes »Stadt Gottes«, an sein »himmlisches Jerusalem«, aus der Versenkung holen. Das hatte der Feuilletonist aus Süddeutschland richtig erkannt.

## *Die neue Bibliothek*

Wir feierten 1998 das 300jährige Bestehen der Franckeschen Stiftungen vor dem historischen Hintergrund der Grundsteinlegung des Waisenhauses am 13. Juli 1698. Wir hätten gleichzeitig auch das 300jährige Jubiläum der Bibliothek der Stiftungen begehen können. Doch dieses Datum entdeckte ich erst, als das Festprogramm gedruckt war, in einer der frühen Broschüren, die Francke über seine Anstalten herausgab und die wir in den *Kleinen Texten* nachdruckten. In diesem Bericht vom Juli 1698 über die *Anstalten Die zu Verpflegung der Armen zu Glaucha an Halle gemacht sind* werden acht Bücher unter den Spenden aufgeführt, die am 10. März »in die anzulegende Bibliothek verehret« wurden. Nicht das bis dahin unbekannte Gründungsdatum unserer Bibliothek, das wir so nebenbei entdeckten, ist das Aufschlußreiche, sondern die Auflistung der acht Bücher in der kirchenslawischen, türkischen, griechischen, lateinischen, englischen, armenischen und arabischen Sprache. Vier Wochen später wurde noch eine polnische Bibel gespendet. So wurde in den Stiftungen eine Bibliothek von vornherein international und polyglott angelegt. Das zeichnet sie auch bis heute mit ihren 120000 Bänden aus. Wenngleich wir diese 300jährige Bibliotheksgeschichte 1998 nicht *expressis verbis* feierten, so konnte doch das Jubiläum nicht festlicher begangen werden als durch die Neueinweihung des restaurierten historischen Bibliotheksgebäudes im Rahmen der Festwoche. Es bildet nunmehr mit dem ebenfalls sanierten benachbarten Cansteinhaus das »Studienzentrum August Hermann Francke«. Eine abenteuerliche Odyssee kam zu einem glücklichen Ende.

Francke hat die Einrichtung seiner Bibliothek nicht mehr erlebt. Er korrespondierte in seinen letzten Lebensjahren mit Freunden in Wolfenbüttel, in Oxford und anderen Bücherorten, um zu erfahren, wie eine zweckmäßige Unterkunft für seine Bücherbestände auszusehen habe. Der Bau, ein zweigeschossiges, für sich stehendes, etwa vierzig Meter langes Gebäude war 1726, also ein Jahr vor Franckes Tod, begonnen worden und konnte zwei Jahre später bezogen werden. Im Obergeschoß war ein Kulissenmagazin nach englischem Vorbild entstanden mit einem Mittelgang und hohen Holzregalen zu beiden Seiten, die durch Gitter gegen Diebstahl geschützt waren. Die einzelnen Gefache waren mit Nummern versehen. Da 1887 aus Unverständnis für ihre einzigartige historische Bedeutung die Bibliotheksrotunde in Wolfenbüttel – der Bau von Gottfried Wilhelm Leibniz – abgerissen worden war, kommt dem Halleschen Bibliotheksgebäude der Rang des ältesten erhaltenen in Deutschland zu. Es ist also ein einzigartiges Dokument der Gelehrtengeschichte.

Im Laufe der Zeit hatte sich vieles geändert. Seit der Mitte des 19. Jahrhunderts waren das Erdgeschoß schulischen Zwecken überlassen und der Zugang zur Bibliothek in einen Treppenanbau verlegt worden. Man kam an dem Fenster vorbei, hinter dem sich das winzige Verwaltungs- und Lesezimmer befand. Die Bücherregale in der Kulissenbibliothek faßten die Bestände nicht mehr, so hatte man, wie bereits einleitend beschrieben, über dem Gang die Regale durch Bücherbretter in großer Höhe miteinander verbunden. Es war ein Wunder, daß keine Bibliothekarin im Laufe der Jahrzehnte zu Schaden gekommen ist, denn ein Buch von diesen Bücherbrettern zu holen war eine akrobatische Leistung. Das galt auch für die weiteren Bücherbestände über den hohen Regalen selbst. Es mochte inzwischen ein idyllischer Eindruck sein, doch der Notbehelf war auf Dauer wenig zweckmäßig.

Die Bibliothek war 1946 der Universitätsbibliothek zugeordnet worden, und so besuchte ich im Mai 1992 den Bibliotheksdirektor Professor Joachim Dietze, den ich schon aus DDR-Zeiten kannte, um ihm, der als schwierig galt, zu sagen, daß die Bibliothek nun wieder den Franckeschen Stiftungen gehöre. Ich konnte gut verstehen, daß er sie ungern verlor. Solche Rückgaben rütteln ja an den Herrschaftsansprüchen des Bibliothekars, der seine Bücherbestände als Eigentum betrachtet, auch wenn er nur deren Verwalter ist. Ich kannte solche Gefühle allzugut. Aber mein Kollege überließ mir ohne Zögern die nach dem Kriege zwar nicht vermehrte, aber doch bewahrte Bibliothek.

Nun war ich – drei Monate zuvor hatte ich mein Amt in Wolfenbüttel verlassen – wieder Chef einer Bibliothek. Doch ihre Fortführung konnte nicht mehr im Mittelpunkt meiner Arbeit stehen, ich leitete sie nebenher, aber mit großer Freude. Die Bestände an den Regalen kennenzulernen habe ich immer als ein lehrreiches Vergnügen genossen, doch hier war ich ein wenig verstimmt, denn die Bücher waren nicht nach Sachgebieten, sondern ohne innere Ordnung aufgestellt. Obendrein bezogen sich die Individualsignaturen auf das Regal, die Buchreihe und den Platz darin, also zum Beispiel bedeutet 126 D 10 das Regal 126, die vierte Reihe von unten A, B, C, D, und das 10. Buch in der Bücherreihe von links gezählt. Das Buch hat also einen unverrückbaren Standort. Welch ein Greuel für einen Bibliothekar, der seine Bücher dadurch für alle Zeiten an einen Ort gefesselt sieht. Doch längst habe ich mich mit dem System abgefunden. Man findet die Bücher über den Katalog, und dieser war in der DDR-Zeit in Zettelform angelegt worden. Durch eine Vervielfältigung dieser Karten bauten wir in den nächsten Jahren formale Kataloge nach Wolfenbütteler Vorbild auf, nach Sprachen, Orten und Jahreszahlen geordnet.

Doch die erste Maßnahme war die Trennung von Verwaltungs- und Leseräumen. Wir bezogen zwei Monate nach Übernahme im Juni 1992 bereits für anderthalb Jahre einige leerstehende Räume des abgewickelten Ambulatoriums im Erdgeschoß der früheren Cansteinschen Bibelanstalt. Fräulein Mühl trat in den Ruhestand, und Anke Müller, die spätere Frau Mies, war damals die erste schnell und sehr gut getroffene Personalentscheidung. Ein Jahr später kam Michael Hübner als zweiter Diplombibliothekar hinzu. So bauten wir zu dritt die Bibliothek neu auf, denn inzwischen war das ehemalige Niederlagegebäude frei geworden, und wir hatten das 100 Meter lange, schmale, zweigeschossige Gebäude als Interim für Bibliothek und Archiv im übernommenen Zustand bezogen. Im Haushalt der Stiftungen hatten wir Erwerbungsmittel eingestellt, zusätzliches Geld über die Deutsche Forschungsgemeinschaft eingeworben, und so richteten wir eine Handbibliothek zum Pietismus, zur Geschichte der Frömmigkeit und allgemein zur Kirchen- und Kulturgeschichte vom 18. Jahrhundert an nach einer aus Wolfenbüttel übernommenen Systematik ein.

Im Winter 1995/96 mußte das historische Bibliotheksgebäude geräumt werden. Die Pädagogen, die das Erdgeschoß nutzten, konnten die fertiggestellten Räume in Haus 2–4 beziehen, die Kulissenbibliothek aber wurde in der bisherigen Mensa auf neuen, sehr hohen Regalen zwischengelagert, ein Umzug, den unsere kleine Mannschaft zu leisten hatte. Als dann ein Insektenbefall in den alten Büchern festgestellt wurde, mußte schnell gehandelt werden. Die Robert Bosch Stiftung half unbürokratisch, die Bibliothek wurde insgesamt durch eine Hülle eingehaust und dann unter Aufsicht von Mikrobiologen und Restauratoren so lange begast, bis alle Schäden beseitigt waren.

In der Zwischenzeit hatte unser Architekt Ziegemeier die Pläne und Bauunterlagen für die Restaurierung des historischen Bibliotheksgebäudes mit dem benachbarten Cansteinhaus fertiggestellt, die Finanzierung wurde gesichert und die Restaurierung der beiden Häuser begonnen. Die Fundamente des Bibliotheksgebäudes wurden verstärkt. Die sehr beschädigten 150 Balkenköpfe des Daches mußten in einem komplizierten Verfahren erneuert werden. Im Dachgeschoß wurde ein Raum im Raum, eine Art Container, als Magazin zusätzlich eingebaut. Die Kulissenbibliothek wurde behutsam saniert, am Ende des Raumes kamen unbeschädigte Butzenscheibenfenster hinter späteren Vermauerungen zum Vorschein, deren Vorlagen im Archiv noch heute vorhanden sind. Im Inneren des Hauses wurde die Treppe neu gebaut und das Erdgeschoß als Lese- und Benutzungszone mit der inzwischen auf 30 000 Bände angewachsenen Handbibliothek eingerichtet. Für das Katalogzentrum und die Bibliotheksverwaltung wurden Teile des benachbarten Cansteinhauses einbezogen und mit dem Bibliotheksgebäude durch einen gläsernen Zwischenbau, der Fahrstuhl und Treppen aufnimmt, geschickt verbunden. Diese moderne Architektur im historischen Ensemble ist die eindrucksvolle Lösung eines organisatorischen Problems.

Umzug und Einrichtung wurden von der inzwischen neu eingestellten Bibliotheksleiterin, Dr. Britta Klosterberg, umsichtig durchgeführt. Sie war nun meine hauptamtliche Nachfolgerin geworden, und so entwickelte sich seither die Bibliothek der Franckeschen Stiftungen zu einer gern benutzten, reich ausgestatteten, durch Computer und Internet-Präsentation erschlossenen, also auf dem neuesten Stand der Technik fortgeführten Spezialbibliothek zur Geschichte des Pietismus und der Kulturgeschichte, speziell des 18. Jahrhunderts.

Gisela Baumann, die zuerst 1992 als ABM-Kraft begonnen hatte, waltet im Lesesaal ihres Amtes. Das Arbeiten dort ist angenehm, wie ich inzwischen selbst feststellen konnte, wenn ich hier alte Drucke einsehen und Bücher der Handbibliothek nachschlagen wollte. Ich habe mich immer als erster Benutzer meiner Bibliothek gefühlt und konnte so am besten alle Vorzüge beurteilen. In einem Lesesaal habe ich mich stets wohl gefühlt. Doch plötzlich standen mir die Bilder wieder vor Augen: Fräulein Mühl mit der Kittelschürze, die Bibliothekarin im Minirock, das schreckliche Waschbecken zwischen den Bücherregalen, das enge Lesezimmer, die verstaubten Büsten im Treppenhaus und dann die Baustelle, der Schutt, die vermoderten Balken, die freigelegten Räume, der Architekt, der auf dem Boden kniete und Minister Kanther den Umbau anhand der ausgebreiteten Pläne erläuterte, und dann das neue Leben, das nach und nach entstanden war. Ja, so war es: Das älteste Bibliotheksgebäude unseres Landes ist eine besondere Perle im Gefüge der neuen Kultureinrichtungen der Stiftungen geworden, ein Geschenk im Jubiläumsjahr 1998.

## *Das Archiv auf neuen Wegen*

Nicht nur die Bibliothek, auch das Archiv erlebte im letzten Jahrzehnt eine gründliche und erfolgreiche Reform. Dies ist das Verdienst des Archivars, den ich schon im Zusammenhang mit der Kunst- und Naturalienkammer und unserem Engagement in Amerika vorgestellt habe. Auch Thomas Müller-Bahlke ist ein Glücksfall für die Stiftungen, denn die eigene Geschichte zu erforschen gehört zum Selbstverständnis einer Kulturinstitution. Gerade da diese so sehr in Vergessenheit geraten war, ist die Wiederherstellung ihrer historischen Zusammenhänge eine bedeutende Aufgabe, die ich diesem jungen Kollegen weitgehend überlassen konnte.

Die Arbeiten in Bibliothek und Archiv wurden im Gegensatz zur Verwaltung und dem Kulturprogramm nahtlos fortgeführt. Jürgen Storz, der »Statthalter auf verlorenem Posten«, wurde noch im Sommer 1992 bis zur bevorstehenden Pensionierung von der Universität übernommen. Vier Wochen zuvor hatte Thomas Müller-Bahlke seine Nachfolge angetreten. Doch er stand vor neuen Aufgaben. Der Arbeitsplatz in Haus 5 entfiel wegen des Umbaus. Für die Archivbestände galt es, neue Räume zu suchen.

Als wir die Lagerung der Archivalien in dem niedrigen, durch Balken verstellten Zwischengeschoß in Augenschein nahmen, wurde uns bewußt, was Jürgen Storz mit der Verheimlichung seiner Schätze auf sich genommen hatte. Wer würde sich in diese verwinkelten Verstecke verirren? Nur der Archivar kannte sich aus. In den Fächern der »Archivsärge«, die man bei Brandgefahr zu zweit hätte an beiden Griffen wegtragen können, lagen noch – wie zu Franckes

Zeiten – die Papiere, Rechnungen, Kassenbücher, Korrespondenzen. So war es die erste Aufgabe, den notwendigen Umzug vorzubereiten. Mit Hilfskräften wurden die Archivalien in säurefreien Kartons neu verpackt und diese beschriftet. So konnten die kostbaren Papiere im Jahr danach, wie schon geschildert, unter abenteuerlichen Umständen in das Obergeschoß des ehemaligen Niederlagegebäudes geschafft werden.

Die Jahre des Neubeginns waren für die Mitarbeiterinnen und Mitarbeiter des Archivs in dem einen und der Bibliothek in dem anderen Flügel des unausgebauten Hauses beschwerlich, die Räume beengt und wenig einladend. Doch alle ertrugen die Lage mit bewundernswerter Gelassenheit. Es wurde hart gearbeitet, denn für den endgültigen Standort mußte Vorsorge getroffen werden. Das Interim dauerte schließlich fünf Jahre.

Fast gleichzeitig mit dem Bibliotheksgebäude war 1728 das benachbarte, ebenfalls zweigeschossige Gebäude errichtet und um einen zweiten, sich nach Westen anschließenden Bau für die Cansteinsche Bibelanstalt 1735 erweitert worden. Diese heutigen Häuser 23 und 24 wurden, wie schon erwähnt, mit dem Bibliotheksgebäude (Haus 22) durch einen gläsernen Zwischenbau miteinander verbunden. In diesem Komplex wurden im zweiten Geschoß die Verwaltungsräume des Archivs eingerichtet, wiederum der Bibliotheksverwaltung benachbart. Es sind schöne, helle Räume geworden. Wie überall werden sie durch das Holz der Türen, Fenster und Fußböden dominiert und durch die braune Farbe der Treppengeländer, Türen und Fenster in ihrem Charakter bestimmt. Wieder hatte unser Architekt die Renovierung und Restaurierung des Gebäudes, das wir heute das Cansteinhaus nennen, sehr nobel und dezent zugleich durchgeführt. Der Archivar, der eines der schönsten Arbeitszimmer in den Stiftungen beziehen konnte, blickt aus den Fenstern auf den Schwarzen Weg und den Lindenhof. Er arbeitet in der ehemaligen Wohnung der Großeltern, die hier gestorben sind. Sein Großvater, Rudolf Müller, war ja bis 1946 Pfarrer der Stiftungen gewesen.

Im Dachgeschoß wurde das Magazin des Archivs großzügig eingerichtet, auch die Kartenschränke fanden hier Aufstellung. Die Benutzung findet im gemeinsamen Lesesaal des Bibliotheksgebäudes statt. Alles ist klar und gut geregelt.

Die Archivbestände sind in diesen Jahren weitgehend gesichtet und neu erschlossen worden: das Verwaltungs- und Wirtschaftsarchiv; das Schularchiv, in dem die Akten der Schüler in den Stiftungen überliefert sind; das Missionsarchiv; das Planarchiv mit den Rissen, Zeichnungen und Plänen der Stiftungsgebäude; das Bild- und das Pressearchiv; die Sammlung der Palmblatthandschriften und schließlich die wichtigste Gruppe, die sogenannte Handschriftenhauptabteilung.

Wenn man das vorläufige Findbuch für diesen Bestand durchblättert, so erkennt man keinen roten Faden. Hier ist vieles zusammengewürfelt, was in andere Gruppen nicht gehört: Korrespondenzen der Direktoren, Handschriften aus übernommenen Nachlässen, das Archiv von Johann Heinrich Callenberg und seinem *Institutum Judaicum*, Franckes Tagebücher, sogar einige wenige Handschriften aus dem Mittelalter. Da sich hier aber auch wichtiges Quellenmaterial zur Kirchengeschichte verbirgt, veranlaßte Professor Kurt Aland in der DDR-Zeit die Sichtung. Die ominöse »Grüne Kartei«, von der wir Kenntnis erhielten, als wir 1992 unsere Arbeit aufnahmen, ist eine alphabetische Namenkartei der ca. 6500 Namen mit ihren Le bensläufen. Sie gehört der Sächsischen Akademie der Wissenschaften zu Leipzig, die sich seit Ende der fünfziger Jahre bemüht hatte, diese Arbeit zu einem Abschluß zu bringen. Sie ging von einem zum anderen Bearbeiter durch viele Hände. Schließlich übernahmen wir das Erbe, gaben die Daten in den Computer ein, stellten aber fest, daß alle Angaben hätten überprüft werden müssen, eine Arbeit, die unsere Möglichkeiten überstieg. So fand die Akademie einen Kompromiß: Professor Rolf Lieberwirth, der verdiente Rechtshistoriker, gab in ihrem Auftrag im Frühjahr 2000 ein *Biographisches Register zum Hauptarchiv der Franckeschen Stiftungen zu Halle (Saale)* heraus, das sich auf die Lebensdaten und die Anzahl der Schriftstücke beschränkt. So ging auch diese Odyssee zu Ende.

Man sollte erwarten, daß der Nachlaß August Hermann Franckes im Archiv vorhanden ist. Das ist aber nicht der Fall: In der Handschriftenhauptabteilung befinden sich nur die noch unveröffentlichten sogenannten Tagebücher, an anderer Stelle des Archivs die 59 Bände der fast 2000 in Nachschriften überlieferten Predigten, eine höchst eindrucksvolle Sammlung. Doch der Hauptbestand kam im 19. Jahrhundert dem damals unzugänglichen Stiftungsarchiv auf rätselhafte Weise abhanden und wurde 1867 von der Königlichen Bibliothek zu Berlin erworben. So unverständlich diese mysteriöse Geschichte ist – sie verdiente eine Aufklärung –, so erfreulich ist die Restaurierung und Sicherung der etwa 12000 Dokumente aus Franckes Leben in der heutigen Staatsbibliothek Berlin. Dank ihrer Hilfsbereitschaft konnte der umfangreiche Bestand aus Mitteln unseres Freundeskreises auf Mikrofiches aufgenommen werden, so daß der sogenannte Francke-Nachlaß auch in Halle zugänglich ist. Inzwischen wurde die Verzeichnung Blatt für Blatt so gut wie abgeschlossen, alle Angaben stehen im Internet. Diese Erschließung ist nur ein Beispiel für die Aufarbeitung des Archivs und die Bereitstellung von Hilfsmitteln, die im Laufe dieser Jahre entstanden sind und der Forschung einen gesicherten Zugang zu den Quellen der Stiftungen gestatten.

## *Ein Studienzentrum der Stiftungen*

In meinem langen beruflichen Leben habe ich die Förderung der geisteswissenschaftlichen Forschung immer als Antrieb, Verpflichtung und Herausforderung meiner bibliothekarischen und organisatorischen Aufgaben betrachtet. Das war in den sechziger Jahren in Marbach so und später in Wolfenbüttel. In Halle lagen die Verhältnisse anders, die Aufgaben in einer Institution mit pädagogischen, sozialen und neu begründeten kulturellen Einrichtungen waren unvergleichlich weiter gespannt. Die Wissenschaft war nur einer dieser vier Bereiche, und sie war Sache der Universität. Dennoch hatte ich von Anfang an den Ehrgeiz, auch die Erforschung der Geschichte des Pietismus und der Stiftungen selbst in unserem Aufgabenspektrum zu verankern.

Mit den Grundzügen des Halleschen Pietismus hatte ich mich inzwischen beschäftigt, aber viele Fragen schienen offen zu sein. Wie kam er zustande, und seit wann wurde der Begriff verwendet? Welchen Inhalt hat er im Vergleich zu anderen Frömmigkeitsbewegungen? Wie wirkte er in Halle und in den Franckeschen Stiftungen? Welche Mitstreiter hatten Francke und seine Nachfolger? Welche Impulse gingen von dem Halleschen Pietismus aus? Welche Folgen hatte er in Preußen, in Europa und darüber hinaus? Welchen weiteren Verlauf nahm er, und wie und warum kam er zum Erliegen? Fragen über Fragen also.

So entwickelte ich 1992/93 den Plan eines Instituts für Pietismusforschung und stellte mir sogar vor, daß eines Tages die seit Jahrzehnten tätige, aus Ost und West inzwischen vereinigte Historische Kommission zur Erforschung des Pietismus ein Namensschild an einem der Gebäude der Stiftungen haben würde. Ich mußte aber bald einsehen, daß es angesichts der allzu wenigen Stellen, die wir für den Wiederaufbau erstritten hatten, völlig illusorisch war, über die Etatisierung der Stellen des Bibliotheks- und Archivpersonals hinaus auch noch einige wissenschaftliche Mitarbeiter zur Wahrnehmung von Forschungsarbeiten beschäftigen zu können.

Doch in der Aufbruchstimmung, die auch in der Martin-Luther-Universität in den ersten Jahren nach der Wende herrschte, fand sich in Gesprächen mit dem damaligen Prorektor, Professor Dr. Hans-Hermann Hartwich, ein Ausweg. Die Universität hatte aufgrund seines Vorschlags beschlossen, interdisziplinäre Zentren zu gründen, vermutlich angeregt durch die Arbeit des Aufklärungsforschungszentrums. In dieses Konzept fügte sich ein interdisziplinäres Zentrum zur Erforschung des Pietismus als Institut der Universität, aber in Verbindung mit den Franckeschen Stiftungen sehr gut ein. Mit dem damaligen Rektor, Professor Dr. Gunnar Berg, zu dem ich ein vertrauensvolles Verhältnis gewonnen hatte, wurde der Kooperationsvertrag im Mai 1995 abgeschlossen. Professor Dr. Udo Sträter, der Kirchenhistoriker in der Theologischen Fakultät, übernahm die Geschäftsführung des Instituts, in dem zwei weitere wissenschaftliche Mitarbeiter tätig sind. Man bezog vorübergehend die Räume im Dachgeschoß des Englischen Hauses. Dort fanden auch die

Sitzungen des Direktoriums statt, dem einige Professoren der Universität und auch der Direktor der Stiftungen angehören. So war es in der Satzung geregelt worden.

Nach Fertigstellung des Cansteinhauses im Sommer 1998 übernahm das Pietismusforschungszentrum die erste Etage des Gebäudes, unmittelbar dem Katalograum der Bibliothek der Stiftungen benachbart. Diese steht den Pietismusforschern zur Verfügung. Auf eine eigene Institutsbibliothek kann die Universität verzichten.

Zu den Forschungen des Pietismusforschungszentrums tragen Bibliothek und Archiv der Stiftungen durch eigene Quellenerschließungsprojekte bei. Der Katalog der Porträtstichsammlung, das Verzeichnis der Verlagsproduktion der Buchhandlung des Waisenhauses im 18. Jahrhundert, die Erschließung der Bibliothek von Friedrich August Tholuck und anderes wurden in Angriff genommen. Auch ich beteiligte mich mit Beiträgen, von denen noch zu berichten sein wird. Die Stiftungen unterhalten mehrere aus Drittmitteln finanzierte Arbeitsstellen, neben der erwähnten Edition der Briefe, Tagebücher und Dokumente Georg Wilhelm Stellers die Herausgabe des Freylinghausenschen Gesangbuches in einer kritischen Edition. Das Archiv erschließt die Quellen zur Schulgeschichte in den Stiftungen. So wurde zunächst die Matrikel des Waisenhauses von 1695 bis 1749 transkribiert, die über Herkunft, schulische Leistungen, Betragen und oft auch über den weiteren Lebenslauf der ca. 2400 Waisenkinder Auskunft gibt. Aus der Veröffentlichung dieses Waisenalbums entwickelte sich ein größeres Forschungsprojekt, in dem der schulische Alltag in der Frühzeit der Stiftungen in Zusammenarbeit mit zwei Experten aus Siegen und Potsdam untersucht wird.

An dem ersten internationalen Pietismuskongreß, der

das Interdisziplinäre Zentrum für Pietismusforschung in den Stiftungen veranstaltete, nahmen mehr als 300 Wissenschaftler aus vielen Ländern teil. Die Forschungsergebnisse werden in einer eigenen Schriftenreihe, den *Halleschen Forschungen*, im Verlag der Franckeschen Stiftungen veröffentlicht. Bis heute liegen sieben Bände vor, allerdings existiert eine eigene Redaktion immer noch nicht.

Aus Mitteln der Fritz Thyssen Stiftung konnte ein eigenes Stipendienprogramm begründet werden. Seit Ende 1999 vergeben die Stiftungen in Zusammenarbeit mit den beiden interdisziplinären Zentren für Pietismus- und für Aufklärungsforschung jährlich sechs Forschungsstipendien und sechs Doktorandenstipendien für Aufenthalte in Halle. Für die Stiftungen ist die Förderung der Pietismusforschung kein Selbstzweck, sondern ein Beitrag zum Verständnis des historischen Umfelds. Da die Forschung von der Universität und den Stiftungen gleichermaßen getragen wird, ist zu hoffen, daß ihr auch in Zukunft weitere Aufgaben zuwachsen.

## *Benachbarte Aufklärungsforschung*

Bevor das Studienzentrum August Hermann Francke mit Bibliothek, Archiv und Pietismusforschungszentrum fertiggestellt wurde, konnte auf der anderen Seite des Schwarzen Weges im Februar 1998 das Interdisziplinäre Zentrum für die Erforschung der Europäischen Aufklärung der Martin-Luther-Universität eingeweiht werden. Im Mittelpunkt der Festversammlung stand eine glanzvolle Rede des Konstanzer Philosophen Jürgen Mittelstraß. Unter den

Gästen war auch Ulrich Ricken. Für ihn und für mich ging nach zehn Jahren ein Wunsch in Erfüllung, der uns damals zusammengeführt hatte. Das Aufklärungszentrum stand am Anfang der Regeneration der Franckeschen Stiftungen, und nun hatte diese Forschungsaufgabe in der »Roten Schule« ihren angemessenen Rahmen gefunden.

Professor Heinz Thoma, der geschäftsführende Direktor des Instituts, hatte seit 1994 das einigermaßen ins Schlingern geratene Schiff wieder flottgemacht. Er handelte die Bedingungen für die Arbeit mit dem schon erwähnten Prorektor Professor Hartwich aus und verband mit seiner Berufung auf den romanistischen Lehrstuhl den Neuaufbau des Instituts. Da er mit den Lebensformen aus DDR-Zeiten seine Schwierigkeiten hatte, war der Alltag für ihn mit Kämpfen und Enttäuschungen verbunden. Doch seine geschäftsführende Assistentin, von der wir später erfuhren, daß sie seine Ehefrau war, verstand es in ihrer wohltuenden Ausgeglichenheit, alle Wogen immer wieder zu glätten. Da die Religionskritik der französischen Aufklärung auch die Grundlage seines Denkens war, mußte Professor Thoma seine Vorbehalte gegen die Franckeschen Stiftungen haben, die sich auch dem pietistischen Erbe widmeten. Doch er erkannte wohl bald, daß er es mit Leuten zu tun hatte, denen die Aufklärung so nahe steht wie die Geschichte des Pietismus.

Da Heinz Thoma den Forschungsschwerpunkt Ulrich Rickens von der Frühzeit mit Thomasius und Wolff auf die Spätaufklärung verlagerte, befand er sich, ohne es wohl zu wissen, auf den Spuren der Aufklärung in den Stiftungen unter August Hermann Niemeyer und seinem Sohn, Hermann Agathon. So gut wie unerforscht ist übrigens bis heute das Wirken der Nachfolgegeneration der Aufklärung in der Zeit des Jungen Deutschland und des Vormärz, also zwischen 1832 und 1848, in den damaligen Schulen der Stiftungen, an denen Adolf Stahr, Theodor Echtermeyer und ihre Freunde unterrichteten und mit Arnold Ruge und seinem Kreis in Verbindung standen.

Auch das noch nicht restaurierte Gebäude, das das Aufklärungszentrum im Herbst 1991 bezogen hatte, mag Heinz Thoma zuerst nicht gefallen haben, atmete es doch noch den antiaufklärerischen Geist des Wilhelminismus. Doch der neue Hausherr verfolgte seinen Plan konsequent. Gemeinsam hatten wir in enger Zusammenarbeit mit der Universität die VolkswagenStiftung zur Mitfinanzierung der Restaurierung des Hauses gewinnen können, mit der die Universität den Architekten Dr. Gerhard Dienemann betraut hatte. Doch erst nach einer langen Durststrecke konnte die Sanierung beginnen.

Der Elan, mit dem Heinz Thoma diese Aufgabe, unterstützt von seiner ehelichen Geschäftsführerin, anpackte, war bewundernswert. Er hatte sich mit der Wiederherstellung der Fußböden, der Türen, auch der Farbgebung, der Arbeits- und Seminarräume bis in die Details auseinandergesetzt. Die von Säulen getragenen Flure geben dem roten Backsteinbau nun, nach der Fertigstellung, eine besondere Note, vor allem auch die ehemalige Aula im letzten Obergeschoß, deren Rekonstruktion Thoma in Zusammenarbeit mit der Denkmalpflege seine Aufmerksamkeit widmete. Der Raum hatte einen besonders trostlosen Eindruck hinterlassen, als wir ihn Anfang der neunziger Jahre zum erstenmal sahen. Der riesige Kronleuchter lag halb zerbrochen am Boden, die Paneele der Brüstungen waren teilweise herausgerissen, die dekorativen Glasfenster durch graues Fensterglas teilweise ersetzt worden. Solche Eindrücke vergißt man nicht.

Heute ist dieser Bibliothekssaal mit dem Licht, das von

beiden Seiten durch die sorgfältig wiederhergestellten bunten Glasfenster fällt, mit der hohen, von Brüstungen eingezäunten dunklen Holzdecke, dem restaurierten schweren Kronleuchter, den braungestrichenen Paneelen der Wände und der beiden hohen Holztüren ein erfreulicher Anblick. Die Bücherregale an den beiden Seiten, die Tische, die Tischlampen, der Aufsichtsplatz tragen zu der einladenden Atmosphäre bei. Hinter den Glaswänden stehen Drucke des 18. Jahrhunderts aus den Magazinen der Universitätsbibliothek. Thoma hatte diese Aufstellung – Ulrich Rickens Idee – gegen den anfänglichen Widerstand der Bibliothek durchgesetzt.

Der Bibliothekssaal erscheint wie eine Widerspiegelung der Kulissenbibliothek auf der anderen Seite des Weges. Doch praktisch ist er nicht. Was nützt dem arbeitenden Wissenschaftler der schöne Anblick der alten Bücher im Lesesaal? Ich hätte ihnen, wie es auch gegenüber geschah, den unmittelbaren Zugriff zu den Handbüchern und Nachschlagewerken gewünscht, die sie hier auf sehr hohen Regalen im Nebenzimmer benutzen müssen.

Doch diese Kritik mindert nicht die Leistungen des Aufklärungszentrums: die lange Reihe der Publikationen, die regelmäßigen wissenschaftlichen Tagungen, Vorträge und Seminare. Zunächst mochte man den Eindruck gewonnen haben, daß das Haus für dieses spezielle Fachinstitut zu groß sei. Inzwischen erforschen ca. 20 Mitarbeiterinnen und Mitarbeiter die »Selbstaufklärung der Aufklärung«, ein von der Deutschen Forschungsgemeinschaft finanziertes Thema, das von den Direktoren des Zentrums unter Leitung von Heinz Thoma mit Hilfe von Jörn Garber vorbereitet wurde und nun in einzelnen Projekten die anthropologische Wende der Spätaufklärung untersucht. Seine Nachfolgerin, Frau Professor Neugebauer-Wölk, bereitet ein weiteres Programm vor, das sich mit der Esoterik im späten 18. Jahrhundert befassen wird.

Die Verlagerung der Forschung auf die für die deutschen Verhältnisse typische Spätaufklärung habe ich letzten Endes bedauert, denn für Halle ist gerade die Frühzeit unter Christian Thomasius und seinen Zeitgenossen in der Auseinandersetzung mit dem Pietismus, mit den Grundfragen von Vernunft und Offenbarung nach wie vor wesentlich. In der Frühaufklärung liegen in Deutschland die Wurzeln der Moderne.

Doch der Fortgang der Wissenschaft hängt von dem Interesse der Forschenden und den Fragestellungen der Gegenwart ab. Die Nachbarschaft der beiden Forschungszentren wird sich eines Tages zu einer engeren Partnerschaft entwickeln, nachdem die Grundlagen geschaffen wurden. Rickens Idee und Thomas Konzept sind für die interdisziplinäre geisteswissenschaftliche Forschung in den Stiftungen eine große, noch gar nicht absehbare Chance.

## *Goethe in den Stiftungen*

Am 12. Juli 1802 besuchte der Weimarer Geheimrat und Minister Johann Wolfgang von Goethe zum ersten- und einzigenmal die Franckeschen Stiftungen. Er hatte die Theatersaison in Bad Lauchstädt eröffnet und folgte endlich dem Wunsch der Halleschen Freunde, sie zu besuchen: Der Musiker und Salinendirektor Johann Friedrich Reichardt hatte ihn eingeladen. Der Philologe Friedrich August Wolf stand mit Goethe seit einigen Jahren in lebhaftem Austausch. Aber auch die Naturforscher der Universität wollten Goethe kennenlernen. Und da war schließlich August Hermann Niemeyer, der Goetheverehrer und Direktor der Franckeschen Stiftungen. Seiner Einladung folgte Goethe an diesem Sommertag. Zuvor hatte er das berühmte Meckelsche Kabinett am Großen Berlin nahe der Stadtmauer besucht. Der Anatom selbst war verreist, aber sein Mitarbeiter, Dr. Senff, zeigte dem interessierten Gast aus Weimar die Skelette und Schädel, die Mißbildungen und Kuriositäten der berühmten Sammlung. Dann war der Dichter durch das Rannische Tor gegangen und konnte das dominierende Waisenhaus und den großen Gebäudekomplex wahrnehmen. August Hermann Niemeyer wird ihn auf dem Wege zum Pädagogium am Ende der Stiftungen begleitet haben. Dort aß man zu Mittag, und – so berichtete es ein Lehrer Jahrzehnte später – »auf dem Vorhofe des Pädagogiums, unter den Kastanien, rechts von der Gatterthür, die zum Ballonplatz führt, wurde der Thee getrunken. Von dem Lehrerpersonal waren Einige, welche Melpomene bei der Geburt freundlicher angeblickt, zur Gesellschaft gezogen. Wir andern prosaischen Naturen mußten uns begnügen, verstohlen durch die Fenster nach dem Dichterfürsten hinüber zu schauen. Da habe ich denn aus dem Fond der Stube mit meinen damals sehr scharfen Augen einen bleibenden Eindruck von der äußern Erscheinung des großen Mannes in mir aufgenommen, die zwar imponierend, aber nicht so gewinnend war wie die sinnige Gestalt Schillers, dem wir damals auch oft zu sehen Gelegenheit hatten.«

Man kann sich die Runde in dem Vorhof zwischen den langen Gebäuden des Pädagogiums und dem Ballonplatz vorstellen. Danach besah man »die ganze Anstalt des Waisenhauses«, wie es Goethe im Tagebuch notierte, also die Schulen und Waisenanstalten, vielleicht auch das Naturalienkabinett, die Apotheke und Buchhandlung im Hauptgebäude, die Bibelanstalt, die Buchdruckerei, die Bibliothek, die Missionsanstalt, deren Berichte ihm seither zugeschickt wurden. Auch den Abend brachte man im Pädagogium zu.

So ähnlich werde ich den Kollegen, die wir im Frühjahr 1999 zu einem Symposium über Goethes Beziehungen zum Pietismus eingeladen hatten, diese Geschichte zur Begrüßung erzählt haben, ehe ich in einem Exkurs über den im 18. Jahrhundert in den Stiftungen lebenden Erbauungsschriftsteller Karl Heinrich von Bogatzky berichtete, dessen *Schatzkästlein der Kinder Gottes* eine Lieblingslektüre von Goethes Mutter und ihren frommen Freundinnen in Frankfurt gewesen war.

Aus *Dichtung und Wahrheit* ist bekannt, daß Goethe in seiner Jugend mit dem Pietismus in Berührung gekommen war und ihm, wie wir heute wissen, für eine kurze Zeit, dank seiner Beziehungen zu Susanna Katharina von Klettenberg, sogar recht nahe gestanden hatte. »Es ergaben sich gar manche Absonderungen von der gesetzlichen Kirche«, schreibt Goethe etwas trocken aus der zeitlichen und inneren Distanz. »Es entstanden die Separatisten, Pietisten, Herrnhuter, die Stillen im Lande und wie man sie sonst zu nennen und bezeichnen pflegte, die aber alle blos die Absicht hatten, sich der Gottheit, besonders durch Christum, mehr zu nähern, als es ihnen unter der Form der öffentlichen Religion möglich zu seyn schien.«

In der Kenntnis dieser Bemerkungen hatten die Stiftungen ihr Thema für das Goethejahr 1999 gefunden. *Goethe und der Pietismus*: Das sollte ein Forschungsbeitrag werden, der sich in einem Symposium, aber auch in einer Ausstellung in den Stiftungen darstellen ließ. Diese Konstellation bot mir noch einmal eine Gelegenheit, meine

Ausstellungserfahrungen mit den beiden wissenschaftlichen Themen zu verknüpfen, die früh und spät in mein Leben getreten sind. Mit Goethe habe ich mich seit meiner Jugend immer wieder, auch wissenschaftlich, beschäftigt, und in Halle kam ich im Alter mit der Geschichte des Pietismus in Berührung. Ja, ich hätte 1999 eigentlich ein Doppeljubiläum feiern können: Vor 50 Jahren – 1949 – hatte ich in Oldenburg eine Ausstellung über den Zeichner Alfred Kubin, dem ich 1957 mein erstes Buch widmete, eröffnet, und im Goethejahr 1949 schrieb ich meinen ersten Zeitungsartikel. Damals war ich 22 Jahre alt. So hat mir die Vorbereitung und Eröffnung der Jahresausstellung *Separatisten, Pietisten, Herrnhuter. Goethe und die Stillen im Lande* zwar viel Arbeit, aber noch mehr Freude gemacht. Den 200seitigen Katalog habe ich in vier Monaten allein in Wolfenbüttel geschrieben, in Halle unterstützt von meinen engagierten Mitarbeiterinnen Hannelore Ruhle, Elke Stateczny und Angelika Kleiner, später auch noch von Petra Larass, die inzwischen als Kustodin für das Historische Waisenhaus zuständig ist.

Wir hatten sehr interessante Leihgaben erhalten: Das berühmte Goetheporträt von Joseph Stieler, das der bayerische König Ludwig I. dem alten Goethe geschenkt hatte, grüßte die Besucher vor dem ersten Raum der Ausstellung. Die früheste gedruckte Veröffentlichung des siebzehnjährigen Dichters, die *Poetischen Gedanken über die Höllenfahrt Jesu Christi,* kam ebenfalls aus Goethes Besitz. Mich fesselte auch die Gestalt des Grafen Zinzendorf, den Goethe bis ins hohe Alter bewunderte. Aus dem Archiv der Brüder-Unität in Herrnhut konnten wir zum erstenmal ganz unbekannte Bildnisse zeigen, die Goethes Beziehungen zu den Herrnhutern belegen.

Berührt war ich nicht nur von der kleinen Miniatur, die

vermutlich Susanna Katharina von Klettenberg in einer Nonnentracht darstellt, sondern vor allem von einem handschriftlichen Predigtbuch mit ihrem Exlibris, in das sie auf die leeren Seiten der Predigten ihre geistlichen Gedichte geschrieben hatte, und mit der Bemerkung Fritz Schlossers, daß Goethes Mutter ihm das Buch vermacht habe. Diese wiederum hatte es aus dem Nachlaß der Klettenberg erhalten, was Goetheforscher aufhorchen lassen sollte. Am Ende der Zimmerflucht war das schöne Goetheporträt von Joseph Darbes, 1785 in Karlsbad gemalt, ein eindrucksvoller Blickfang. Dem großzügigen Entgegenkommen des Goethe-Nationalmuseums in Weimar hatten wir die bedeutendsten Goethebildnisse zu verdanken – und das im Goethejahr! Hier zahlte es sich aus, daß ich seit 1990 die Geschicke der Weimarer Klassikerstätten begleitet hatte.

Die Ausstellung, die ein breites und schönes Echo fand, stand im Mittelpunkt unseres vielfältigen Kulturprogramms zu Goethes 250. Geburtstag mit Vorträgen, Lesungen, Konzerten, weiteren Ausstellungen und einem reizvollen und ideenreichen Goethefest im Sommer. Alfred Grosser aus Paris hatte unser Goethejahr mit einem Festvortrag nach einem Grußwort von Staatsminister Michael Naumann eröffnet. Friedhelm Kemp, der Goethekenner und Herausgeber aus München, gab zum Auftakt eine Anleitung für Goetheleser. Wir beide führten am Ende einen Disput, so daß die Zeitung am nächsten Tag schrieb: »Zwei alte grauhaarige Männer, verliebt in Goethe.«

Ich hatte mich um ein gemeinsames Goetheprogramm der Stadt Halle mit Leipzig, Bad Lauchstädt und Wörlitz bemüht. Aber es kam nur halbherzig zustande. Überhaupt war ich enttäuscht, daß nicht ein gesamtdeutsches Goethejahr gefeiert wurde. Die allgemeine Goetheferne, in der wir, besonders im Westen, seit den siebziger Jahren leben, kam uns deutlich zum Bewußtsein.

Aber vor Ort jedenfalls wollte ich nicht nur Goethe in den Stiftungen gewürdigt wissen, sondern insgesamt in der Stadt, die sich zwar nicht mit Weimar oder Frankfurt, Leipzig oder Jena messen kann, in der der Dichter jedoch viele Freunde, Bekannte, Verehrer hatte, über die er an Schiller schrieb: »Versäumen Sie ja nicht, sich in Halle umzusehen, wozu Sie manchen Anlaß haben.« Unter diesem Motto stand, von den Stiftungen angestoßen, ein Hallesches Goethejahr.

Eine Spurensuche führte zu Meckels Anatomischem Kabinett, in den Botanischen Garten, zur Universität. In Reichardts Garten fand im Sommer eine musikalisch-literarische Soiree des Universitätschors »Johann Friedrich Reichardt« statt. Peter Sodann inszenierte Goethes *Egmont*, das Opernhaus lud zu einer Goethenacht ein, die Universität zeigte eine Ausstellung über die Beziehungen Goethes zu den Halleschen Professoren. Die Moritzburg stellte Ernst Barlachs Zeichnungen und Holzschnitte zu Werken Goethes aus. Die Studierenden der Burg Giebichenstein ließen sich von Texten des Dichters inspirieren und zeigten die Ergebnisse im Marktschlößchen. Kinderprogramme beschäftigten sich mit dem Dichter, und so könnte ich fortfahren.

Für mich war Goethes *Brief des Pastors zu *** an den neuen Pastor zu **** aus dem Jahre 1773 eine Entdeckung. Dieses Sendschreiben, in der Zeit entstanden, in der der junge Dichter vorübergehend unter dem Einfluß des Pietismus stand, ist ein eindrucksvoller Aufruf zu religiöser Toleranz, sechs Jahre bevor Lessings *Nathan der Weise* erschien. So gab ich die kleine Schrift zum Goethejahr als Faksimile in unserer Schriftenreihe heraus.

Als Nachklang veröffentlichte ich auf Wunsch von Pietismusforschern Goethes verstreute Texte über die Stillen im Lande unter dem Titel *Träume und Legenden meiner Jugend.* Mit diesen Worten hatte nämlich Goethe in seinem Tagebuch die Lektüre einer Zinzendorf-Biographie notiert. Träume und Legenden meiner Jugend: War nicht alles, was ich in dem Jahrzehnt nach meiner Pensionierung in Halle tat, auch ein Nachklang meiner frühen Jugend? Damals, als der Krieg zu Ende war, wollte ich Theologie studieren. Meine religiöse Ergriffenheit als Verehrer und Jünger des wortgewaltigen Oldenburger Landesbischofs Wilhelm Stählin, der mit uns in der Kirche kraftspendende Meditationen durchführte, war so groß, daß mir nur noch das Kloster als Lebensort sinnvoll erschien. Doch dazu kam es nicht.

Mehr durch Zufall bin ich Bibliothekar geworden und habe einen Beruf ergriffen, der nach meiner Auffassung mit großer Verantwortung verbunden ist. Bibliotheken sind nicht nur aktuelle Wissensspeicher, sondern sie sind auch das »Gedächtnis der Menschheit«. In den Handschriften und Büchern vieler Jahrhunderte wird bewahrt, was Menschen im Laufe der Zeit gedacht und erkannt, erlebt und erforscht haben. Dieses geistige Gut als Grundlage unserer Kultur soll nicht nur geschützt, sondern erforscht und auf technisch perfekte Weise vermittelt werden. Deshalb habe ich den Wissenschaftlern in den Umbruchjahren nach 1968 mit dem Wolfenbütteler Bibliotheksquartier ein anregendes Refugium geschaffen und sie, unabgelenkt von Alltagssorgen, in ihren Forschungen unterstützt. In dieser klösterlichen Atmosphäre freundschaftlichen, produktiven Umgangs sind die Träume und Legenden meiner Jugend auf andere Weise in Erfüllung gegangen.

Professor Erhard Peschke habe ich leider nur noch flüchtig kennengelernt. Er war eine verehrungswürdige Gelehrtenpersönlichkeit, ein Wissenschaftler, wie es schien, aus einer längst vergangenen Zeit. Die Stiftungen haben ihm viel zu verdanken, denn er hat sein akademisches Leben ganz in den Dienst der Erforschung und Erschließung von August Hermann Franckes theologischen Werken gestellt und war bis zu seiner Emeritierung nach dem Fortgang von Professor Kurt Aland der einzige Pietismusforscher an der Martin-Luther-Universität Halle-Wittenberg.

Peschke war, als ich ihn zufällig auf dem Schwarzen Weg begegnete, mit der Straßenbahn gekommen und strebte langsam der Bibliothek zu. Ich sprach ihn an, weil mir der hochgewachsene alte Mann durch sein freundliches, durchgeistigtes Gesicht auffiel. Wir kamen ins Gespräch, er bedankte sich höflich, daß nun im Cansteinhaus der Lesesaal der Bibliothek der Stiftungen eingerichtet worden war, was ihm das mühsame Treppensteigen ersparte. Ich wußte gleich, mit wem ich es zu tun hatte, und sagte ihm jede Unterstützung zu. Doch als der Freundeskreis dem hochverdienten Franckeforscher zwei Jahre später, 1994, einen von Heinz-Bernhard Most gestifteten Francke-Preis verlieh, war er schon seit längerem bettlägerig.

Neben Studien zur Theologie Franckes hatte Erhard Peschke den Plan einer 40bändigen Gesamtausgabe der Werke August Hermann Franckes für die Historische Kommission zur Erforschung des Pietismus entworfen, die im Rahmen der von ihm mit herausgegebenen *Texte zur Geschichte des Pietismus* erscheinen sollte. Gegen einen solchen großen Plan gab es in der Kommission Widerstand.

Um aber die Edition überhaupt zu retten, gab er zwei Bände *Predigten* als Band 9 und 10 der Werkausgabe 1987 bis 1989 heraus, nachdem er die Reihe 1981 mit den *Streitschriften* Franckes als Band 1 eröffnet hatte. Das Unternehmen wurde nach seinem Tode 1996 sein wissenschaftliches Vermächtnis. Zwei weitere Bände hinterließ er fast druckfertig seinen Nachfolgern, die aber wegen ihrer akademischen Verpflichtungen mit der Fortführung bis heute nicht vorangekommen sind. Daß eine solche kritische Francke-Ausgabe kein Torso bleiben darf, liegt im Interesse der Stiftungen. So bemühte ich mich um eine Neukonzeption und legte den Plan einer 12bändigen Edition vor, die die wesentlichen Schriften Franckes enthalten soll. Ich hoffe zuversichtlich, daß das steckengebliebene Unternehmen noch wieder in Gang kommen wird.

Wenn ich mich als Nichttheologe einmischte, so war es auch das Resultat meiner eigenen persönlichen Arbeit. Da ich gewissermaßen in »Franckes Fußstapfen« getreten war, folgte daraus, daß ich mich nicht nur um Franckes sichtbares Erbe zu kümmern hatte, sondern mich auch mit seinem Werk jedenfalls oberflächlich vertraut machte, soweit Zeit und Kraft reichten. Zu meiner Verwunderung hatte ich festgestellt, daß es keine Bibliographie der Schriften Franckes gab, die doch die Grundlage der Francke-Forschung sein muß. So entschloß ich mich schon 1992, sie selbst zu erarbeiten.

Als Bibliothekar bin ich mit Bibliographien aufgewachsen, ihre umfassende Kenntnis, besonders in Zeiten, in denen das Internet den Suchenden noch nicht verführte, ist eine Selbstverständlichkeit. Und wenn es an solchen Voraussetzungen der wissenschaftlichen Forschung fehlt, gehört es zu den vornehmsten Aufgaben eines Bibliothekars, der von Büchern umgeben lebt, solche Werke selbst zu erarbeiten. Sie werden zwar gern als Kärrnerarbeit abqualifiziert, doch das hat mich nie von dieser Aufgabe abhalten können. Mein Vorbild ist der berühmte Prager Romantikforscher Joseph Körner, der sich nicht zu schade war, nach dem Krieg ein erstaunliches *Bibliographisches Handbuch zur deutschen Literaturgeschichte* herauszugeben, ein Wunderwerk an dichtgedrängten Informationen, das ich auch heute noch, nach einem halben Jahrhundert, mit Gewinn zur Hand nehme. Wenn man bedenkt, daß dieser jüdische Gelehrte, der den Krieg in Theresienstadt überlebte, sein Werk in der Isolation, im Untergrund, verfaßt hat, weiß man, was bibliographische Arbeit leisten kann.

In den vergangenen Jahrhunderten hatte sich niemand an eine Francke-Bibliographie herangewagt. Die Ermittlung der vielen Ausgaben, vor allem der kleinen Traktate, erwies sich als eine undankbare Sache, denn in der Bibliothek der Stiftungen waren keineswegs alle Drucke überliefert, wie ich anfänglich geglaubt hatte. Also: Ich hatte mir die Vorbereitung durch Kopieren der Titelblätter der Schriften allzuleicht vorgestellt.

Wieder kam mir ein Zufall zu Hilfe. Ich hatte 1991 anläßlich eines Vortrags in der Stadtbibliothek Lübeck eine meiner früheren Marbacher Bibliothekarinnen nach langen Jahren wiedergetroffen und war mit ihr in Verbindung gekommen. Da sie mit ihrer Familie in Franckes Geburtsstadt wohnte, wandte ich mich einige Zeit später an sie und gewann Almut Pfeiffer zur Mitarbeit. Aus dem anfänglichen Titelblattkatalog wurde im Laufe der Zeit eine umfassende Bibliographie, die nach vielen Reisen und Recherchen auf der Grundlage der Halleschen Bestände unter Einbeziehung der Franckedrucke aus mehr als 250 deutschen und ausländischen Bibliotheken am Computer entstand. Da viele bibliographische Probleme, die Zuordnung, die Gliederung und die Registererstellung, nur gemeinsam an dem Lübecker PC geklärt werden konnten, waren zusätzliche Reisen dorthin notwendig. Doch die große Geduld – und manchmal auch Ungeduld –, die meine Mitautorin aufbrachte, führte im Laufe der Jahre zum Ziel. Allein hätte ich die bibliographische Arbeit nicht leisten können. Daß ich in Almut Pfeiffer eine so einfühlsame und mitdenkende Mitarbeiterin fand, gehört ebenfalls zu den Glücksfällen meiner Halleschen Jahre.

Das umfangreiche Opus von fast 800 Druckseiten, das wir erst nach meinem Abschied gemeinsam der Öffentlichkeit in Halle vorstellen konnten, verzeichnet 1700 Drucke in den verschiedenen Auflagen und Ausgaben: die deutschen und lateinischen theologischen, katechetischen und apologetischen Schriften, die Predigtsammlungen und Einzelpredigten, die vielen Schriften zu den Glauchaer Anstalten, die nie erfaßten Gelegenheitsgedichte, die eigenen Übersetzungen, die Vorreden und anderes. Francke war von einer barocken Produktivität: Allein die Predigtsammlungen umfassen 15000 Textseiten. Der 40jährige Gelehrte gab seine gesammelten Schriften in einem voluminösen Quartband von 1600 Druckseiten 1702/03 heraus, nachdem gerade der Bau des Waisenhauses bezogen worden war. Francke wollte mit dem Werk ein *Öffentliches Zeugniß vom Werk, Dienst und Wort Gottes* – so der Titel – ablegen. Es ist eines seiner vielen eindrucksvollen und noch lesbaren Bücher.

Die Zusammenstellung von Franckes Schriften soll zur Beschäftigung mit seinen Texten anregen und in dieser Form die Voraussetzungen zur Fortführung der Edition von Franckes Werken schaffen. In seiner äußeren und inneren Gestaltung ist die Francke-Bibliographie für mich eine sehr persönliche Arbeit geworden. Was sie mir im Zusammenhang mit meinen Hallenser Jahren bedeutet, habe ich im September 2000 am Schluß des Vorworts geschrieben: »Die vorliegende Bibliographie der Schriften von August Hermann Francke ist mein Abschiedsgeschenk an die Franckeschen Stiftungen, deren Wiederaufbau ich in den letzten zehn Jahren mitgestalten konnte. Es lag mir sehr am Herzen, ein Buch zu hinterlassen, das den Gründer und Stifter ehren soll, in dessen Dienst ich mich verstand. Es wäre sicherlich einfacher gewesen, die aufgewandte Zeit für die Vorbereitung einer neuen Francke-Biographie zu nutzen. Doch wichtiger erschien es mir, zunächst einen bibliographischen Zugang zu den Quellen seines Lebens durch die Bibliographie seiner Schriften zu ermöglichen. In diesem Sinne hoffen die beiden Bearbeiter, daß unser Werk der Francke-Forschung Anstöße geben wird.«

## *Die Theologie kehrt heim*

Die Direktoren der Stiftungen in der Nachfolge August Hermann Franckes waren bis 1851 Professoren der Theologie an der Universität Halle gewesen. Das änderte sich mit dem von der preußischen Verwaltung eingesetzten Gustav Kramer, einem Schulmann aus Berlin. Seither leiteten Pädagogen die traditionsreiche Einrichtung. Auch Max Dorn, der letzte Direktor, der 1946 das Ende der Stiftungen miterlebte, kam aus dem Schuldienst. Die christliche Erziehung in den Stiftungen lag zuletzt in den Händen von Pastor Rudolf Müller. Als auch er mit der Aufhebung der Stiftungen sein Amt verlor und sich mit dem Einzug der Arbeiter- und Bauernfakultät eine atheistische Erziehung ausbreitete, schien das Licht einer protestantischen

Frömmigkeit in Franckes Stiftungen endgültig ausgeblasen zu sein. Doch das war nicht der Fall. Es gab noch das Sprachenkonvikt.

August Hermann Francke hatte das Lange Haus im hinteren Lindenhof 1713 bis 1715 auch zur Unterbringung von Theologiestudenten gebaut, die in den beiden ersten Eingängen wohnten, bis sie ins Pfarramt gingen. Viele werden vorübergehend als Lehrer an den Schulen in den Stiftungen unterrichtet haben. Bis zum Ende des 18. Jahrhunderts blieb das so. Ohne daß diese Nutzung wohl noch bekannt war, wurde mehr als 100 Jahre später, 1929, in den Häusern 8 und 9 ein Sprachenkonvikt der Universität Halle-Wittenberg für Theologiestudenten eingerichtet, die sich dort auf die geforderten Prüfungen in Griechisch, Hebräisch und Latein vorbereiteten.

In der bewegten Geschichte dieses Konvikts unter den zwei Diktaturen gab es immer wieder Versuche, dort wohnende Studenten für politische Zwecke zu gewinnen. Aber aufs ganze gesehen widerstand man allen derartigen Verführungen. Viele prominente Theologen haben im Sprachenkonvikt gewohnt. Friedrich Schorlemmer war hier von 1967 bis 1971 als Inspektor tätig. Das Wohnen wurde nicht nur durch den Bau der Hochstraße, die nur zehn Meter entfernt am Langen Haus vorbeiführt, beeinträchtigt. Da die Universität als damalige Eigentümerin gar nicht in der Lage war, das Lange Haus zu restaurieren, war das Leben im Hause, was auch für das benachbarte Schülerwohnheim galt, von »Havarien«, wie man sagte, gezeichnet, von Feuchtigkeit, undichten Fenstern, absinkenden Böden, Wasserrohrbrüchen bedroht. Die Taubenzecken wurden in den Stiftungen zu einer regelrechten Plage.

Michael Lehmann, der langjährige Inspektor und Vikar

in der Wendezeit, hat die Geschichte in einem Buch sorgfältig aufgearbeitet, das die Stiftungen 1999 veröffentlichten. Ihm ist es wesentlich zu verdanken, daß das studentische Wohnen in den Stiftungen erhalten blieb, denn erst nach der Wiederherstellung unserer Handlungsfähigkeit konnten wir uns auch mit der Zukunft des Konvikts, das sich bis dahin sicherlich von der Entwicklung ausgeschlossen sah, näher befassen. Der Konsistorialpräsident Hartmut Johnsen entwickelte das Konzept eines Evangelischen Studienhauses in der Vereinigung des Sprachenkonvikts mit den beiden weiteren evangelischen Einrichtungen in Halle, dem Tholuck- und dem Schlesischen Konvikt. Parallel dazu wurde die sehr komplizierte Finanzierung der vollständigen Sanierung des um das Haus 9 erweiterten Gebäudes vereinbart. In der DDR-Zeit hatte das Konvikt nur über den ersten Eingang verfügt.

Die Verhandlungen und das Bauen zogen sich lange hin. Inzwischen hatte das bisherige Sprachenkonvikt ein Interim in der Stadt bezogen und kehrte 1997/98 nach der Beendigung der aufwendigen Restaurierung des ersten Drittels des Langen Hauses zurück. Das Studienhaus der Evangelischen Kirche der Kirchenprovinz Sachsen in den Stiftungen wird nun in erweiterter Form mit 72 Zimmern für deutsche und ausländische Studierende, nicht nur der Theologie, als Stiftung »Evangelisches Konvikt Halle« – so der offizielle Name – unter der Verantwortung eines Ephorus und der Leitung einer Pfarrerin als Studienzentrum fortgeführt.

Mit der Sanierung des ersten Drittels wurde die Wiederherstellung dieses längsten Fachwerkhauses in Europa in Angriff genommen. Im Jahr 2000 konnte der mittlere Teil fertiggestellt werden, und das letzte Drittel ist inzwischen auch Baustelle geworden. Daß diese große Restaurierungsmaßnahme mit Gesamtkosten von 30 Mio. DM – für uns eine astronomische Summe – durchgeführt werden kann, verdanken wir in besonderem Maße der Deutschen Bundesstiftung Umwelt und ihrem Generalsekretär Fritz Brickwedde, die sich mit der hohen Summe von 12 Mio. DM beteiligt hat. Da ich an dieser Stelle die Baukosten einmal genannt habe, will ich ergänzend berichten, daß allein das Konvikt mit fast 10 Mio. DM zu Buche schlug, von denen die Kirche 2 Mio. DM beisteuerte.

Als mit der Sanierung des gegenüberliegenden Cansteinhauses begonnen wurde, zeigte mir der Architekt die höhlenartigen, verdreckten und feuchten Kellerräume, die als Kohlenlager gedient hatten. Er war von den Gewölben der jenseits der steinernen Kellertreppe gelegenen Räume überrascht. »Hier müssen Sie eine Kapelle bauen, das Kreuzgewölbe gibt einem solchen Raum doch einen sakralen Charakter, und die beiden anderen eignen sich vorzüglich als Vorräume«, sagte er. »Das ist nicht aufwendig, denn eine Trockenlegung ist in jedem Fall erforderlich.« Ziegemeier hatte – wie immer – die richtige Idee. Als die Restaurierung des Hauses fast abgeschlossen war, wurde binnen kurzer Zeit die Hauskapelle mit einem sehr schönen Steinfußboden, einem schlichten Altar, einer auf zwei Pophyrsteinen aufgelegten Holzplatte, dem Holzkreuz, der Bestuhlung und der kleinen Orgel fertig. Die St. Georgs-Kapelle dient seit 1998 im wesentlichen dem Konvikt als Andachtsraum: Morgens und abends versammeln sich dort Studierende zu Lesung und Gebet.

Nachdem Professor Hermann Goltz, Lehrstuhlinhaber für die Konfessionskunde der orthodoxen Kirchen, die Hauskapelle gesehen hatte, machte er uns spontan einen überraschenden Vorschlag: Die beiden anderen Räume mit den Tonnengewölben würden sich vorzüglich für eine russisch-orthodoxe Hauskirche eignen. Uns leuchtete das sofort ein. Wir griffen die Idee auf und setzten sie mit seiner Hilfe um. In einer feierlichen Zeremonie weihte der orthodoxe Erzbischof Feofan aus Berlin als Vertreter des Moskauer Patriarchen für ganz Deutschland am 11. Februar 2000 diese kleine orthodoxe »Kirche des Kreuzes und der Auferstehung Christi«. Russische Ikonenmaler hatten die Räume mit einem theologischen Bildprogramm farbig ausgestaltet. Professor Goltz war es gelungen, das Geld zu sammeln, und so wurden die Stiftungen um ein eindrucksvolles Bauwerk im ökumenischen Sinne Franckes bereichert.

Die Zusammenarbeit mit den Theologen der Universität hatte sich von Anfang an durch Professor Helmut Obst ergeben. Einige Theologen hatten, wie er, ihre Diensträume in das Obergeschoß des Franckeschen Wohnhauses verlegt, das Pietismusforschungszentrum mit Professor Sträter war ebenfalls in den Stiftungen beheimatet. Was lag näher, als darüber nachzudenken, ob nicht auf Dauer die Theologische Fakultät, die mir 1997 die Ehrendoktorwürde verliehen hatte, in die Stiftungen einziehen könnte. Hatte nicht schon August Hermann Francke seine Bauten auch für die theologischen Vorlesungen genutzt? War es nicht folgerichtig, angesichts dieser uns verpflichtenden Tradition an den früheren Zustand anzuknüpfen? Ließen sich nicht Häuser zu diesem Zweck restaurieren? Wenn wir christlichem Leben außerhalb der Kirchen und der Gemeindehäuser wieder Raum in den Stiftungen geben wollten: Was lag näher als dieser Gedanke?

Doch es gab viele Bedenken: Sollte die Theologie, die im Keller des Melanchthonianums am Universitätsplatz die DDR-Zeit überstanden hatte, nun diesen Standort im Zentrum der Macht aufgeben? Könnte sie nicht dadurch marginalisiert werden? Die Stimmung war geteilt. Doch dann entschied sich die Universitätsverwaltung in Abstimmung mit der Theologischen Fakultät sehr früh für den Standort in zwei historischen Gebäuden der Stiftungen. Das gab uns die Möglichkeit langfristiger Planung, die angesichts der laufenden Baumaßnahmen und der interimistischen Belegung in den Gebäuden notwendig war.

Das Mägdeleinhaus, als einer der Standorte vorgesehen, war ein besonders gefährdetes, schon seit Jahrzehnten zum Abbruch freigegebenes Gebäude aus dem Jahre 1709. In ihm hatten einst die ersten Waisenmädchen gewohnt. Der fragile, sich bedrohlich senkende Fachwerkbau, in dem über Jahrzehnte Dutzende von Katzen gehaust hatten, war nach Ansicht des Architekten nicht zu halten: Nur ein Neubau in gleicher Form sei sinnvoll. Das Landesamt für Denkmalpflege protestierte heftig, die Verhandlungen zogen sich hin, ein Kompromiß wurde schließlich gefunden. Mit großem technischen Aufwand und hohen zusätzlichen Kosten wurde das Haus durch ein Stahlträgerkorsett gehalten und mit einer Hydraulik wieder aufgerichtet, nachdem das abgängige Fachwerk der unteren Geschosse entfernt und durch neue Balken ersetzt worden war. Da der Untergrund an dieser Stelle sehr schlecht war – viele Wasserrohrbrüche hatten die unter der Erdoberfläche liegenden verschlemmten Kohlenflöze in eine sumpfige Masse verwandelt –, war eine aufwendige Gründung notwendig, ehe das Haus wieder in den originalen Zustand versetzt werden konnte.

Der zweite Standort für die Theologische Fakultät, das schmale Niederlagegebäude hinter dem Franckeschen Wohnhaus, in dem vorübergehend Bibliothek und Archiv untergebracht waren, schien für eine wissenschaftliche Nutzung denkbar ungeeignet zu sein. Doch für Dekanat und Hörsäle, Seminarräume und Dienstzimmer der Professoren, soweit sie nicht im Mägdeleinhaus ihr Domizil haben, war weiterer Raum zu schaffen. Der Architekt setzte einen Glasbau an die hintere Front, machte die Fenster zu Türen und verband ihn mit einem zweigeschossigen Hörsaal. Der moderne, großzügige Bau, dessen Vorderfront in ursprünglicher Form erhalten blieb, bekam einen geräumig gestalteten Eingangsbereich. Mit besonderer Liebe hatte der Architekt auch die Repliken christlicher archäologischer Denkmäler in die Innengestaltung einbezogen. So ist dieser erste Neubau einer Theologischen Fakultät in den Neuen Ländern ein sehr originelles und ungewöhnliches Gebäude geworden.

Bei den Erdarbeiten auf dem hinteren Gelände wurden übrigens Fläschchen und Bruchstücke von Gefäßen aus dem einstigen Labor gefunden, in dem die Medikamente, vor allem die *Essentia dulcis*, hergestellt und in alle Welt expediert wurden. In einem erhaltenen kleinen Steinbau sollen die restaurierten Stücke eines Tages wie in einem Museum ausgestellt werden.

In unangenehmer Erinnerung ist mir allerdings eine Institutsversammlung, ein halbes Jahr vor der Eröffnung, in Erinnerung geblieben. Mit den heftigsten Angriffen wurde der bevorstehende Umzug kritisiert. Die angeblich dunklen Räume seien eine wesentliche Verschlechterung, die Unterbringung der Bibliothek in dem benachbarten Gebäude nicht zumutbar. Die Stimmung wurde durch einen die Stiftungen attackierenden Assistenten, der uns bisher als ruhiger Wissenschaftler bekannt war, angeheizt. Ich hatte es schwer, die Idee, die wir mit dem Einzug der Fakultät in den von einem großen Theologen geschaffenen Gebäudekomplex verbanden, dem akademischen Nachwuchs zu erklären, auf den wir mit unseren Plänen setzten. Nach dem Umzug ist die Kritik verstummt, aber den Zusammenhang von Studienort und historischem Ensemble geistlicher Provenienz als Herausforderung für den theologischen Nachwuchs zu vermitteln bleibt eine wesentliche Aufgabe in der Zukunft.

## *Der Bauhof – eine Jugendwerkstatt*

In den Jahren des Übergangs 1990/91, in denen die Franckeschen Stiftungen ein unübersichtliches Interim erlebten, gab es manche Begehrlichkeiten. So erinnere ich mich, wie uns einige Vertreter des Neupietismus aus dem Siegerland Vorschläge machten, die Stiftungen zu übernehmen. Doch wir winkten ab. Die katholische Kirche, Trägerin des benachbarten Elisabeth-Krankenhauses, gründete in Absprache mit der Universität das Elisabeth-Gymnasium. Aber auch der Evangelische Kirchenkreis Halle meldete Ansprüche an, die zur Verankerung der evangelischen Kirche in der Satzung der Franckeschen Stiftungen führten.

Mit großer Leidenschaft setzte sich Günter Buchenau, der damalige Superintendent, für die Erneuerung der Stiftungen ein. Ihm ist die Gründung der Montessori-Grundschule in freier Trägerschaft zu verdanken, aber auch der Aufbau der Jugendwerkstatt Bauhof, von der endlich die Rede sein soll.

Ein Bauhof, der für die Reparaturen in den Stiftungen zuständig war, geht auf die Zeit Franckes zurück. Man hat sich die Stiftungen über Jahrhunderte als einen großen Betrieb vorzustellen, der die Kinder und Mitarbeiter mit allem Nötigen, mit Brot und Bier, Gemüse und Obst, versorgte. Gärten und Plantagen waren zu unterhalten, auch die Kinder wurden zur Arbeit herangezogen. Die Wirtschaftsunternehmen – Apotheke, Medikamentenexpedition, Buchhandlung und Buchdruckerei – warfen Gewinne ab, die zuerst für die Baumaßnahmen und dann für die Unterhaltung der Gebäude benötigt wurden. Im Bauhof waren in der Mitte des 19. Jahrhunderts unter Leitung eines Bauinspektors und eines Zimmermeisters, der Bauvogt genannt wurde, vier Maurergesellen, drei Zimmergesellen, sechs Tagelöhner und ein Fuhrknecht beschäftigt.

Die Universität führte den Bauhof in der DDR-Zeit zwar fort, doch war man kaum noch für die Stiftungen tätig. Im Herbst 1992 übernahm also der Kirchenkreis Halle das zentral gelegene Gebäude. So lernten wir Jochen Heyroth kennen, einen ebenso praktischen wie einfallsreichen Mann, der die Seele dieser vielseitigen und erfolgreichen Stätte der Jugendsozialarbeit wurde. Angesichts der hohen Jugendarbeitslosigkeit nach der Wende und auch der in der Stadt lebenden jungen erwerbslosen Ausländer wollte er in christlicher Verantwortung helfen. Zwar hätten die Stiftungen gerne die »Jugendwerkstatt Bauhof«, wie sie heißt, selbst übernommen, denn an sinnvoller Beschäftigung für die jungen Menschen mangelte es auf dem verwilderten Gelände nicht. Doch die Kirche betrachtete diese soziale Tätigkeit als ihr ureigenes Anliegen. Dennoch entwickelte sich eine fruchtbare Nachbarschaft. Benötigen die Stiftungen Hilfe, so wird sie gern geleistet.

Als sich die damalige Bayerische Vereinsbank entschloß, Einrichtungen der sozialen Jugendarbeit an einigen Orten in den Neuen Ländern finanziell zu unterstützen, bezog sie nach einem Besuch einiger ihrer leitenden Mitarbeiter die Jugendwerkstatt Bauhof in Halle in die Förderung ein. Dank der Spende von 2 Mio. DM konnten nicht nur die beiden Werkstatt- und Stallgebäude saniert, sondern anstelle eines Schuppens eine Werkstatt für die Ausbildung junger Leute zu Tischlern und Malern errichtet werden.

Durch seine guten Kontakte zur Stadt und zur Arbeitsverwaltung verstand es Heyroth immer wieder, staatlich geförderte Projekte für arbeitslose deutsche und ausländische Jugendliche zu realisieren. Vielen jungen Menschen wurde vorübergehend eine Arbeitschance, in manchen Fällen eine Berufsperspektive geboten. In verschiedenen Programmen werden sie entweder beschäftigt, qualifiziert oder im Maler- und Tischlerhandwerk überbetrieblich ausgebildet und als Gesellen ins Berufsleben entlassen. Im Laufe der Jahre hat sich so die Jugendwerkstatt Bauhof in den Stiftungen zu einer anerkannten Sozialeinrichtung für Jugendarbeit profiliert. Im Ensemble der Stiftungen ist dies ein großer Gewinn. Man nimmt wahr, daß die sozialen Wurzeln von Franckes Werk nicht vernachlässigt werden.

Dieses Engagement sollte sich besonders auf dem ehemaligen Stiftungsgut Stichelsdorf bewähren. Da die Privatisierungen durch die Treuhand mehrfach scheiterten, die herrenlosen Gebäude nach 1990 immer mehr verfielen und die nahen Gartenflächen und die Waldstücke durch Unrat und Müllhaufen restlos verwahrlost waren, mußten die Nachfolgeeinrichtungen der Treuhand nach einem Ausweg suchen, denn niemand war mehr in der Lage, das ehemalige Gut Stichelsdorf aus eigener Kraft zu retten. Es gelang den Stiftungen schließlich nach langen, mühsamen Verhandlungen, das trostlose Gutsgelände sowie die landwirtschaftlich genutzten Flächen wieder zu übernehmen. Unser Verwaltungsdirektor, Dr. Udo Hachmann, hat sich hier, von dem ehemaligen Naumburger Oberlandesgerichtspräsidenten Jürgen Goydke unterstützt, große Verdienste erworben.

Nach der Rückübertragung gelang es Jochen Heyroth als Leiter der Jugendwerkstatt Bauhof, größere Mittel aus einem Modellprogramm des Sozialministeriums zu erhalten, das vorsieht, ältere Arbeitslose zur Anleitung arbeitsloser Jugendlicher einzusetzen. Die jungen Leute, die nach der Berufsausbildung keinen Arbeitsplatz gefunden haben, sollen so praktisch und auch theoretisch gefördert werden. Dieses Hilfsprogramm wurde für die Stiftungen ein Notprogramm. Ohne eigene Mittel konnte in den letzten Jahren das Gut Stichelsdorf aufgeräumt, repariert und neu gestaltet werden. Die Gebäude wurden im Rahmen des Möglichen weitgehend durch die 100 Jugendlichen instand gesetzt, die Gartenflächen rekultiviert, das Waldstück gesäubert und umgestaltet. In einem ehemaligen Stallgebäude wurde eine ökopädagogische Ausstellung vorbereitet, die den Besuchern, weitgehend dem Landleben entfremdet, die Vorzüge einer ökologischen Landwirtschaft nahebringen soll. Für den Jugendaustausch mit ausländischen Gruppen wurde eines der Gebäude zu einem einfachen Gästehaus ausgebaut. So ist Stichelsdorf auch ein Ort der Begegnung geworden.

Da eine zukünftige Betreibung schwierig sein wird, zeichnet es sich ab, daß das Gut Stichelsdorf eine Niederlassung der Jugendwerkstatt Bauhof bleiben wird. Außerdem hat ein junger Existenzgründer in dem Bereich des Gutes Flächen und Räume für einen Gartenbaubetrieb gepachtet. Er baut Frühgemüse an, das er in Halle verkauft. Er hofft, daß der kleine Betrieb eines Tages Gewinn abwirft, der wiederum den Stiftungen zugute kommen würde.

Die Jugendwerkstatt Bauhof, die Universitätseinrichtungen und die Schulen sind Partner der Stiftungen. Sie gehören ideell zum traditionellen Ganzen, sie sind Teile der Wiederbelebung der Franckeschen Stiftungen, die in den letzten Jahren große Fortschritte gemacht haben. Das fällt dem Betrachter bei einem Rundgang durch das weitläufige Gelände ins Auge: Viele Bauten sind instand gesetzt worden. Doch die bauliche Erneuerung ist nur die äußere Schale. Im Kern stehen die kulturellen Aktivitäten und wissenschaftlichen Unternehmungen wie die sozialen und pädagogischen Aufgaben der verschiedenen Träger im Zeichen der Verpflichtung gegenüber dem Gewordenen wie dem Gegenwärtigen. Rückblicke verbinden sich mit Visionen, von denen in diesem Abschnitt berichtet wurde. Der Aufbau der Stiftungen hat erfreuliche und große Fortschritte gemacht.

# Ausblicke

Besuch des Bundespräsidenten Johannes Rau zur Eröffnung des Kinderjahres 2000. Im Bild mit Ministerpräsident Dr. Reinhard Höppner, Hans-Dietrich Genscher, Oberbürgermeister Dr. Klaus Rauen, Mechthild Raabe, Bürgermeisterin Dagmar Szabados und Prof. Raabe (v. li. n. re.).
Foto: Uwe Frauendorf, Halle

# *In Halle an der Saale*

Vom Altan des Haupthauses hat man einen weiten Ausblick über die Stadt. Halle liegt uns zu Füßen. Oft habe ich Gästen hier oben nicht nur die Lage der Gebäude und des Geländes der Stiftungen unmittelbar unter uns erläutert, sondern auch alles Herausragende, was dem Besucher ins Auge fällt: die lärmende Hochstraße, am Horizont Halle-Neustadt, im Volksmund Ha-Neu genannt, davor die Steg-Hochhäuser dort, wo einst Franckes Glaucha stand. Unscheinbar wirkt daneben der Turm der St. Georgenkirche, an der Francke wirkte. Der beherzte Pfarrer Hans-Joachim Hanewinckel verhinderte 1986 ihren Abriß. In der baufälligen Kirche fanden dann die ersten Proteste gegen die politischen Verhältnisse in der DDR statt. Sie wurde zum Symbol der friedlichen Revolution in Halle. Doch es gelang bis heute nicht, dieses Bauwerk ganz wiederherzustellen. Auch wir konnten nicht helfen.

Die das Stadtbild beherrschende Marktkirche, deren vier Türme sich aus der Baugeschichte zweier ursprünglich nebeneinander stehender Kirchen erklärt, wird von unserem Ausblick durch ein störendes Hochhaus verdeckt. Dominierend ist auch der benachbarte Rote Turm, ein Wahrzeichen der Stadt. Der Betrachter erkennt in dem Häusermeer die übrigen Kirchen: die Moritzkirche, den Dom, die St. Ulrichskirche. Sie haben keine hohen Türme, das unterscheidet die Stadtsilhouette von anderen historischen Städten.

Die im Mittelalter reiche Salzstadt erlebte unter Bischof Albrecht von Brandenburg im frühen 16. Jahrhundert ihre Blüte und ihren Niedergang zugleich. Albrechts großer Gegner, Martin Luther, zwang ihn, sein Land zu verlassen und sich nach Mainz zurückzuziehen. Vorübergehend war Halle eine sächsische Residenz. Als 1680 das Hofleben ein Ende nahm, versuchten die neuen Landesherren, die Kurfürsten von Brandenburg, durch die Gründung der Universität der darbenden Stadt eine neue wirtschaftliche Grundlage zu geben. Damals entstanden auch die Franckeschen Stiftungen aus dem Geist einer pietistischen Frömmigkeit, die aber bald durch die in Halle blühende Aufklärung verdrängt wurde. Im 19. Jahrhundert entwickelte sich Halle zu einer Industriestadt und so zum Zentrum des mitteldeutschen wirtschaftlichen Ballungsraums.

Als ich Halle vor der Wende kennenlernte, war die Stadt längst die »graue Diva«, deren trostlose Bilder viele Fotografen festgehalten haben. In der Nachbarschaft des aufblühenden, von Optimismus und Lebenskraft getragenen Leipzig hat es Halle mit einem Mittelstand, der noch ein zartes Pflänzchen ist, schwer. Die Hoffnung der Hallenser, 1990 Landeshauptstadt zu werden, zerschlug sich. Die Bevölkerungszahl sinkt drastisch. Täglich verlassen 30 Menschen Jahr für Jahr die Stadt und ziehen in den Westen. Trotz der 2 Milliarden DM, die in die Erneuerung der Stadt geflossen sind, bleiben die Schäden nach wie vor unübersehbar, der amorphe Marktplatz – das Herzstück einer urbanen Stadt – hat seine ursprünglichen Proportionen noch nicht wieder erhalten. Das Denkmal Georg Friedrich Händels steht allzu verlassen auf dem großen Platz.

Dennoch ist Halle reich: Die Stadt wurde 1990 zu Recht zur Kulturhauptstadt Sachsen-Anhalts erklärt. Auch wenn davon heute nur noch selten die Rede ist, so ist dieser kulturelle Reichtum ein Kapital, um das manche vergleichbare Stadt im Westen Halle beneiden müßte. Die überregional bedeutenden Kulturstätten, die Staatliche Galerie

Moritzburg, das Händelhaus als Träger der Internationalen Händelfestspiele, die Oper, das neue theater unter dem originellen Peter Sodann, das Philharmonische Orchester, auch so interessante Orte wie das Salinemuseum oder das Geiseltalmuseum sind wie die Franckeschen Stiftungen kostbare Aktivposten der Stadt. In ihrem Zentrum befinden sich die traditionsreiche Martin-Luther-Universität, die berühmte Akademie der Naturforscher Leopoldina, an der Peripherie eine lebendige Kunsthochschule, die mit dem Namen der Burg Giebichenstein verknüpft ist.

Auch wenn diese und weitere kulturelle Einrichtungen in Halle zwischen Lust und Frust oft aus Geldmangel über Planungen nicht herauskommen, so wünschte ich mir mehr Selbstvertrauen und Zuversicht bei denen, die auf bessere Zeiten hoffen. Um das öffentliche Bewußtsein für die Bedeutung der Kultur zu stärken, habe ich vor einigen Jahren eine Kulturmeile vorgeschlagen, die ein informeller Zusammenschluß aller Kulturinstitute in der Stadt sein soll. Auf Plakaten und in Prospekten wurden alle 27 Kultureinrichtungen und Spielstätten durch einen roten Strich in nordsüdlicher Richtung vom Zoo bis zu den Stiftungen in dem Stadtplan miteinander verbunden.

Zwar hat sich die Stadt bisher nicht entschließen können, einen roten Strich auf das Pflaster zu malen, wie man es aus anderen Städten kennt. Doch ebenso wichtig ist die aus der Vorbereitung entstandene Zusammenarbeit aller Beteiligten, die auf persönlicher Ebene ihre Erfahrungen austauschen. Die Stiftungen wurden auf diese Weise integriert.

Die Kooperation hat Früchte getragen. Nach dem Erfolg des Goethejahres in Halle sah ich mich ermutigt, allen Beteiligten eine Sequenz von Jahresthemen vorzuschlagen, die die Bevölkerung über wichtige gesellschaftliche Probleme aufklären soll. Unter dem Titel *Halle an der Saale – Antworten aus der Provinz* sollen im Blick auf die Hauptstadt Berlin Fragen gestellt und vor Ort beantwortet werden. Halle steht dabei als Beispiel für andere Städte. Die Anregung stieß bei den Verantwortlichen in der Stadt, bei den Vereinen, den Kirchen, den Schulen, der Universität und allen anderen, vor allem kulturellen Einrichtungen, auf große Zustimmung.

So wurde 2000 unter der Federführung der Stiftungen ein Kinderjahr durchgeführt. Im Hinblick auf die Tatsache, daß so wenige Kinder geboren werden, wurden auf die Frage, welche Rolle Kinder in der heutigen Gesellschaft spielen, in zahlreichen Veranstaltungen Antworten gesucht. Die Stiftungen hatten ihre Jahresausstellung unter das Thema *Kindsein kein Kinderspiel* gestellt und sich mit der These der Reformpädagogin Ellen Key vom »Jahrhundert des Kindes« auseinandergesetzt. Die Einrichtung eines Kinderkulturzentrums, des erwähnten Krokoseums, war eines der Resultate, die Öffnung eines Kinderbüros ein anderes.

Auch das Thema für 2001 habe ich noch anregen können: *Halle – wie hast dus mit der Religion?* Daß in einer Stadt, in der die Bevölkerung Kirchen kaum noch kennt, in einer »Nacht der Kirchen« Tausende von neugierigen Menschen unterwegs waren, zeigt, wie groß die Defizite in der Gesellschaft sind, die abzubauen die Aufgabe aller Beteiligten ist. Die von Zimmerleuten gebaute Arche Noah vor den Stiftungen wurde zum Symbol des Religionsjahres.

So hat sich die Zusammenarbeit der Franckeschen Stiftungen mit der Stadt, für die sich insbesondere Dagmar Szabados, die zweite Bürgermeisterin und Mitglied unseres Direktoriums, einsetzt, sehr positiv entwickelt. Auch den freundschaftlichen Umgang mit Oberbürgermeister Dr. Klaus Rauen und seiner Nachfolgerin Ingrid Häußler habe ich immer dankbar empfunden.

Die Kulturarbeit in Deutschland kann sich – daran möchte ich erinnern – auch an den verschütteten Vorstellungen der Weimarer Republik zwischen 1919 und 1933 orientieren. Durch Zufall entdeckte ich die 1930–1932 erschienene Zeitschrift *Der Kreis von Halle.* Die hervorragend gestalteten Hefte dokumentieren den Geist der Zeit, die Neue Sachlichkeit, und sind ein aufschlußreicher Beleg für die positive Einschätzung Halles. Über dieses Thema habe ich aus Anlaß des Jubiläumsjahres der Stiftungen 1999 einen Festvortrag *Halle – eine Kulturstadt im europäischen Deutschland* gehalten, in dem ich die damaligen Autoritäten zitierte, so den 1933 aus Halle vertriebenen Kunsthistoriker Paul Frankl:

»Halle als geistiges Wesen erschließt sich nur dem Ansässiggewordenen – und auch ihm nur langsam. Als Vorzug vor anderen Städten entpuppt sich eine Lebendigkeit des Strebens auf allen Gebieten der Kultur, das die Träger fortschrittlichen Wollens innerlich zu einer Gesinnungsgemeinschaft verbindet.« Im Blick auf den Oberbürgermeister Paul Riebeck fuhr Frankl fort: »Der fortschrittliche, großzügige Mut, in schweren Jahrzehnten einer Stadt ein Gesicht zu geben, er wird sich wohl forterben: die Lebendigkeit, die jetzt die Physiognomie der Stadt auszeichnet, wird sich erhalten und auf die Kommenden übertragen, die einst nachrücken. Denn das ist das Wesen der geistigen Physiognomie von Halle: die geistige Vielseitigkeit der Stadt, Industrie und Schulen und Universität, Sport und Musik und Kunst, Wohlfahrtspflege und Landwirtschaft, eine sonderbar reiche, nur langsam sich erschließende Natur und die Nähe anderer kunstreicher Städte.«

In meinem Plädoyer konnte ich auch einen anderen Wissenschaftler anführen: »Wir wollen die Erhaltung, nicht die Verkümmerung der lebendigen Kulturzentren in der Provinz. Wir sehen die deutsche Zukunft nicht im Berliner Zentralismus, wir sehen sie nicht zuletzt in der Erhaltung und Pflege des mannigfachen und reichen Eigenlebens ›draußen in der Provinz‹.«

So kann man auch die Entscheidung des Bundes verstehen, in den Franckeschen Stiftungen, nach einem Vorschlag von Günter Grass, eine Bundeskulturstiftung zu errichten. Man erweist damit sowohl August Hermann Francke, einem Bürger als Stifter, Reverenz wie zugleich der Stadt, von der schon früh die Aufklärungsbewegung ausgegangen ist.

Was am Ende der Weimarer Republik gedacht wurde, kann auch noch heute so gesagt werden. Auch wenn die Franckeschen Stiftungen einen überregionalen Anspruch erheben, sind sie zugleich Mitträger einer föderalen Struktur unseres Staates. Sie identifizieren sich mit Halle an der Saale in dem Bewußtsein, daß die großen Aufgaben auf dem lokalen Boden erwachsen. Zu Recht heißen sie: Franckesche Stiftungen zu Halle, und die Verwurzelung verpflichtet. Das ist meine Erfahrung in Wolfenbüttel gewesen, sie bestätigte sich in der Mitarbeit am Aufbau Ost.

## *Ein Weltkulturerbe?*

Wenn ich heute durch den Lindenhof gehe und die restaurierten Fassaden der langen Gebäude betrachte, wie in den letzten acht Jahren fast alle Häuser in diesem zentralen Komplex saniert und erneuert wurden, so empfinde ich diese Verwandlung wie ein Wunder, denn die hohen Mittel, die dafür notwendig waren, standen ja nicht bereit, sie mußten auf vielen mühevollen Wegen Bau für Bau, Maßnahme für Maßnahme beschafft werden. Und immer war die Finanzierung mit großen Risiken verbunden. Um so dankbarer bin ich all den Ungenannten in den Ministerien, den Ämtern, den Stiftungen und denen, die im Kabinett, in den Ausschüssen, Kuratorien und Stiftungsräten uns in den vielen Jahren mit großer Sympathie unterstützten. Wenn auch die beiden letzten Baumaßnahmen am Ende des Lindenhofes, die Sanierung der Häuser 12/13 auf der einen und des Stadtsingechor-Gebäudes auf der anderen Seite, abgeschlossen sein werden, ist der historische Kern der Stiftungen zum allergrößten Teil wiederhergestellt.

Das Ergebnis der Restaurierung ist eine beachtliche Leistung unseres Architekten und seines Büros, denn man vergißt den Zustand der Häuser vor ihrer Sanierung allzu schnell. Die erkennbaren äußeren Schäden verdeckten im allgemeinen, daß die Fundamente vielfach demoliert, die Balken beschädigt und die Häuser insgesamt gefährdet waren. Immer wenn mich der Architekt Wilfried Ziegemeier mit seiner engsten Mitarbeiterin Annette Lerch über eine Baustelle führte, konnte ich als Laie oft gar nicht verstehen, wie diese verfallene Substanz noch erhalten werden konnte. Aber Ziegemeier hatte sich mit der Arbeitsweise der Bauleute aus Franckes Zeiten immer mehr vertraut gemacht und verwandte Holz und Lehmputz als Baumaterialien wie früher. Mit großem Einfühlungsvermögen restaurierte er Gebäude für Gebäude. Wenn dann wieder ein Haus bezogen war, so konnte man sich überzeugen, daß die Intentionen der Baumeister des 18. Jahrhunderts erneut voll zur Geltung kamen. Die Eingänge und Treppen, aber auch die Räume wurden im allgemeinen im überlieferten Zuschnitt wiederhergestellt.

Was sich mit der Restaurierung des Historischen Waisenhauses 1995 andeutete, nahm im Laufe der Jahre immer mehr Gestalt an: die Einheit der Stein- und Fachwerkgebäude in einer ebenso schlichten wie noblen Bauweise. Haus für Haus ordnet sich in das einheitliche Schema einer zweckmäßigen Gestaltung ein. Manche Gebäude wurden einer neuen Nutzung zugeführt, andere behielten ihren einstigen Zweck. Die ehemaligen Unterkünfte in der Waisenanstalt, in den beiden rückwärtig zum Waisenhaus gelegenen Häusern 2–7, sind heute Arbeits- und Seminarräume der Pädagogen, der überlieferte Deutsche Saal, einst ein Schlafsaal, ist ein hervorragender Hörsaal geworden. Wo einst Kinder lebten, lernen heute Studierende. Das große Gebäude gegenüber hat eigentlich keinen Namen: Der alte Speisesaal wird in Zukunft wieder so genutzt, und das gleiche gilt für den darüberliegenden Versammlungssaal.

Das Mägdeleinhaus ist ein Universitätsgebäude geworden, ohne daß es seine Besonderheit eingebüßt hätte. Die ungeheuren Probleme, die gerade dieses Haus aufgeworfen hatte, sind längst vergessen, und das wird auch für das benachbarte Englische Haus gelten, dessen zweite Restaurierung die äußere Gestalt nicht antastet, das innen aber neue Funktionen erhält.

Im hinteren Hof hat sich kaum etwas geändert: Im Langen Haus wohnen wieder Studierende und Schülerinnen und Schüler, denen Musikräume zugeordnet wurden. Die gegenüberliegende Bibliothek ist in den Originalzustand zurückgebaut worden, und die benachbarte einstige Cansteinsche Bibelanstalt, die früher Arbeitsräume und Wohnungen beherbergte, blieb im Zuschnitt unangetastet, die

Räume sind für Archivarbeiten, Forschungsaufgaben und Bibliotheksverwaltung hervorragend geeignet.

Alle Gebäude tragen die Handschrift der einstigen Bauherren. Ihre Intentionen hat der heutige Architekt respektiert, und so wurde ein Baustil wiederentdeckt, den wir seither als »pietistische Architektur« bezeichnen. Sie ist ungewöhnlich, originell und findet sich in dieser Komplexität nur in den Franckeschen Stiftungen. Es sind teilweise sehr große Gebäude, so ist das Lange Haus mit seinen 110 Metern Länge ein ganz exzeptionelles Bauwerk, in dem man einen Vorläufer heutiger Studentenwohnheime sehen kann. Die meisten Häuser lassen noch den ursprünglichen Zweck erkennen: das Waisenhaus, das Mägdeleinhaus, das Back- und Brauhaus, das Kinderkrankenhaus, die Bibliothek, die Cansteinsche Bibelanstalt, der Bauhof. Sie sind charakteristische Gebäude im historischen Ensemble. Einige von ihnen sind Inkunabeln der Baugeschichte: das Kinderkrankenhaus, die Bibliothek, in dieser Form auch das Waisenhaus. Die Vielfalt in der Einheit zeichnet die pietistische Architektur aus.

Als Oberbürgermeister Dr. Klaus Rauen in einer Kuratoriumssitzung den Vorschlag machte, die Franckeschen Stiftungen für die Liste der Weltkulturerbestätten der UNESCO vorzuschlagen, war die Überraschung nur einen Moment groß: Allen Anwesenden leuchtete es ein, daß die einzigartige Überlieferung eines sozialen und pädagogischen Ortes in der Architektur des fast vollständig erhaltenen Ensembles aus dem 18. Jahrhundert eine solche Auszeichnung verdiente.

Der überzeugende Vorschlag wurde allgemein begrüßt, die Denkmalpfleger, ohnehin seit Jahren mit den Stiftungen befaßt, stimmten zu, auch das Ministerium in Magdeburg, und die nächste Hürde wurde genommen: Die

Kultusministerkonferenz der Länder setzte die Franckeschen Stiftungen auf die deutsche Vorschlagsliste für das UNESCO-Weltkulturerbe. Sicherlich wird es noch eine Reihe von Jahren dauern, ehe uns die ersehnte Urkunde überreicht werden wird. Doch die Aussicht auf diese Auszeichnung allein motiviert alle Beteiligten, den eingeschlagenen Weg fortzusetzen. Gewiß, es sind berühmte Dome, Kirchen und Schlösser Weltkulturerbe geworden. Blättert man den jüngst erschienenen Prachtband über die deutschen, in die Liste aufgenommenen Stätten durch, so ist man begeistert über die Darstellung der künstlerischen Höchstleistungen, die das Komitee veranlaßte, diese Orte auszuzeichnen: die Römerstätten in Trier, die Reichenau und die Abtei zu Lorsch, die Dome zu Aachen, zu Speyer, zu Köln, die Wieskirche und St. Michael in Hildesheim, die Würzburger Residenz und andere Kunstdenkmäler. Unter den 23 Weltkulturerbestätten sind acht in Ostdeutschland, darunter die Wartburg, das Dessau-Wörlitzer Gartenreich, die Schlösser und Gärten in Potsdam-Sanscoussi, die Luthergedenkstätten in Wittenberg und Eisleben, die Weimarer Klassikerstätten, das Bauhaus in Dessau und Weimar.

In dieser Reihe, in der auch Industriedenkmäler nicht fehlen, werden die Franckeschen Stiftungen neben den historischen Städten wie Goslar und Quedlinburg durch die Singularität ihres historischen Ambiente aus dem Rahmen fallen, zugleich aber als Leistungen eines frommen Mannes im Zeitalter des Absolutismus herausragen, die weltweite Wirkungen hatten. Sie können als eine Stätte gesehen werden, die nicht nur von großer kultureller Vergangenheit geprägt ist, sondern auch von einer pädagogischen, sozialen und wissenschaftlichen Gegenwart. Die Stiftungen sind ein nationales kulturelles Erbe. Wenn die

Franckeschen Stiftungen eines Tages in die UNESCO-Liste eingetragen sein werden, wird sich zeigen, daß sie einem internationalen Vergleich standhalten.

## *Weltweite Kontakte*

Francke wollte in der Nachfolge von Johann Amos Comenius eine religiöse und soziale Weltverbesserung auf dem Wege der Erziehung erreichen. Er träumte von seinen Stiftungen als einer Stadt auf dem Berge, einem »himmlischen Jerusalem«, das jedermann ins Auge fiele und ein Exempel zur Nacheiferung darstellen sollte. Er entwarf ein *Project zu einem Seminario universale*, unter dem er die »Anlegung eines Pflanzgartens« verstand, »von welchem man eine reale Verbesserung in allen Ständen in und außerhalb Teutschlands, ja in Europa und in allen übrigen Teilen der Welt zu erwarten« habe. Er dachte dabei zunächst an seine konkreten Bemühungen, in einem *Seminarium orientale theologicum* junge Menschen aus vielen Ländern zu neuem Glauben zu erwecken und sie als Gesandte Gottes in die Welt zu schicken.

In gewissem Sinne ist es so gekommen: Viele seiner Schüler und Mitarbeiter zogen als Prediger, Mediziner, Lehrer, Ökonomen nach Großbritannien, Holland, Schweden, Polen, Rußland, Ungarn und darüber hinaus nach Indien, in den Vorderen Orient und schließlich nach Nordamerika. Diese universalen Tendenzen Franckes und seines Sohnes haben viele Spuren in den Buchbeständen, Handschriften und Dokumenten der Bibliothek, des Archivs und der Naturalienkammer hinterlassen. Das Netzwerk internationaler Beziehungen zwischen den Stiftungen und dem Ausland unter den Bedingungen des frühmodernen absolutistischen Staates ist ein ungewöhnliches Phänomen. Die internationalen Kulturkontakte, die uns heute selbstverständlich sind, haben in Francke einen erstaunlichen Vorläufer.

Jürgen Storz, der langjährige Archivar der Stiftungen, hat bei seinen Führungen und Vorträgen, aber auch in seinen gedruckten Aufsätzen über die Auslandsbeziehungen Franckes eine Fülle von Einzelheiten mitgeteilt und darauf hingewiesen, wie auch schon zu DDR-Zeiten viele Wissenschaftler »aus europäischen Ländern und aus Übersee« das Archiv in Anspruch genommen haben. Nach der Wende ist die Zahl der europäischen Gäste aus Großbritannien, den Niederlanden, aus Dänemark, Schweden, Finnland, Litauen, Polen, also aus den mittel- und osteuropäischen Ländern, beträchtlich gewachsen. Sie verstehen sich auch als Botschafter der Stiftungen in ihren Ländern.

Franckes Blick auf Europa und darüber hinaus auf Länder anderer Kontinente hat mich von Anfang an gefesselt. Die Kontakte zu russischen Wissenschaftlern, zu indischen Institutionen und nordamerikanischen Forschern sind bilateral: Einerseits besteht unser Interesse in der Anknüpfung an historische Verbindungen und damit in der Erneuerung einer internationalen Zusammenarbeit mit ausländischen Institutionen. Andererseits sind auch Wissenschaftler aus anderen europäischen und außereuropäischen Ländern daran interessiert, da sie in den Beständen der Stiftungen zu Recht noch unbekannte Quellen vermuten. Auf diese Kooperation wurde in den letzten Jahren durch den Abschluß von Verträgen und auch durch die Schaffung guter Bedingungen für die ausländischen Gäste hingearbeitet. Zwar fehlt noch ein eigenes Gästehaus, aber ein Stipendienprogramm wurde begründet.

Nachdem die Beziehungen zu Indien, Rußland und Amerika in eigenen Kapiteln dargestellt wurden, möchte ich endlich auch die Verbindungen zu ungarischen Wissenschaftlern hervorheben. Der Pietismus spielte um 1700 in dem Karpatenbecken eine bedeutende Rolle. Ungarische Studenten kamen nach Halle, der berühmte Matthias Bél unterrichtete sogar im Hause Franckes, und ungarische Übersetzungen pietistischer Schriften wurden nach Ungarn versandt.

Eine meiner letzten Amtshandlungen kurz vor meinem Ausscheiden war eine Reise nach Ungarn in Begleitung meiner Frau und unserer Bibliothekarin Dr. Britta Klosterberg. Der neue Generaldirektor der Nationalbibliothek Budapest, unser langjähriger Freund Professor István Monok, hatte uns zur Unterzeichnung eines Vertrags über die Zusammenarbeit zwischen den beiden Institutionen eingeladen. In dem hoch über der Stadt gelegenen Burgkomplex empfing er uns in seinem großzügigen Dienstzimmer. Auf dem Rundgang waren wir von der monumentalen Gestaltung der Lesesäle und Arbeitsräume, der Schatzkammern und der riesigen Flure beeindruckt. An diesem Ort wird der nationale Anspruch des oft unterdrückten ungarischen Volkes hervorragend repräsentiert. Daß gerade die Franckeschen Stiftungen einen Brückenkopf der ungarischen Kulturbeziehungen zu Deutschland werden, ist ein besonderes Zeichen des Vertrauens. Ungarische Kollegen und Nachwuchswissenschaftler führen Seminare in Halle durch und arbeiten als Stipendiaten in den Sammlungen der Stiftungen. Die reichen ungarischen Bestände in der Universitäts- und Landesbibliothek werden erschlossen, und in unserer Bibliothek ist eine ungarische Handbibliothek im Aufbau.

Eine besondere Beziehung sollte sich zu tschechischen

Wissenschaftlern anbahnen. August Hermann Franckes Interesse galt den böhmischen Brüdern. In der Kunst- und Naturalienkammer hängt ein auf Holz gemaltes Porträt von Johannes Hus aus dem 16. Jahrhundert, das sich vermutlich in Franckes Besitz befunden hat. Vielleicht kam dieses denkwürdige Bildnis zusammen mit dem Nachlaß von Johann Amos Comenius auf uns unbekannten Wegen nach Halle. Darunter war ein damals ungedrucktes umfangreiches Manuskript, eine Quintessenz der universalen Ideen des großen tschechischen Pädagogen und Philosophen. Der Titel dieses sogenannten Consultationswerkes in sieben Teilen, das bis heute noch nicht vollständig in deutscher Sprache bekannt ist, lautet übersetzt: *Allgemeine Beratung der menschlichen Dinge. An das Menschengeschlecht, vor allem jedoch an die Gelehrten, Frommen und Mächtigen Europas gerichtet.* Francke veröffentlichte 1702 nur den ersten Band, die *Historia Fratrum Bohemorum*, die Geschichte der Böhmischen Brüder, im Verlag des Waisenhauses. Mit Rücksicht auf sein Aufbauwerk setzte er die Edition wegen der Brisanz der politischen, theologischen und pansophischen Ideen nicht fort. Ich möchte vermuten, daß Francke zu dem genannten, zu seinen Lebzeiten nicht veröffentlichten *Project zu einem Seminario universale* durch die Lektüre dieser Handschriften angeregt worden ist.

Der Comenius-Nachlaß war ein verborgener Schatz der Stiftungen, den der Slawist Dimitrij Tschižewskij in der Nazizeit in der Bibliothek der Stiftungen wiederentdeckte. Das hatte aber leider zur Folge, daß am 16. Juli 1945 die 1400 Folioblätter der Handschriften zusammen mit den Comenius-Drucken der Bibliothek zwei Tschechen »auf Anordnung der sowjetischen Kommandantur« ausgeliefert wurden. Diese Requirierung einiger der bedeutendsten Dokumente der Stiftungen kann nur mit den rechtlosen Verhältnissen kurz nach Kriegsende erklärt werden. Die Papiere, heute in der Nationalbibliothek Prag, wurden 1957 nachträglich aus Anlaß des ersten Staatsbesuchs des DDR-Ministerpräsidenten Otto Grotewohl der damaligen ČSSR als Gastgeschenk übergeben. So haben auch die Franckeschen Stiftungen einen großen Kriegsverlust zu beklagen. Doch das müßte die Beziehungen zu tschechischen Wissenschaftlern nicht belasten. Im Gegenteil: Sie sollten in Zukunft nicht nur zu den Comeniusforschern angeknüpft werden. Ich selbst habe sie nicht mehr in Gang bringen können

Da die Zusammenarbeit mit den ausländischen Partnern spannende Perspektiven eröffnet, ist es wünschenswert, daß die Beziehungen zu Großbritannien, den Niederlanden, den nordischen Ländern, Finnland, den baltischen Staaten und Polen verstärkt würden. Die Stiftungen sind heute ein Ort, an dem das Fremde unter dem europäischen und internationalen Blickwinkel zugleich das Eigene ist, denn die Kunst- und Naturalienkammer, die Bibliothek und das Archiv überliefern das Fremde, das Exotische und das Benachbarte in reichem Maße. Es ist ein großes Kapital und die Grundlage eines weiteren Ausbaus der weltweiten Kontakte. So können die Stiftungen auch mit der politischen Entwicklung Schritt halten.

## *Christliche Tradition*

Rückblickend gehört die Begegnung mit dem Religiösen in der anschaulichen Form eines christlichen, im engeren Sinne eines pietistischen Glaubenswerkes zu den überraschenden Erfahrungen meiner Jahre in Halle. Es war durch die Dominanz des Verwahrlosten unter dem Schutt des Vergessenen kaum noch erkennbar. Das Denkmal, auf dem der Waisenvater mit einer anmutigen Gebärde gen Himmel zeigt, war von seinem Sockel genommen. Sollte es in der DDR-Zeit endgültig in einem Depot verschwinden, weil es auf dem hohen Podest an eine Welt religiöser Zuversicht erinnerte, die dem atheistischen Weltverständnis im Wege stand? War nicht der Bibelspruch am Tympanon des Waisenhauses bereits unleserlich geworden und der fromme Spruch im Eingang längst verschwunden? Wo waren denn die Bildnisse Franckes und seiner Nachfolger geblieben, die einst den Versammlungssaal schmückten und von einer langen Stiftungsgeschichte Kunde gaben? Wurde nicht Francke, wenn einmal an ihn erinnert wurde, nur als ein Schulmann dargestellt, der sich in seinem sozialen Engagement für die Unterdrückten einsetzte und sich so in die Ahnenreihe frühbürgerlicher Revolutionäre einreihen ließ? War nicht möglicherweise die Gründung eines Zentrums für europäische Aufklärung unbewußt eine Antwort auf die verdrängte Präsenz des Religiösen?

Man hat aber auch zu fragen, ob nicht diese Entfremdung von den Ursprüngen ein viel früher einsetzender Prozeß gewesen ist, der in der DDR-Zeit schließlich kulminierte. Was wußten die Schüler der Latina vor hundert Jahren noch vom Pietismus? War das nicht in den Augen der Lehrer im Kaiserreich eine Epoche verweichlichter, weltabgewandter Lebensformen? War nicht August Hermann Francke eine historische Persönlichkeit, die der Gegenwart kaum noch etwas zu sagen hatte? Und später: Hatten die Schüler in der Nazizeit jemals die Bibliothek, Franckes gelehrtes Vermächtnis, gesehen? Kannten sie sein Naturalienkabinett? Wie oft hatten sie Franckes Versammlungssaal betreten?

Das Vergessenwerden ist ein langer und langsamer Prozeß. So erklärt es sich, daß für mich nicht die Wiederherstellung einer pietistischen Tradition am Anfang meiner Tätigkeit stehen konnte, sondern die Rettung eines architektonischen Ensembles. Gewiß, unser Konsistorialpräsident hatte in der neuen Satzung die Stiftungen »als eine im Sinne ihres Stifters vom christlichen Geist geprägte Einrichtung« umschrieben. Ich gestehe, das war für mich zuerst eine unverbindliche Formel, eine Pflichtübung.

Doch mit der Fertigstellung des restaurierten Historischen Waisenhauses und dann mit der fortschreitenden Wiederherstellung der Gebäude um den Lindenhof veränderte sich die Sicht und legte den Blick frei für die Vergegenwärtigung von Franckes Tun und Handeln. Die Unerschütterlichkeit seines Glaubens gab ihm die Kraft, die sozialen und pädagogischen Anstalten aufzubauen. So wuchs meine Bewunderung für den Theologen und Weltverbesserer, den Reformer vor dem Zeitalter der Reformen, von Jahr zu Jahr, je mehr ich mich mit seinem Erbe konfrontiert sah. Seine Tatkraft erfüllte mich mit Sympathie, seine pietistische Frömmigkeit aber ist mir letzten Endes fremd geblieben.

Das Geheimnis von Franckes Unbeirrbarkeit offenbart der Spruch aus dem Buch des Propheten Jesaja im Alten Testament, der das Tympanon seines Waisenhauses schmückt. Unter den beiden schwarzen Adlern, die zur Sonne auffliegen, sind seit der Restaurierung die Worte in Goldbuchstaben von ferne zu lesen: »Die auf den Herrn harren, kriegen neue Kraft, daß sie auffahren mit Flügeln wie Adler.« In der Bibel heißt es weiter, »daß sie laufen und nicht matt werden, daß sie wandeln und nicht müde werden«. Dieser Text, den ich einmal als Laie in einem Universitätsgottesdienst in der Magdalenenkapelle in Halle ausgelegt habe, drückt eine Hoffnung aus, weckt das Vertrauen zu Gott, auf den man unbedingt setzen kann. Das Harren ist ein Lieblingswort in den Psalmen: »Sei getrost und unverzagt und harre des Herrn« oder: »Harre auf den Herrn und halte dich auf seinem Weg.«

Die Worte richtete Jesaja – er war nicht der Prophet aus dem 8. vorchristlichen Jahrhundert, sondern ein späterer gleichen Namens – zur Zeit des babylonischen Exils an die Juden. Sie sollten die Müden, die Ermatteten aus der Hoffnungslosigkeit herausreißen und sie mit Zuversicht stärken.

Im Eingang des Historischen Waisenhauses empfängt den Besucher das Psalmenwort: »Unsere Hülfe stehet im Namen des Herrn, der Himmel und Erde geschaffen hat.« Über Jahrhunderte war dieses Wort hier zu lesen, die Tafel ging verloren, wir haben sie erneuert. Die Präsenz dieses Bibelwortes in einer säkularen Institution ist keine Reminiszenz an vergangene Zeiten, sondern ist auch heute noch die Botschaft des christlichen Erbes, das an diesem Ort lebendig bleiben soll. Verläßt der Gast das Haus, so liest er, die Treppe hinuntergehend, auf einer Tafel, die wir auf dem Dachboden wiedergefunden haben, die Verse:

Fremdling! Was Du erblickt
Hat Glaub' und Liebe vollendet,
Ehre des Stiftenden Geist,
glaubend und liebend wie Er!

Die Verkündung christlichen Glaubens ist nicht unsere Aufgabe. Wohl aber sind die Stiftungen aufgerufen, christliche Einrichtungen in ihrem Rahmen zu fördern oder anzusiedeln. So konnte ich von dem Canstein Bibelzentrum in den Stiftungen berichten, von dem Evangelischen Konvikt, der Hauskapelle und der Russisch-Orthodoxen Hauskirche, die ein ökumenisches Zeichen setzt.

Daß nun auch die künftigen Pfarrer und Theologen in den Stiftungen ausgebildet werden, nachdem wir die Theologische Fakultät der Universität zu einem Umzug haben bewegen können, ist mit der Erwartung verbunden, daß die akademische Jugend, die in dem Ensemble eines großen Theologen heranwächst, sich auch um die geistliche Erneuerung dieses christlichen Erbes bemüht. Im künftigen Dialog der Religionen werden sich auch die evangelischen Theologen bekennen müssen.

Darüber hinaus wünschte ich mir auf Dauer eine enge Zusammenarbeit zwischen dem Fachbereich Erziehungswissenschaften und der Theologischen Fakultät. In der heutigen Gesellschaft ist hier ein idealer Ort entstanden, christliche Grundwerte als Basis einer zukunftweisenden Erziehung mit fortschrittlichen und weltoffenen Unterrichtsmethoden in Einklang zu bringen.

So eröffnet der Neubeginn der Franckeschen Stiftungen auch in Glaubensfragen ungeahnte Perspektiven. Die Besinnung auf August Hermann Francke ist wieder möglich geworden, nachdem seine Denkmäler wieder aufgerichtet, seine Bauten wieder hergestellt, seine akademischen Institutionen wieder lebendig geworden sind.

## *Ein Spiegelbild des Lebens*

Im Herbst 1997 berieten wir im kleinen Kreis die Veranstaltungen des Jubiläumsjahres 1998. Ich wünschte mir einen außergewöhnlichen Höhepunkt, eine effektvolle Demonstration für die Stiftungen und skizzierte eine Veranstaltung auf unserem wiederhergestellten Sportplatz, an der alle in den Stiftungen Wohnenden, Arbeitenden, Lernenden, Studierenden und Betreuten, also jung und alt, teilnehmen sollten. Ich schätzte, daß es fast 4000 Menschen unter Einschluß der Eltern der Kinder sein könnten. Auf diese Weise sollte das diesjährige Lindenblütenfest eröffnet werden. Nach einem musikalischen Auftakt würden ein paar Reden aus Anlaß des Jubiläums der Stiftungen gehalten, Hans-Dietrich Genscher könnte dafür sicherlich zur Mitwirkung gewonnen werden. Ich stellte mir vor, daß danach die Kinder Tausende von Luftballons aufsteigen ließen. Das Ganze sollte sich als eine heitere Inszenierung verstehen, die zeigen könnte, wie viele Menschen sich tagaus, tagein in den Stiftungen aufhielten. Das Fernsehen wäre vermutlich für dieses ungewöhnliche Ereignis zu begeistern, denn eine solche Demonstration hätte es in den Stiftungen noch nicht gegeben.

Mit großen Augen und offensichtlich entgeistert hatte unsere Kulturreferentin, eine Leipzigerin, zugehört, und dann schoß es aus ihr heraus: »Das können Sie doch nicht machen. Das ist ja DDR pur. Das haben wir doch alles erlebt und hinter uns gebracht. Nun wollen Sie eine Massendemonstration machen? Es fehlen ja nur noch die roten Fahnen. Nein, nein, das können wir nicht machen.« Nun war ich bestürzt, ihre einleuchtenden Argumente hatten mich überrascht. Ich mußte ihr aber recht geben.

Es ist sehr viel pulsierendes Leben in den Stiftungen, wenn Menschen aller Schichten und jeden Alters das Areal bevölkern. Die Vielfalt der Arbeitsstätten und Bildungseinrichtungen mit ihren unterschiedlichen Aufgaben und Zielen sind ein Spiegelbild des Lebens. Fast zwanzig Institutionen sind unter dem Dach der Stiftungen angesiedelt: Kindertagesstätten, Schulen, Sozialeinrichtungen, Universitätsinstitute, Verwaltungen, Kulturzentren, Betriebe. In ihnen arbeiten Lehrerinnen und Lehrer, Erzieherinnen und Sozialarbeiter, Professoren und Assistenten, wissenschaftliche Mitarbeiter, Angestellte, Pastoren, Bibliothekare, Archivare, Architekten, Techniker, Handwerksmeister, Setzer und Drucker, Hausmeister und Pförtner, ohne die vorübergehend beschäftigten Aushilfskräfte alles in allem mehr als 500 Menschen. Nur 30 Mitarbeiterinnen und Mitarbeiter davon sind im Kultur-, Wissenschafts- und Verwaltungsbereich der Stiftungen selbst beschäftigt. Da es nicht gelang, eine angemessene Stellenzahl zu erreichen, werden zusätzlich im Schnitt 20 ABM-Kräfte eingestellt und fast ebenso viele aus Drittmitteln bezahlt. Seit Jahren werden Führungen von 10–15 Ehrenamtlichen, Schülern, Studierenden, Pensionären, geleistet: Bürgerschaftliches Engagement gehört zum Bild der Stiftungen. Außerdem arbeiten 60 Erzieherinnen in den uns gehörenden drei Kindertagesstätten.

Die Stiftungen sind von alters her ein Ort für junge Menschen, eine Stätte der Betreuung, Erziehung, Unterweisung und Ausbildung, des Studiums und der Weiterbildung. Zu Recht werden sie auch als eine Schulstadt angesehen. Es werden täglich 2000 Krippenkinder, Vorschulkinder, Schülerinnen und Schüler und Jugendliche betreut, unterrichtet, beschäftigt und qualifiziert. Darüber hinaus studieren mehr als 2000 junge Leute Pädagogik und Theologie in den Universitätseinrichtungen in den Stiftungen, von denen allerdings nur ein sehr kleiner Prozentsatz im Konvikt wohnt.

Leider hat sich – darüber ist hier auch zu berichten – die Wiederherstellung und Einrichtung des alten Speisesaals für die Versorgung der Menschen beträchtlich verzögert. Zwischen Waisenhaus und Englischem Haus hatte

Francke 1710/11 ein zweigeschossiges Seitengebäude errichtet. Zu ebener Erde – unter dem Versammlungssaal – wurde am 11. November 1711 der Speisesaal für die Kinder und Studenten in Betrieb genommen. Nach wenigen Jahren saßen bereits 450 Kinder und Studenten an den 28 Tischen. Die Zahl derer, die täglich mit drei Mahlzeiten versorgt werden mußten, stieg im Laufe der Zeit auf knapp 600 Personen. Über die Jahrhunderte blieb der Speisesaal in Betrieb, bis er 1991 eingestellt werden mußte. Ich habe damals hin und wieder mit Ulrich Ricken in dieser tristen Mensa zu Mittag gegessen. Der Betrieb des Speisesaals liegt uns sehr am Herzen, ebenso sollte im Laufe der Zeit in den Kellerräumen wieder ein Studentenclub eingerichtet werden.

Die Stiftungen sollen für Menschen aller Altersstufen zu einem Freizeitort werden: Der wiederhergestellte Sportplatz ist ein Anfang, eine neue Mehrzwecksporthalle in der Nachbarschaft ist seit langem geplant. Sie soll ein Schwimmbecken, vor allem auch für Behinderte, einschließen. Zur Entlastung des Verkehrs ist in dem hinteren Areal ein Parkdeck zu bauen vorgesehen.

Auch das musikalische Leben wird in Zukunft eine noch größere Rolle spielen, nachdem die Übungs- und Wohnräume für die Musikschülerinnen und -schüler in dem Langen Haus bezogen wurden und die Sanierung des Stadtsingechor-Gebäudes abgeschlossen sein wird. Dann bieten sich seit Jahren erwogene musikalische Sommerakademien und Ferienangebote in den Stiftungen an. Außerdem könnten alle Bewohner an dem musikalischen Leben beteiligt werden, wie es schon durch das offene Singen im Lindenhof und das vorweihnachtliche Adventssingen im Saal geschieht, Veranstaltungen, die sich im Laufe der Jahre immer größerer Beliebtheit erfreuen und an deren Gestaltung der Stadtsingechor unter Leitung seines mitreißenden Chordirektors Helmut Steger große Verdienste erworben hat.

Aber kehren wir noch einmal zu den Menschen in den Stiftungen zurück. In der Not der Nachkriegszeit fanden hier viele Flüchtlingsfamilien vorübergehend Unterkunft. Heute sind es nur noch wenige, die hier wohnen, durch das Bauen im letzten Jahrzehnt mußten wir für manche Alteingesessene neue Wohnungen außerhalb der Stiftungen suchen. Um so glücklicher sind wir, daß wir den Wöllenwebers, den Rabes, Frau Piechocki und Frau Greim Wohnungen neu einrichten konnten. Sie sind inzwischen alt geworden, und auch für alte Menschen sollten die Stiftungen eine Heimat sein. Seit Jahren bemühen wir uns, das ehemalige Pädagogium zu einem modernen Altersheim auszubauen. Das übriggebliebene Gebäude von Franckes Musteranstalt soll nach den Vorstellungen unseres Architekten mit einem Neubauteil so verbunden werden, daß die alten Menschen in kleinen Gruppen zusammenleben und einen würdigen Lebensabend in der Nachbarschaft der Schulkinder der Montessori-Schule verbringen können. Aber es bekümmert mich, daß diese sinnvolle Nutzung an den finanziellen Problemen bis jetzt gescheitert ist.

Wenn ich am Ende zurückblicke und Bilanz meiner Aufbaujahre in Halle ziehe, so muß ich es auch bedauern, daß ich mich nicht um die Bewohner der elf Hochhäuser, die vor 25 Jahren in der DDR-Zeit auf den ehemaligen Plantagen der Stiftungen gebaut wurden, habe kümmern können. Die Häuser gehören uns zwar nicht, aber dennoch hatte ich anfangs gedacht, man könnte mit den Wohnbaugesellschaften und -genossenschaften über eine Einbeziehung in die Stiftungen verhandeln. Da jedoch die rechtlichen Grundlagen fehlen, wurden solche Vorstellungen schon früh verworfen. Das schließt allerdings nicht aus, daß wir die Familien für die Arbeit der Stiftungen interessieren sollten, denn sie blicken täglich aus ihren Fenstern auf unser Gelände und leben mit uns in Nachbarschaft.

Und schließlich die Gäste: Jedes Jahr besuchen bis zu 100 000 Menschen von nah und fern die Stiftungen und ihre Veranstaltungen. Sie besichtigen das Historische Waisenhaus und die Bibliothek und machen einen Rundgang durch die alten und neuen Stiftungen. Auch sie prägen das Bild dieses Ortes mit. In den Stiftungen verbinden sich das Herausragende mit dem Alltäglichen, das Besondere mit dem Gewöhnlichen, die äußere Gestaltung mit dem inneren Wirken. Die Mischung von Jungen und Alten, von Kindern und Erwachsenen, von Berufstätigen und Rentnern, von Einheimischen und Fremden charakterisiert den Alltag in den Stiftungen, und deshalb kann man diese als ein Spiegelbild des Lebens betrachten.

## *Wirtschaftliche Unsicherheiten*

Früher habe ich meine Träume anderntags erzählen können. Inzwischen gehen sie mir verloren, versinken ins Vergessen, ehe ich sie rekapitulieren kann. Meist sind es chaotische Träume, in denen immer die gleichen unfertigen, ruinösen Bauten eine Rolle spielen. Doch kürzlich hatte ich einen Traum, der ganz anders war, sachlich und korrekt in allem, was da passierte. Ich habe ihn behalten. Er steht mir wie ein tatsächlich erfahrenes Erlebnis vor Augen, und doch war es – leider – nur ein Traum.

Ich befand mich in dem großen Sitzungszimmer einer Bank, dessen Konturen in der Ferne verschwammen. Nur die am nächsten sitzenden, korrekt gekleideten, seriösen Herren des Aufsichtsrats – oder war es der Vorstand? –, die mich prüfend und etwas herablassend betrachteten, konnte ich wahrnehmen. Offensichtlich hatte man mich hereingerufen und mir einen Platz gegenüber einem Herrn angeboten, der sich erhoben hatte, mich freundlich und wohlwollend anblickte und dann eine kurze Rede hielt. Aus ihr ging hervor, daß das Gremium soeben beschlossen hatte, meinen Stiftungen eine Spende von hundert Millionen Mark als Grundstock eines Stiftungskapitals zukommen zu lassen. »Der Herr neben Ihnen«, sagte der Vorsitzende, »wird alles weitere mit Ihnen besprechen.« Ich weiß nicht, wie ich mich bedankt und den Raum verlassen habe. Jedenfalls klingelte der angesprochene Herr, hochgewachsen und mit einem auffälligen Schnurrbart, plötzlich – wie es dazu kam, bleibt mir ein Rätsel – in aller Herrgottsfrühe an der Wohnungstür meiner Mutter. Ich öffnete, und er sagte nur: »Nun müssen wir arbeiten.« Da war mir plötzlich klar, daß das Geld tatsächlich bewilligt worden war, und vor Aufregung muß ich dann erwacht sein.

Es war ein wirklich schöner Traum von dem Kapital, das den Franckeschen Stiftungen bis heute fehlt. Die Summe ist exakt. Ich habe sie bei Führungen und in Gesprächen oft genannt und las immer Unverständnis und Ungläubigkeit in den Gesichtern. Hundert Millionen als Stiftungskapital: Das bringt etwa vier Millionen Zinsen im Jahr, und das ist die Summe, die Bund, Land und Stadt im Jahr den Stiftungen bewilligen, seit fünf bis sechs Jahren, nicht mehr, nicht weniger. Es ist die Hälfte des Wirtschaftsplans, denn die gleiche Summe wird aus Mieteinnahmen zwar nicht ganz erreicht, aber jedes Jahr wieder angesteuert. Doch diese eigenen Einnahmen sind für die Unterhaltung der Gebäude bestimmt, und ein Teil wird zur Mitfinanzierung der Baumaßnahmen benötigt.

Hätten wir 1992 die Bauten in einem guten Zustand übernommen, wären die Sorgen nicht so groß. Aber da sich die Schäden, wie schon erwähnt, auf 250 Mio. DM beliefen, sind wir in all den Jahren nicht auf einen grünen Zweig gekommen. Im Gegenteil: Nach 8–10 Jahren sind etwas mehr als 100 Mio. DM in die Sanierung der Bauten aus den verschiedenen Finanzierungsprogrammen geflossen, und 30 weitere Millionen sind derzeit verplant. Es ist Halbzeit, wir sind immer noch »mitten im Aufbruch«. Es wäre undankbar, wenn ich nicht immer wieder die Unterstützung von vielen Seiten bei der Rekonstruktion der Stiftungen erwähnen würde. Doch im Blick auf die weiteren, noch notwendigen Baumaßnahmen stehen wir immer erneut vor der schier unlösbaren Aufgabe, die Mittel zu beschaffen. Nur der Glaube an ein Wunder rettet uns über die Verzweiflung hinweg. Das mag dramatisch klingen. Doch allein die Mieteinnahmen der fertiggestellten Bauten sind, da wir mit öffentlichen Mitteln bauen müssen, so gering, daß sie kaum die laufende Unterhaltung decken. Überall in Ostdeutschland ist die Lage gleich. Wir liegen mit der Feststellung, daß erst etwa die Hälfte der Schäden beseitigt sind, voll im Trend. Es wird bei gleichbleibender Förderung noch zehn Jahre dauern, bis der Gleichstand mit den westdeutschen Bundesländern erreicht sein kann.

Doch dieses Bestreben, gleiche Lebensverhältnisse in der äußeren baulichen Wiederherstellung zu erreichen, ist nur die eine Seite der Medaille. Bedrückend ist die Unsicherheit in der laufenden Finanzierung der Arbeit. Von Jahr zu Jahr wird das wenige Geld, das uns zur Verfügung gestellt wird, gekürzt. Der Personalabbau wurde von uns verlangt, ehe ein Aufbau überhaupt erfolgte. Das sind für Außenstehende – zumal für Westdeutsche – schwer nachvollziehbare Fakten. Unsere Mitarbeiter haben eine 40-Stunden-Woche bei einem Lohn von 90% der Westtarife. Daß sie zweitklassig behandelt werden, ist auf Dauer unerträglich. Aber welch eine Katastrophe wäre es für die Franckeschen Stiftungen, wenn diese gewünschte und zu fordernde Gleichstellung umgesetzt werden müßte!

Kulturinstitute sind keine Wirtschaftsbetriebe. Sie können nicht den Gewinn bringen, den sich Politiker vielleicht davon versprechen. Ihre Leistungen sind unbezahlbar, sie wirken für das geistige Wohl der Menschen. Nicht nur Bibliotheken, auch die Kultur überhaupt ist ein »Kapital, das geräuschlos unberechenbare Zinsen trägt« (Goethe). Die Mittel, die für sie aufgewendet werden, verstehen sich für ein Volk als langfristige Investitionen. Da wir noch in einer Wohlstandsgesellschaft leben, die auf eine Spaß- und Ablenkungskultur setzt, wird der finanzielle Bedarf der Kulturinstitute sehr unterschätzt. In den westlichen Ländern fallen die Sorgen nicht so sehr ins Gewicht. Sie sind aufs ganze gesehen in einer durch ihre Unterhaltungsträger in den Ländern und Kommunen gesicherten Lage, selbst wenn es Einbrüche auch hier immer wieder geben kann. Ihre Budgets sind feste Positionen der Haushaltspläne, die nicht grundsätzlich in Frage gestellt werden, und sind außerdem erfreulicherweise auf einem Niveau, das ihre Zukunft garantiert.

Im Osten ist die Lage auch elf Jahre nach der Vereinigung anders. Die Länder und Kommunen bedürfen immer noch der Unterstützung des Westens, da ihre Wirtschaftskraft noch lange nicht die erhoffte Stärke erreicht hat. Das schlechte Klima zwischen Ost und West erschwert den Aufbau, die Abwanderung junger Leute schädigt die Entwicklung. Unter diesen Verhältnissen leiden die Kulturinstitute besonders, so sehr Länder und Kommunen bemüht sind, sie im Rahmen des Möglichen zu unterstützen.

Unter diesen Bedingungen erwies sich bisher die Förderung durch den Bund als eine unentbehrliche existentielle Hilfe. Ohne diese tatkräftige Unterstützung, die von einem großen Verständnis für die Belange des Ostens getragen ist, wäre der Wiederaufbau der Franckeschen Stiftungen von Anfang an gescheitert. Der Bund als Retter der Kultur: Das ist mit Blick auf die Kulturhoheit der Länder fast ein Sakrileg. Doch man kann das Loblied nicht laut genug singen. Das Engagement des Landes Sachsen-Anhalt erhielt so in allen kulturellen Belangen eine notwendige Rückendeckung. Es ist deshalb nicht nur für unsere Stiftung, sondern für alle vom Bund mitfinanzierten Institute in Ostdeutschland bedrückend, wenn einer Beendigung dieser ganz unverzichtbaren Unterstützung das Wort geredet wird. In Bayern und Nordrhein-Westfalen macht man sich wohl kaum klar, daß im Osten die Kultur wegbrechen würde, wenn sich der Bund zurückzöge.

Die wirtschaftlichen Unsicherheiten habe ich in meiner Tätigkeit nicht beseitigen können. Sie haben mich über die vielen Jahre begleitet und bedrückt. Man wünschte sich eine dauerhafte Lösung dieses unbefriedigenden Problems gerade auch angesichts der Erfolge, die die Stiftungen mit ihrer Arbeit vorweisen können. Es ist traurig, daß die schöne Vorstellung von der Hundert-Millionen-Spende nur ein Traum war. Sie würde die Stiftungen dauerhaft retten.

## *Ein Blick in die Zukunft*

Es mag verwunderlich erscheinen, daß der Skizzierung der wirtschaftlichen Unsicherheiten dennoch ein optimistischer Ausblick folgen soll. Doch das ist kein Widerspruch: In all den Jahren in Halle mußte ich mit diesen Unwägbarkeiten leben.

Der Glücksfall der Geschichte hat 1990 die Franckeschen Stiftungen vor dem möglichen Untergang bewahrt. Die Wiederentdeckung ihrer großen Vergangenheit, der Beginn und der Fortgang ihrer architektonischen Wiederherstellung und die gelungene Rückkehr in das öffentliche Bewußtsein, weit über Stadt und Land hinaus, stimmen mich zuversichtlich, wenn ich mich jetzt zurückgezogen und die Fortführung der großen und schönen Aufgabe meinem jüngeren Nachfolger überlassen habe. Es ist der Grund gelegt, auf dem er mit seinen Ideen weiterbauen kann.

Oft habe ich mir vorgestellt, wie es sein wird, wenn das letzte Gerüst gefallen und das letzte Baufahrzeug die Stiftungen verlassen hat. Dann wird endlich die gewünschte und erhoffte Ruhe einkehren, die den Menschen in den Stiftungen eine Wohltat sein wird. Denn die Unruhe, der Baulärm, der innerstiftische Verkehr – sie sind mir sehr oft auf die Nerven gefallen in dem Bewußtsein, daß dies alles nicht im Sinne des Gründers sein konnte. Aber die Rekonstruktion ist nicht nur notwendig, sondern auch die Voraussetzung für das künftige neue Leben in den Stiftungen. So ist zu hoffen, daß nach Fertigstellung des Lindenhofes wirklich der große Bau des ehemaligen Pädagogiums neu genutzt und im sozialen Bereich mit der benachbarten Montessori-Schule inhaltlich lose verbunden wird: Welch eine Aussicht für eine solche »andere Schule«.

Wir hoffen, daß die Stadt die begonnene Sanierung ihrer beiden Schulgebäude zügig fortsetzt und zu Ende führt. Dies wurde als Voraussetzung für eine Überführung in den Grundbesitz der Stiftungen vereinbart. Die größte Aufgabe wird die Umgestaltung der Latina sein: Wir haben die Arbeiten zugunsten der allzu gefährdeten historischen Bausubstanz bisher zurückstellen müssen. Aber sollte hier nicht auf lange Sicht eine Eliteschule entstehen, ähnlich wie in Schulpforta und in St. Afra zu Meißen und in der Tradition von Franckes Königlichem Pädagogium? Wären wir nicht gerade in Ostdeutschland gut beraten, ein solches Gymnasium zu schaffen, das in der Erziehung auch eigene Wege geht? Die Voraussetzungen wurden geschaffen: Der musikpädagogische Teil ist ein vielversprechendes Kapital ebenso wie die Tatsache, daß die Latina eine Europaschule ist, was durch den Unterricht in sieben Fremdsprachen zum Ausdruck kommt. Die Planungen sehen eine räumliche Verbindung der beiden Schulgebäude aus der Spätzeit des Wilhelminismus durch einen Zwischenbau vor. Das wird der Schule ein neues Gesicht geben. Es wäre sinnvoll, wenn sie in absehbarer Zeit – wie die Kindertagesstätten – in stiftische Trägerschaft überführt würde. Dabei wird sich an der Dominanz kultureller Aufgaben nichts ändern. Vielmehr werden durch die Einbeziehung dieser sozialen und pädagogischen Einrichtungen und die wünschenswerte Zusammenarbeit zwischen den Pädagogen und Theologen vor Ort die Perspektiven einer Kulturinstitution so erweitert, wie dies nirgendwo bisher der Fall ist.

Freilich: Diese Vorstellungen setzen noch andere Baumaßnahmen in den Stiftungen voraus. Das Druckereigebäude, das ehemalige Kinderkrankenhaus, das Verwaltungsgebäude der Stiftungen, das Francke-Wohnhaus und die Buchhandlung müssen saniert werden, ehe auch die letzten Wohnhäuser vorsichtig wieder hergerichtet sein können. Wenn man ganz kühn ist, kann man sich vorstellen, daß eines Tages auch die Apotheke, die Buchhandlung und die Druckerei, also die ehemaligen erwerbenden Betriebe, wieder im Dienste der Stiftungen arbeiten.

Am hinteren Teil der Stiftungen sind, wie erwähnt, eine Sporthalle und ein Parkdeck geplant. Es wäre erfreulich, wenn zur Finanzierung dieser wichtigen Strukturmaßnahmen neue Wege beschritten werden könnten. Denn hier entstehen Einrichtungen, die nicht nur den Stiftungen zugute kommen werden.

Wenn man sich dann vorstellt, daß alle Wege gepflastert, alle Bäume gepflanzt, alle Grünflächen mit Bänken und Denkmälern angelegt und nach dem bereits gestifteten Japanischen Garten auch Schulgarten und Bibelgarten geschaffen sein werden, wie es die längst abgeschlossene Planung vorsieht, werden sich die Stiftungen als ein ungewöhnliches Kulturdenkmal in Deutschland präsentieren, als ein Weltkulturerbe ganz besonderer Gestalt, als ein Erinnerungsort des deutschen Protestantismus wie der deutschen Aufklärung und als eine weit über Halle hinaus wirkende Kulturstätte, von der Impulse und Innovationen ausgehen können.

Wenn man schließlich bedenkt, daß dieser Blick in die Zukunft keineswegs nur eine Utopie ist, sondern ein Werk, das der Vollendung entgegengeht, so wird der Leser mein Glücksgefühl verstehen. Ich bin überzeugt, daß die Menschen in den Stiftungen, jung und alt, diese Entwicklung mittragen werden, daß aus den bisherigen Ansätzen gemeinsamen Wirkens eine stiftische Gemeinschaft entsteht, wie man sie in dieser Form heute nicht mehr kennt. Die Franckeschen Stiftungen: Eine Stadt in der Stadt, eine neues Jerusalem im kleinen – das sind Chancen, Aussichten, Erwartungen. Diesen neuen Stiftungen wird die Zukunft gehören.

## *Abschied*

Im September 2000 fand der Wechsel in der Leitung der Franckeschen Stiftungen statt. Hans-Dietrich Genscher hatte seit 1992 die vielen Kuratoriumssitzungen mit Engagement und heiterer Gelassenheit geleitet. Nun äußerte er die Absicht, sein Amt aufzugeben. Auch ich wollte meine Tätigkeit als Direktor in jüngere Hände legen. Da überraschte er mich mit dem Vorschlag, seine Nachfolge als Vorsitzender des Kuratoriums anzutreten. Das war ein Angebot, dessen Sinn mir einleuchten mußte. Durch den Wechsel kann ich wiederum meinem Nachfolger noch einige Zeit zur Seite stehen.

Die Abschiedssitzung verlief, wie immer, in guter Stimmung. Genscher wurde von dem Ministerpräsidenten Dr. Reinhard Höppner, den wir zu dieser Stunde dazugebeten hatten, mit freundschaftlichen Worten bedacht. Das Kuratorium wählte Genscher zum Ehrenvorsitzenden, wobei der in solchen Situationen Erfahrene im Blick auf seine politischen Implikationen nur sagte: »*Dieses* Ehrenamt übernehme ich gern.«

Mein Nachfolger war schon auf der letzten Sitzung gewählt worden. So ging der Übergang fast geräuschlos vonstatten. Da ich Professor Olbertz in den vielen Jahren als einen klar denkenden und wortgewandten Kollegen schätzen gelernt hatte, der in der Universität eine ordentliche Professur für Erziehungswissenschaften innehat, war es mir nicht schwergefallen, ihn in Abstimmung mit meinen Kollegen im Direktorium für die Nachfolge zu gewinnen.

Die Abschiedsfeiern, die mir galten, lagen am 30. September hinter uns: Es waren bewegende Veranstaltungen gewesen. An diesem Herbstmorgen sah ich mich mit meiner Frau zum letztenmal als Direktor der Franckeschen Stiftungen im Freylinghausensaal mitten unter geistlichen Würdenträgern und Gemeindemitgliedern der russisch-orthodoxen Kirche. Man hatte mich zu dieser Vormittagsstunde eingeladen. Eberhard Görner drehte seit einigen Tagen einen Fernsehfilm zum Thema *Abschied und Willkomm* und war auch hier anwesend. Ein kleiner russischer Kinderchor hatte unter der Leitung einer strengen Lehrerin gesungen, dann trat der imposante, mir schon bekannte Erzbischof Feonfan an das Rednerpult, und nach einer kurzen Ansprache steckte er mir, wie auch Professor Hermann Goltz, der den Bau der russisch-orthodoxen Hauskirche angeregt hatte, zum Dank den Orden des Heiligen Daniel an, eine hohe Auszeichnung des russisch-orthodoxen Patriarchen von Moskau. Ich habe in den letzten zehn Jahre viele ehrenvolle Auszeichnungen erfahren. Aber dies war doch ein eigenartiger, mich in der Fremdheit der Situation anrührender Augenblick, und als dann der Kinderchor zum Ausklang sang, fühlte ich, daß nun wirklich meine Zeit in Halle zu Ende gegangen war.

Mir gingen wie im Fluge alle Ereignisse, die ich in diesem Saal erlebt hatte, durch den Kopf: der trostlose Eindruck in der DDR-Zeit, die ersten Veranstaltungen in der Baustelle, die Einweihung des Festsaals, das Trompetenkonzert von Ludwig Güttler, die vielen Festversammlungen, auch noch jene der letzten Tage. Wir waren einen Moment allein. Am Ausgang hatte die aufmerksame Engländerin auf uns gewartet. Wir nahmen von ihr Abschied und sahen sie noch im Rückspiegel unseres Autos. Sie stand etwas verloren vor der Fassade des Hauptgebäudes. Franckes Fußstapfen hatte ich zurückgelassen.

## *Nachbemerkung*

Dieses Buch ist eine persönliche Rechenschaft über den Wiederaufbau der Franckeschen Stiftungen zu Halle an der Saale. Ich habe es auch aus Dankbarkeit gegenüber den vielen Menschen geschrieben, die meine Arbeit mitgetragen haben. Leider war es nicht möglich, die Namen aller Mitarbeiterinnen und Mitarbeiter und die Namen derer, die mir nahestanden, zu nennen. Daß ich ihrer gedenke, soll noch einmal betont werden. Das Buch hätte nicht ohne die tatkräftige und kritische Mithilfe und Unterstützung meiner Frau, Mechthild Raabe, entstehen können. Deshalb möchte ich ihr, die in den vielen Jahren meine Arbeit in Halle begleitet hat, an dieser Stelle für ihr Verständnis, ihre Geduld und vor allem für ihre Liebe danken. Auch meiner Schwesterverlegerin, Elisabeth Raabe, gilt mein Dank für die zustimmende Aufnahme und Veröffentlichung dieses meines zweiten Rechenschaftsberichts.

Wolfenbüttel, den 28. November 2001 P. R.

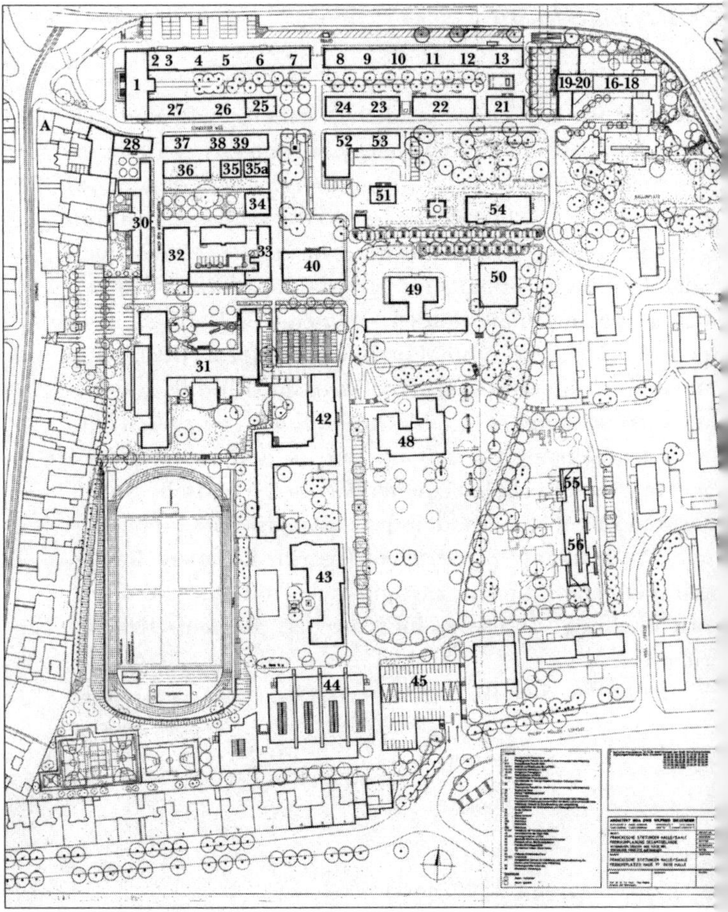


© Wilfried Ziegemeier,

# *Lageplan der Franckeschen Stiftungen zu Halle*

| Haus | | |
|---|---|---|
| 1 | Historisches Waisenhaus (Hauptgebäude) | |
| 2–7 | Ehemalige Waisenanstalten: Fachbereich Erziehungswissenschaften der Universität | |
| 8–13 | Langes Haus | |
| | 8–9 | Evangelisches Konvikt |
| | 10–11 | Musikzweig der Latina; Internat |
| | 12–13 | Deutsches Jugendinstitut; Internat (im Bau) |
| 16–20 | Ehemaliges Kgl. Pädagogium | |
| | 16–18 | Altenpflegeheim (in Planung) |
| | 19–20 | Grundschule Maria Montessori |
| 21 | Stadtsingechor | |
| 22–24 | Studienzentrum August Hermann Francke | |
| | 22 | Historische Bibliothek |
| | 23 | Bibliotheksverwaltung; Magazine |
| | 24 | Archiv; Pietismusforschungszentrum der Universität; Canstein Bibelzentrum; St. Georgs-Kapelle; Russisch-Orthodoxe Hauskirche |
| 25 | Mägdeleinhaus: Institute der Theologischen Fakultät der Universität | |
| 26 | Englisches Haus | |
| 27 | Freylinghausensaal; Speisesaal | |
| 28 | Franckes Wohnhaus | |
| 30 | Hauptgebäude der Theologischen Fakultät der Universität | |
| 31 | Ehemaliges ABF-Gebäude: Fachbereich Erziehungswissenschaften | |
| 32 | Große Scheune | |
| 33 | Jugendwerkstatt Bauhof | |
| 34 | Kleine Scheune | |
| 35–36 | Wohnhäuser | |
| 37–39 | Stiftungsverwaltung; Architekturbüro | |
| 40 | Grundschule August Hermann Francke | |
| 42/43 | Landesgymnasium Latina August Hermann Francke | |
| 44 | Sportzentrum (in Planung) | |
| 45 | Parkdeck (in Planung) | |
| 48 | Neubau Kindertagesstätte August Hermann Francke | |
| 49–50 | Sekundarschule August Hermann Francke | |
| 51 | Ehemaliges Kinderkrankenhaus | |
| 52–53 | Buchdruckerei: Union Druck Halle GmbH | |
| 54 | Aufklärungsforschungszentrum der Universität | |
| 55 | Montessori-Kinderhaus | |
| 56 | Kindertagesstätte Voßstraße | |
| A | Buchhandlung des Waisenhauses | |
| B | Waisenhaus-Apotheke | |

## *Veröffentlichungen der Franckeschen Stiftungen*

Seit ihrer Wiederherstellung haben die Franckeschen Stiftungen eine Anzahl von Büchern, Katalogen und Schriften herausgegeben.

*Kataloge der Franckeschen Stiftungen**

1. Raabe, Paul: Das Hallesche Waisenhaus. Das Hauptgebäude der Franckeschen Stiftungen. Halle 1995. 79 S.
2. Pietas hallensis universalis. Weltweite Beziehungen der Franckeschen Stiftungen im 18. Jahrhundert. Ausstellung im Hauptgebäude vom 12. Oktober 1995 bis zum 15. April 1996. Katalog und Ausstellung: Paul Raabe unter Mitarb. von Heike Liebau und Thomas Müller. Halle 1995. 99 S.
3. Martin Luther und Halle. Ausstellung der Marienbibliothek und der Franckeschen Stiftungen vom 18. Februar bis 24. April 1996. Katalog und Ausstellung: Heinrich L. Nickel, Raphael Pregla, Paul Raabe, Hildegard Seidel mit einer Einleitung von Arno Sames. Halle 1996. 48 S.

Die Große Nordische Expedition. Georg Wilhelm Steller (1709–1746). Ein Lutheraner erforscht Sibirien und Alaska. Eine Ausstellung der Franckeschen Stiftungen vom 12. Mai 1996 bis 31. Januar 1997. Hrsg. von Wieland Hintzsche und Thomas Nickol. Gotha 1996. 347 S.

4. Schulen machen Geschichte. 300 Jahre Erziehung in den Franckeschen Stiftungen. Ausstellung im Hauptgebäude vom 11. Mai 1997 bis 1. Februar 1998. Hrsg. von Paul Raabe. Halle 1997. 239 S.
5. Vier Thaler und sechzehn Groschen. August Hermann Francke (1663–1727). Der Stifter und sein Werk. Aus-

stellung im Hauptgebäude vom 20. März 1998 bis 31. Januar 1999. Bearb. von Paul Raabe unter Mitw. von Hannelore Ruhle und Elke Stateczny. Halle 1998. 255 S.
6. Raabe, Paul: Separatisten, Pietisten, Herrnhuter. Goethe und die Stillen im Lande. Ausstellung in den Franckeschen Stiftungen vom 9. Mai bis 3. Oktober 1999. Halle 1999. 232 S.
7. Kindsein kein Kinderspiel. Das Jahrhundert des Kindes (1900–1999). Ausstellung der Franckeschen Stiftungen vom 9. Juli bis 26. November 2000. Hrsg. von Petra Larass. Halle 2000. 492 S.
Hubertus Gojowczyk: Buchobjekte zur Wunderkammer. Hrsg. von den Franckeschen Stiftungen. Halle 2001. 48 S.
8. Gott zur Ehr und zu des Landes Besten. Die Franckeschen Stiftungen und Preußen. Aspekte einer alten Allianz. Hrsg. von Thomas Müller-Bahlke. Halle 2001. 383 S.

*Schriften der Franckeschen Stiftungen**

1. Francke-Feier 1992 der Franckeschen Stiftungen zu Halle an der Saale. Reden und Berichte. Hrsg. von Penelope Willard. Halle 1992. 62 S.
2. Die Franckeschen Stiftungen zu Halle an der Saale. Informationen und Veranstaltungen 1993. Hrsg. von Paul Raabe und Penelope Willard. Halle 1992. 120 S.
3. Die Franckeschen Stiftungen zu Halle an der Saale. Jahresprogramm 1994. Hrsg. von Paul Raabe und Penelope Willard. Halle 1993. 120 S.
4. Ehrung von Prof. Dr. Dr. Erhard Peschke. Francke-Feier 1994. Hrsg. von Penelope Willard. Halle 1994. 32 S.
5. Die Franckeschen Stiftungen zu Halle an der Saale.

Informationen und Veranstaltungen. Jahresheft 1995. Hrsg. von Penelope Willard. Halle 1994. 110 S.

6. Die Franckeschen Stiftungen zu Halle an der Saale. Jahresheft 1996. Hrsg. von Penelope Willard. Halle 1995. 158 S.
7. Die Franckeschen Stiftungen zu Halle an der Saale. 300 Jahre Latina. Jahresheft 1997. Hrsg. von Penelope Willard. Halle 1996. 158 S.
8. »Mitten im Aufbruch«. 300 Jahre Franckesche Stiftungen zu Halle an der Saale 1698–1998. Jahresprogramm 1998. Hrsg. von Penelope Willard. Halle 1997. 205 S.
9. Die Franckeschen Stiftungen zu Halle im Goethe-Jahr 1999. Jahresprogramm. Hrsg. von Penelope Willard. Halle 1998. 196 S.
10. Die Franckeschen Stiftungen zu Halle im Jahr 2000. Jahresprogramm im Rahmen des Programms »Was für Kinder!« 2000 – ein Kinderjahr in Halle. Hrsg. von Penelope Willard. Halle 1999. 224 S.
11. Die Franckeschen Stiftungen zu Halle. Jahresprogramm 2001. Hrsg. von Penelope Willard. Halle 2000. 192 S.

*Kleine Texte der Franckeschen Stiftungen**

1. Bibeltexte im Cansteinschen Bibelkabinett der Franckeschen Stiftungen zu Halle. Vorwort von Ernst-Joachim Waschke. Halle 1995. 20 S.
2. August Hermann Francke: Einfältiger Unterricht, wie man die Heilige Schrift zu seiner wahren Erbauung lesen solle. Nachwort von Helmut Obst. Halle 1995. 8 S.
3. Carl Hildebrand Frh. von Canstein: Ohnmaßgeblicher Vorschlag Wie Gottes Wort den Armen zur Erbauung

um einen geringen Preiß in die Hände zu bringen. Nachbemerkung von Paul Raabe. Halle 1995. 8 S.

4. August Hermann Francke: Anstaltungen Die Zu Verpflegung der Armen zu Glaucha an Halle gemachet sind. Halle 1698. Nachwort von Paul Raabe. Halle 1998. 20 S.
5. Chur-Fürstlich-Brandenburgisches Privilegium über das Waysen-Hauß zu Glaucha an Halle. Anno 1698. Nachwort von Paul Raabe. Halle 1998. 15 S.
6. August Hermann Francke: Was noch aufs künftige projectiret ist. 1711. Nachwort von Paul Raabe. Halle 1998. 8 S.
7. Brief des Pastors zu *** an den neuen Pastor zu ***. Aus dem Französischen. 1773. Faksimile-Ausgabe. Nachwort von Paul Raabe. Halle 1999. 28 S.

*Kleine Schriftenreihe der Franckeschen Stiftungen**

1. ABC-Büchlein und Bilderbibel. Kinder- und Jugendliteratur in Franckens Stiftungen. Begleitband zu der ersten Kabinettausstellung der Bibliothek vom 7. Mai bis zum 27. August 2000. Ausstellung und Katalog: Brigitte Klosterberg. Halle 2000. 47 S.

*Hallesche Forschungen*
*Hrsg. von Hartmut Lehmann, Paul Raabe, Udo Sträter und Johannes Wallmann*

Bd 1. Halle und Osteuropa. Zur europäischen Ausstrahlung des hallischen Pietismus. Hrsg. von Johannes Wallmann und Udo Sträter. Tübingen 1998. 374 S.

Bd 2. Witt, Ulrike: Frauen im Umkreis des hallischen Pietismus. Bekehrung, Bildung und Biographie. Tübingen 1996. 257 S.

Bd 3. »Geist-reicher Gesang«. Halle und das pietistische Lied. Hrsg. von Gudrun Busch und Wolfgang Miersemann. Tübingen 1997. 341 S.

Bd 4. Wessel, Carola: Delaware-Indianer und Herrnhuter Missionare in Upper Ohio Valley, 1772–1781. Tübingen 1999. 456 S.

Bd 5. Das Kind in Pietismus und Aufklärung. Hrsg. von Josef Neumann und Udo Sträter. Tübingen 2000. 399 S.

Bd 6. Goethe und der Pietismus. Hrsg. von Hans-Georg Kemper und Hans Schneider. Tübingen 2001. VIII, 278 S.

Bd 7. Menck, Peter: Die Erziehung der Jugend zur Ehre Gottes und zum Nutzen des Nächsten. Die Pädagogik August Hermann Franckes. Tübingen 2001. XI, 169 S.

*Hallesche Quellenpublikationen und Repertorien*

Francke, Gotthilf August: »Hertzliebe Mama«. Briefe aus Jenaer Studientagen 1719–1720. Hrsg. von Thomas Müller und Carola Wessel. Tübingen 1997. 170 S.

Bd 1. Nehrlich, Hans Ludwig: Erlebnisse eines frommen Handwerkers im späten 17. Jahrhundert. Hrsg. von Rainer Lächele. Tübingen 1997. 100 S.

Bd 2. Fundaminski, Michail: Die Russica-Sammlung der Franckeschen Stiftungen zu Halle. Tübingen 1998. 158 S.

Bd 3. »Man hatte von ihm gute Hoffnung ...«. Das Waisenalbum der Franckeschen Stiftungen 1695–1749. Hrsg. von Juliane Jacobi und Thomas J. Müller-Bahlke. Tübingen 1998. 440 S.

Bd 4. Salzburg–Halle–Nordamerika. Ein zweisprachiges Find- und Lesebuch zum Georgia-Archiv der Franckeschen Stiftungen. Hrsg. und eingel. von Thomas J. Müller-Bahlke und Jürgen Gröschl in Verb. mit der Georgia Salzburger Society. Tübingen 1999. 1060 S.

Bd 5. August Hermann Francke 1663–1727. Bibliographie seiner Schriften. Bearb. von Paul Raabe und Almut Pfeiffer. Tübingen 2001. XXI, 783 S.

*Neue Hallesche Berichte*
*Hrsg. von Michael Bergunder und Helmut Obst*

Bd 1. Missionsberichte aus Indien im 18. Jahrhundert. Ihre Bedeutung für die europäische Geistesgeschichte und ihr wissenschaftlicher Quellenwert für die Indienkunde. Hrsg. von Michael Bergunder. Halle 1999. 260S.

*Einzelveröffentlichungen*

Müller-Bahlke, Thomas und Klaus E. Göltz: Die Wunderkammer. Die Kunst- und Naturalienkammer der Franckeschen Stiftungen. Halle 1998. 127 S.

Druckerschwärze & Goldtinktur. Ausstellung zum 300-jährigen Doppeljubiläum der Buchhandlung und der Apotheke des Waisenhauses zu Halle vom 15. Juni bis zum 27. September 1998.*

H. 1. Medizin und Pharmazie in den Franckeschen Stiftungen. Bearb. von Antje und Matthias Ernst. Halle 1998. 43 S.

H. 2. Die Waisenhausbuchhandlung. Bearb. von Brigitte Klosterberg. Halle 1998. 48 S.

Bewersdorff, Ullrich: Die Franckeschen Stiftungen 1948–1954. Holzschnitte. Hrsg. von Paul Raabe mit Beiträgen von Ullrich Bewersdorff und Ute Willer. Halle 1999. 36 S.*

Studien- und Lebensgemeinschaft unter dem Evangelium. Beiträge zur Geschichte und zu den Perspektiven des Evangelischen Konviktes in den Franckeschen Stiftungen zu Halle. Hrsg. von Friedrich de Boor und Michael Lehmann. Halle 1999. 265 S.*

Obst, Helmut und Paul Raabe: Die Franckeschen Stiftungen zu Halle. Geschichte und Gegenwart. Halle 2001. 260 S. mit zahlr. Abb.

*Quellen zur Geschichte Sibiriens und Alaskas in russischen Archiven. Hrsg. von Wieland Hintzsche*

Bd 1. Steller, Georg Wilhelm: Briefe und Dokumente 1740. Hrsg. von Wieland Hintzsche, Thomas Nickol, Olga V. Novochatko. Halle 2000. XXXVI, 387 S.

Bd 2. Steller, Georg Wilhelm und Stephan Kraševinnikov und Johann Eberhard Fischer: Reisetagebücher 1735 bis 1743. Bearb. von Wieland Hintzsche unter Mitarb. von Thomas Nickol, Olga V. Novochatko, Dietmar Schulze. Halle 2000. XXIX, 627 S.

Die mit einem Sternchen (*) versehenen Schriftenreihen und Einzeltitel können direkt über die Franckeschen Stiftungen (Franckeplatz 1, Haus 37/38, 06110 Halle/Saale), die übrigen über den Buchhandel bezogen werden. Über die Stiftungen und über die Erschließung ihrer Sammlungen finden Sie Informationen unter: www.francke-halle.de

*Paul Raabe*, geboren 1927 in Oldenburg (Oldb.). 1948 Diplombibliothekar, 1951–57 Studium der Germanistik und Geschichte in Hamburg, 1957 Promotion. 1958–68 Leiter der Bibliothek des Deutschen Literaturarchivs in Marbach a. N. 1967 Habilitation in Göttingen. 1968–92 Direktor der Herzog August Bibliothek Wolfenbüttel. 1992–2000 Direktor der Franckeschen Stiftungen in Halle a.d.S. Ehrendoktor der Universitäten Braunschweig, Krakau und Halle. Zahlreiche Veröffentlichungen zum Expressionismus, Buch- und Bibliothekswesen. Bei Arche erschienen u. a.: *Bibliosibirsk oder Mitten in Deutschland. Jahre in Wolfenbüttel* (1992), *Spaziergänge durch Goethes Weimar* (1990), *Spaziergänge durch Nietzsches Sils-Maria* (1994), *Spaziergänge durch Lessings Wolfenbüttel* (1997). Seit 1986 Herausgeber der *Arche-Editionen des Expressionismus.*

# *Register*

Paul Raabe im Arche Verlag

Bibliosibirsk oder
Mitten in Deutschland
Jahre in Wolfenbüttel
398 Seiten. Gebunden
19 Abb. 1 Karte

Spaziergänge durch Goethes Weimar
244 Seiten. Broschur
177 Abb. 6 Karten
8. Auflage

Spaziergänge durch Lessings Wolfenbüttel
176 Seiten. Broschur
142 Abb. 5 Karten

Spaziergänge durch Nietzsches Sils-Maria
159 Seiten. Broschur
119 Abb. 6 Karten
5. Auflage

»Ein praktisches, gut bebildertes Handbuch, das auch der brauchen kann, der sich in Weimar und der klassischen deutschen Literatur auszukennen weiß, denn Paul Raabe weiß einfach mehr.« Jörg Drews in *Süddeutsche Zeitung* über »Spaziergänge durch Goethes Weimar«

Paul Raabe im Arche Verlag

Gottfried Benn
Statische Gedichte
Hg. und mit einem Nachwort von Paul Raabe
128 Seiten. Gebunden
4 Faks. 1 Foto

Expressionismus
Der Kampf um eine literarische Bewegung
Hg. von Paul Raabe
Arche-Editionen des Expressionismus
320 Seiten. Broschur

Jakob van Hoddis
Weltende
Gedichte
Hg. und mit einem Nachwort von Paul Raabe
112 Seiten. Gebunden. 3 Abb.

Klabund in Davos
Texte Bilder Dokumente
Zusammengestellt von Paul Raabe
Arche-Editionen des Expressionismus
232 Seiten. Broschur. 85 Abb.

»... und diese Erfahrung habe ich
nun auch gemacht«
Texte zum Tod eines nahen Menschen
Hg. von Elisabeth Raabe und Paul Raabe
114 Seiten. Gebunden